小学館文庫

女形と針子

金子ユミ

小学館

目次

登場人物

花房茂吉《はなふさもきち》　（花房三山《さざん》）花房座座頭《ざがしら》
花房百多《ももた》　茂吉の長女
花房千多《せんた》　（花房千之丞《せんのじよう》）茂吉の長男　花房座役者　若女形《わかおやま》
花房鶴《つる》　茂吉の妻
田之倉一之《たのくらいつの》　花房座役者　立女形《たておやま》
花房三弥《さんや》　〃　立役《たちやく》兼頭取
花房四雲《しうん》　〃　立役
花房鳶六《とびろく》　〃　立ち廻《まわ》り担当
花房鼓太郎《こたろう》　〃　鳴り物担当
花房栗助《くりすけ》　〃　大道具方・小道具方兼務
花房柿男《かきお》　〃　大道具方・小道具方兼務
花房長介《ちようすけ》　花房座義太夫《ぎだゆう》語り手
花房九太《きゆうた》　花房座三味線方
駿《しゆん》　花房座座員

多家良浪平《たからなみへい》　多家良座座元
萬羽朱鷺《まんばとき》　多家良座座付き狂言作者
赤木新太郎《あかぎしんたろう》　実業家　多家良座の金主《きんしゅ》
赤木馨子《かおるこ》　新太郎の娘
掛川《かけがわ》ツタ　衣裳屋『かけがわ』おかみ
平間暁《ひらまあかつき》　『かけがわ』職人
掛川カヨ　ツタの長女
掛川ハナ　ツタの次女
殿川五右衛門《とのかわごえもん》　武蔵《むさし》屋座頭
殿川五郎丸《ごろうまる》　武蔵屋役者　若女形
殿川五辰《ごたつ》　武蔵屋役者
碇譲児《いかりじょうじ》　往来《おうらい》座座長

一　千多

『ごようしゃ　ねがいたく　そうろう　せん』

前《さき》の興行先で配り歩いた辻《つじ》ビラの裏に、弟・千多《せんた》ののたくった文字が綴《つづ》られていた。矢立《やたて》の筆で書かれた簡素な文句は、平仮名ばかりのせいか、いっそうたどたどしく見える。花房百多《はなふさももた》は目を丸くした。とっさに「やりやがった！」という罵詈《ばり》が口から迸《ほとばし》る。

部屋の隅に置かれていた千多の荷物はそっくり消えていた。そして畳んで重ねた布団の上に、この一葉だけがぽつんと置かれていたのだ。

あわてて部屋を飛び出し、世話人の家から駆け出た。履きつぶす寸前の草履の鼻緒が、百多の勢いに負けて千切れそうになる。白み始めた明け方の空には、あるかなきかの薄紅色に縁どられた山の稜線《りようせん》がほんのり浮かび上がっていた。粘るような土の匂い、山肌を縫ってぴいっと吹き下ろす風の香《かぐわ》しさが百多の鼻腔《びこう》に届く。村落の神社がある南東のほうからは、囃子《はやし》の音、人々の歓声が過ぎる時間を惜しむように、どどん、どどんと響いていた。

『花房座』は、百多と千多を含め総勢十三人という小ぢんまりとした旅芝居一座だ。ここ葉山《はやま》は一色《いっしき》村での興行は三日間続いた。連日、夕暮れから明け方まで催された芝居が、つい一時間ほど前に千穐楽《せんしゅうらく》を迎えたばかりだった。村の家々に分散して泊まっていた座員らはこれから短い休息を取り、昼には出立しなければならない。百多にも楽屋の後始末がまだ残っている。だが、先に楽屋から消えた弟の様子がどうにも気にかかり、世話人の家に戻ってみたところで、あの書置きを見つけたのだ。

旅慣れている千多のことだ。楽屋から消えた時間から推し量るに、とっくに追いかけられない場所にまで遠ざかっているに違いない。とにかく、一刻も早く父に知らせないと。百多は必死に神社へと続く道を走った。

喧騒《けんそう》の名残を背に、田畑のあぜ道を団子になって戻ってくる座員らの姿が見えた。それを取り巻く村の衆や娘らの姿もある。酒を振る舞われたのであろう、彼らの顔は一様に赤かった。先頭を座頭《ざがしら》である父、花房三山《さざん》こと茂吉《もきち》が歩いている。そのすぐ後ろには、看板立役《たちやく》兼頭取の三弥《さんや》の姿もあった。平素から軽快で明るい茂吉、寡黙ながら声と所作《しょさ》の端々から色香がこぼれ出る三弥、この二人が花房座の中心だ。

「あっ、千之丞《せんのじょう》？」

百多を見た村の娘が奇声を上げた。とたん、周囲の娘たちも色めき立つ。が、すぐに座頭の娘だと気付くと、いっせいに落胆の色をあらわにした。千多が華奢《きやしや》なのか百多が骨っぽいのか、面立ちが瓜《うり》二つの姉弟はしょっちゅう周囲から間違われた。むしろ、女形《おんながた》として手入れを怠らない千多のほうが娘に見られるほどである。

異変を察した三弥の顔が瞬時に締まった。周りを囲む村の娘たちを上手にあしらうと、足早に百多のもとに駆け寄って来た。

「何かありましたか。お嬢」

茂吉の娘である百多に対し、三弥だけはいつも敬語だ。百多が躊躇《ちゆうちよ》しているのを見て取ると、素早く茂吉のほうへ目配せした。すかさず、茂吉が周囲に向かって頭を下げる。

「一色村の皆々様、今年も花房座への変わらぬご贔屓《ひいき》、厚く厚く御礼申し上げまする。今後ともまた変わらぬお引き立てを賜りますよう、何とぞ何とぞ、ずずいっとよろしくお願い申し上げます」

即興で口上めいたことを述べ、頭を下げて回る。ここ一色村は昔から花房座を贔屓にしてくれている。豊作を祈念して催される春祭りに合わせての買い芝居の興行だ。

茂吉の口上の間に、百多と三弥は来た道を戻った。まとわりつく娘たちと名残惜しそうに手を握り合っていたほかの役者連中も、不承不承二人についてくる。

百多は三弥に千多の書置きを押し付けた。さっと目を通した三弥の顔から、普段の冷静さが消える。

「若、部屋にいないんですか」

「荷物も消えてる。ああこんちくしょう、もっと早く様子を見に来ていれば」

しかし行き先にまるで見当がつかないのだ。これでは追跡のしようがない。

「様子がおかしいなとは思ってたけど……まさかドロンを」

言葉が引っ込む。口に出して、初めて実感した。そうだ。千多はドロンしたのだ。

花房座から逃げたのだ！

「おい何事だ？　今日は俺への祝儀が多いからって、こんな大騒ぎされちゃかなわねえな」

座員の四雲《しうん》が声をひそめて訊《き》いてくる。皮肉屋のこの男、何かにつけて一言多い。しかし、今の百多には言い返す暇もなかった。見えてきた世話人の家の前に、一人の人物が立っているのが見えたからだ。百多はあっと声を上げた。

花房座の立女形《たておやま》、田之倉一之《たのくらいっの》だ。小柄な体軀《たいく》は、しらじらと白濁し始めた朝の陽光に今にも溶け入ってしまいそうだ。それでいて、黙っていても周囲を圧する貫禄《かんろく》がある。この世話人の家には、座頭である茂吉一家と一之が泊まっていたのだ。

「なんだいモモ。そんなバタバタしちゃあご迷惑だろう。あたしも目が冴《さ》えちまった」

程なく、茂吉も戻ってきた。これで千多以外の全員が集まった。若が書置きを残して消えた。三弥が低い声でそう告げると、座員らはいっせいに色を失った。

「センが？　本当かモモ」

茂吉が愕然《がくぜん》とした表情で百多を振り返った。百多はただ頷《うなず》くことしかできなかった。滲《にじ》みそうになった涙を手の甲であわてて拭う。……ごめんよ。心の中で詫《わ》びた。ごめんよ母ちゃん。私、母ちゃんの言いつけ守れなかったよ――

一之がかすかに顔をしかめた。

「あたしは出番が終わってすぐ、隣の部屋で先に休ませてもらっていたけどさ。確かに、センが一度戻ってきた気配はあったよ」

そして背筋をぴしりと伸ばし、しゃんと芯の通った声を上げた。

「センの行き先に心当たりはないのかい、モモ」

眉を剃《そ》った面立ちは素っ気なく、余分な色一つない。短く刈り込んだ頭には白いものが目立つ。けれどじっと見つめていると、するりとしたその面相から何やら滲みて広がるような艶《つや》が立ち上る。これだけで芝居を見るようだ。

数えで十九の百多は、「明治」と元号が変わった翌年、明治二年に生まれた。物心ついた時にはこうして旅芝居をしていたのだが、すでに一之は座の看板役者だった。茂吉と同じ四十代半ば、維新前のお江戸ではかなり知られた女形であったと聞く。今でも田之倉一之と看板を出しただけで客が呼べるほどだ。そんな彼が花房座に入った経緯《いきさつ》を、百多は未《いま》だ聞いたことがない。

「なんだよこの子は。心当たりはないのかいって聞いてんだよ」

一之の鋭い声が、百多を我に返らせた。

「はっ、はいっ？」

「ちょいと。あんたまでボォッとしてんじゃないよ。センのヤツもここんとこボォッとしていたけどさ。芝居もよくなかった。舞台の上でしょっちゅう投げちまう」

「確かに、少し様子がおかしかったけど……」

舞台の上だけではない。ここ最近の千多は、稽古中も、一座のみんなと一緒にいる時も、どこか心ここにあらずといった態《てい》だった。

すると、鋭い声音を一転させ、一之が湿った口調でつぶやいた。

「やっぱりあれかい。二代目田之倉一之を継ぐってぇのが重たかったのかい」

その姿が急に老け込んだように見えた。百多ははっと息を呑《の》む。

とたん、「何言ってんだい一之さん」茂吉の明るい声が飛んだ。

「花房座の立女形がそんな顔しちゃ、あんたの芸に惚《ほ》れ込んだじいさんばあさんが安心して三途《さんず》の川を渡れねえぜ」

そうさらりと言い放つと、いつにない一之の弱音を軽くいなした。続く三弥も「その通りです」と一之に声をかける。

「それより頭！　どうするんですか多家良座《たから》の」

役者の一人、鳶六《とびろく》が声を張り上げた。「多家良座」と聞いた全員が一様に黙り込む。よりによって、こんな時に。百多は消えた弟を頭の中で蹴り飛ばした。

次の興行先は東京、それもお上の許可を得た芝居小屋、多家良座と決まっていた。明治五年、政府は既存の江戸三座に加え、さらに七座の小屋を官許小屋として認めた。多家良座もそのうちの一つだった。

多家良座は両国垢離場《りょうごくこりば》のおでこ芝居が前身で、商人の多家良浪平《なみへい》が設立した芝居小屋である。木戸銭を安く抑えながらも手堅い役者をそろえるとの評判だ。その多家良座の手代だと自称する男が現れたのは、四か月ほど前だった。尾杉《おすぎ》と名乗るこの男、鴻巣《こうのす》の掛け小屋で幕を開けたばかりの花房座の楽屋を訪れ、こう切り出したのだ。

――かねてから『花房座』さんの評判は聞き及んでおります。そこであたしが遣《つか》わされたわけです。花房三山、田之倉一之といった看板役者の芝居に加え、なんといっても若女形の千之丞。小ぶりな唇は真っ赤な椿《つばき》、瞳はつぶらな黒曜石、加えて振袖の赤い色にぽっと照らし出された白い肌の艶《あで》やかさ！　いとけなさと色気がないまぜの、触れちゃならねえ人形みてえでした。こりゃあ評判通り、そうそう旅芝居でお目にかかれる女形じゃねえって確信しましたよ。どうです花房さん、一つ多家良座に出てみませんか――

「せっかく東京から声がかかったってのによ！」

四雲のぼやきに、ほかの役者らも困惑顔のまま頷いた。確かに、旅芝居の一座が東京、しかも官許小屋に呼ばれることなどめったにない。けれど、百多は顔をしかめている父のほうが気にかかった。

茂吉はこの話を持ちかけられた時から、ずっと浮かぬ顔だった。その場で即答せず、「考えさせてくれ」と尾杉を追い返した時は、誰もが唖然《あぜん》とした。こんないい話、すぐに飛びつくはずと予想していたからだ。しかし、百多は気付いていた。

花房座は東京で芝居を掛けたことがない。東京には官許された小屋以外にも、『緞《どん》帳《ちょう》芝居』と呼ばれる小芝居小屋がたくさんある。それらの小屋から、今までにも声がかからなかったわけではない。けれど茂吉は、頑なに東京の芝居小屋に出ることを拒んでいた。

「センのやつ、多家良座に出ちまったら逃げられないと思ったのかね。向こうさんが襲名披露をやらないかって言ってきただろ。あれがよくなかったのかもしれない」

一之の沈んだ声音に、百多は追い返された尾杉が再び訪ねてきた時のことを思い出した。

一度目の訪問から数日後、再び姿を現した尾杉は、茂吉に向かってこう持ちかけてきたのだ。

——花房さん。多家良座での興行が成功したら、千之丞の田之倉一之襲名披露をしようじゃありませんか——

確かに一之の名を千多に襲名させたいというよもやま話はしていた。が、まさか話がこう転がるとは思わず、呆気《あっけ》に取られる茂吉を前に、尾杉は熱心に続けた。

——旅役者の女形が東京で襲名披露する。これぞ新たな時代の女形ってもんじゃあありませんか？　ぜひ披露目《ひろめ》は多家良座でと座元も乗り気なんです——

多家良座がそうまで千之丞を推すのは不思議だったが、一座からすればこの上ない好条件だ。それでも渋る茂吉に向かい、尾杉は昨年は疫病のコロリのせいで不入りだの、大阪から呼び寄せた立役者の急病に帰阪とご難続き、掛ける芝居も役者もないだのと泣き落としをかけてきた。結局、そんな尾杉と座員らに押し切られる形で、茂吉は多家良座での興行を渋々決めたのだった。

「興行が成功したら、千之丞の一之襲名披露をする。センは肝っ玉が小さいから、いやだって言えなかったのかね。だからこんな、いきなり癇癪玉《かんしやくだま》が破裂したみたいな突拍子もないことを」

ぼそぼそとつぶやく一之の声音は、いつもきりりと座を引き締める彼に似つかわしくないものだった。百多の胸が痛くなる。

ここ数年で一之はとみに衰えた。もともと身体《からだ》が弱いところに、手足の痺《しび》れ、眩暈《めまい》が頻発するようになったせいだ。それでも気を張って芝居に出続けてはいたが、最近は長時間の出演を控えるようになっていた。このままでは、花房座を支える柱の一本が失われてしまう。

そこで浮上したのが、花房千之丞を名乗る千多に二代目一之を襲名させることだった。幼少の頃から一之に厳しく鍛えられた千多は、いっぱしの女形として場数を踏んでいた。百多より二つ下、数えで十七の千多では女房や婆《ばばあ》には貫禄が足りないが、姫や娘など若女形としては見られるものになっていた。自身の衰えを自覚した一之は千多を養子にした上で襲名させ、花房座を新たに盛り立ててほしいと願ったのだ。

しかし、千多は多家良座に向かう、まさにその日に出奔した。これはやはり、彼が田之倉一之を継ぎたくなかったためとしか考えられない。百多は困惑しきった座員の顔をそっと見回した。

茂吉を始め、花房座の役者たちは芸達者ぞろいだ。十三人という小さな一座ゆえ、一人の役者が四役も五役も掛け持つのは当たり前。さらには全員が囃子方《はやしかた》、もしくは裏方を兼ねている。

だが、女形だけは違う。一之の安定した艶、千多の俠《きゃん》な色気は誰にも真似《まね》できない。形だけなら似たものができるであろう。けれど違うのだ。一之と千之丞が演じる女形の存在こそが芝居に生きた血を通わせ、客の心を騒がせるのだ。もしもこのまま千多が消え、一之が動けなくなったら。花房座は片翼をもがれた鳥も同然になってしまう。

「あの」

その時、しんと黙り込んでしまった一同の間から、か細い声が上がった。

座員の輪の外にいた九太《きゅうた》だ。三味線方兼裏方で、数えで二十一歳になる。母親が花房座の囃子方を務めていて、彼も七、八歳の頃から三味線を抱えて舞台に上がってい た。けれどこの母親が五年前に旅先で男と出奔してしまったために、今では彼自身が欠かせない囃子方の要《かなめ》となっている。

そんな九太を見た四雲の目がぎらりと光った。

「そうだキュウの字、おめえいっつもセンの尻っぺたにヒナみてぇにくっ付いて回っていただろうよ。何か知らねえのか」

意地の悪い言葉に、九太は真っ赤になった。彼は背こそひょろりと高いものの、自分の気持ちを言葉にすることがたいそう苦手だった。座員らにからかわれたり小突かれたりするたび、兄弟同然に育った千多にいつも庇《かば》ってもらっていた。

「あいてぇっ!」

突然、四雲が飛び上がった。彼の背後から一人の少年がすねを蹴り上げたのだ。

「このガキ!」振り向いてとっ捕まえようとするが、少年は目にも止まらぬ速さで九太の陰に逃げ込むと、あかんべえをした。栗《くり》色の髪が、昇る朝の光を弾《はじ》いて金糸のように輝き出した。滑らかな白磁器にも似た肌の色、晴れた夏空を落とし込んだような瞳の青色も、夜が明けるにつれ、さらに鮮やかに目に映える。

異人の血を引くらしいこの少年、年のころは十一、二といったところだ。一年ほど前、横浜の居留地近くで芝居を掛けた際、いつの間にか楽屋に入り込み、そのまま居ついてしまったのだ。座員らからは〝駿《しゅん》〟と呼ばれている。

小さい駿に守ってもらった形の九太が、赤い顔のまま口を開いた。

「あの。浜松《はままつ》で、お、往来《おうらい》座を見た時」

「往来座？」

突拍子もない名前に、百多は仰天した。

往来座は、維新前の世にあって欧州と米国を席捲《せっけん》した芸人、碇譲児《いかりじょうじ》率いる軽業師の一座だ。渡欧から約十五年後に華々しく凱旋《がいせん》帰国し、以来東京を中心に全国を回っている。

そんな往来座を百多と千多、九太と駿の四人で見に行ったのは、尾杉が花房座を訪れるよりさらに半月ほど前のことだった。花房座が芝居を掛けていた浜松の村落の隣町で、往来座が興行していたのである。

だだっぴろい空き地の真ん中に掛けられた小屋は布張りだった。中は雛壇《ひなだん》式の椅子席が馬場を囲んでおり、パンラパンラと甲高い音が響き渡ると、きらきらした錦で身を飾った三頭の馬が颯爽《さつそう》と現れて場内を駆け回った。渡された竿《さお》の上に足を引っかけてぐるぐる回転する少女、横倒しにした大きな樽《たる》の上で刀剣を自在に操る少年。彼らが身につけている袴《はかま》は、裾を縫い縮めて紙風船のように膨らませた奇妙な形をしていた。目から耳から鼻から、容赦なく流れ込む刺激は、百多にとって何もかもが初めて体験するものだった。

……そういえば。百多は不意に気付いた。

往来座の見世物を見てからではなかったか。千多の様子がおかしくなったのは——

九太がたどたどしく続ける。

「センちゃん、俺も馬に乗りたいって。あの馬と一体になったような芸がしたいって」

「阿呆《あほ》か！」四雲の怒声に九太が怯《ひる》んだ。とたん駿が彼の背中から歯を剝《む》く。一切言葉を発しない分、手が早い。そんな駿を止めたのは、茂吉の冷静な声だった。

「だからセンはドロンしたってのか、九太」

「も、もうすぐ、往来座はまたメリケンに渡る予定らしいんです……この前の興行で、碇譲児がそう言ってました。センちゃん、ずっといいなって……俺もメリケンに行きたいなって……だから、もしかしてセンちゃん、往来座を追って」

「まさか」百多の顔から血の気が引く。

「まさか、千多のヤロウ、往来座と一緒に、メ、メリケンに」

またも全員がしんと黙り込んだ。なんと浮世離れした話であろうか。これでは芝居の筋書きではないか。

三弥が九太を見た。

「その往来座ってぇのは、今はどこにいるんだ」

「この前の浜松ん時に、これから西をぐるっと回って、最後は横浜だって言ってました」

「横浜。そのまま外国に行くのか」

「じゃあ千多は、横浜に向かった……?」

言われてみれば、確かに座長の碇がそんな口上を述べていた気がする。が、百多は軽業の見世物にただただ圧倒され、まるで聞いていなかった。けれど千多は違っていたのだ。百多らがあんぐりと口を開けている間、彼だけは、その目に違う地平を映し出していたのだ。

茂吉が深いため息をついた。

「センなしじゃ、多家良座の興行は成り立たねぇ」

「衣裳《いしょう》も、若のために豪華な赤姫を作らせるって言ってました」

三弥が頷いた。旅芝居の場合、芝居に使うものはすべて自分たちで用意する。一方、昨今の都市部の興行では、小屋側が衣裳などをそろえるのが通例だった。茂吉から興行の承諾を得た尾杉も、同行していた男衆に千多の身の尺を計らせた後、こう告げていた。

「芝居は何を掛けてもらっても構いません。ただ、一番目だけは『本朝廿四孝《ほんちょうにじゅうしこう》』の『十種香《じっしゅこう》』の段を掛けていただきたい。千之丞さんには、こちらで作った衣裳を着て赤姫を演《や》ってもらう。それが座元の要望です」

『本朝廿四孝』に出てくる八重垣《やえがき》姫は、緋《ひ》色の振袖を着ていることから赤姫とも呼ばれる。本来ならば一之のような立女形がやるべき難役なのだが、花房座の場合は千之丞の初々しさを前面に押し出すことに決め、一年ほど前から千多が勤めていた。結果、千多の当たり役となり、興行先では必ず掛けるほどの人気演目となった。

けっ、と四雲が顔をしかめた。

「あの尾杉ってぇ男、〝旅芝居の恰好のまんま舞台に立たせたりしたら、『寝巻芝居』とからかわれますぅ〟なぁんて言っていやがったな」

寝巻芝居とは村落の住人による芝居のことだ。見下した言い草ではあるが、江戸から続く大芝居の座元、役者は自分たちの格をことに鼻にかけていると聞く。新興の多家良座からすれば、そうした老舗《しにせ》に舐《な》められてはならないという意地があるのだろう。

茂吉が各々を見回し、「栗助《くりすけ》。柿男《かきお》」とそのうちの二人を呼んだ。それぞれ大工、指物師《さしものし》という経歴があり、芝居に使う大道具や小道具の作成も手掛ける役者だ。

「お前らは横浜に行ってくれ。往来座が興行してたら、その周囲を張れ。センのヤロウが現れる可能性が高い。で、見つけたらとっ捕まえて引きずってでも連れ帰ってこい」

二人が緊張した顔つきで頷いた。

ふうと苦いため息をつき、茂吉が続けた。

「残りは東京へ行く。日本橋《にほんばし》だ」

日本橋は江戸三座が浅草猿若町《あさくささるわかちょう》に移るまで、江戸歌舞伎の中心だった場所だ。加えて庶民の台所である魚河岸、銀行や大商店などが並ぶ食と経済の中心地でもある。河川沿いには煉瓦《れんが》造りの立派な建物が並び、土地を細切れに刻んで流れる川や水路にはたくさんの橋が架けられていた。その橋の上を老若男女に俥《くるま》や馬車、橋の下を通い船が絶えず行き交っている。

多家良座は、そんな活気あふれる日本橋は蛎殻町《かきがらちょう》にあった。周囲には小屋付きの芝居茶屋が建ち並び、それぞれの屋号を記した長提灯《ながちょうちん》、暖簾《のれん》が賑々《にぎにぎ》しさを競っている。

只中《ただなか》に建つ多家良座の間口は十二間（約二十二メートル）ほどもあり、入り口である鼠《ねずみ》木戸《きど》の上方には櫓《やぐら》が上がっていた。宝船に浪《なみ》という、多家良座の定紋が染め抜かれた幕が張られている。興行が始まれば、あの櫓下に花房座の役者名、姿絵を描いた看板も掛けられるはずだ。

この小屋で芝居を掛ける。そう思うだけで、百多はついぞ感じたことのない高揚に襲われた。耳に、四肢《しし》に、音が響く。囃子に混じった役者の台詞《せりふ》、息遣い、見物の声だ。

ほうきで往来を掃いている男衆に三弥が声をかけると、すぐに中に引っ込み、程なく尾杉が如才《じよさい》ない笑みを湛《たた》えて現れた。

「待ってたよ。この後、座元も来るからね。旅の疲れを取ってくれと言いたいところだが、まあ、まずは楽屋を案内しよう」

そう言うと、さっさと小屋と茶屋の間の路地に入っていってしまう。百多たちも仕方なく男衆に荷台を預けて後を追った。昨日の昼に葉山を出た一行は、夜は鶴見《つるみ》で宿を取った。衣裳を始めとした小道具、大道具、さらに足の悪い一之を載せた荷台を引き、全員が徒歩《かち》の道程である。今朝早く出発し、ここ多家良座に着いた時には昼の二時を回っていた。さすがに一息つかせてほしいというのが本音だった。

しかし、裏木戸から楽屋へ一歩踏み入れたとたん、そんな疲れは吹き飛んでしまった。

楽屋の入り口には風呂があり、板の間は広めのたまり場になっていた。そのたまり場から延びる廊下沿いに、稲荷町《いなりまち》と称される下級役者の部屋、囃子方の部屋である囃子町、頭取が興行中に座って目を光らせる頭取座、作者部屋、衣裳部屋が並ぶ。体臭と化粧の残り香が、甘ったるく鼻に引っかかる。これが官許小屋の楽屋か。百多はきょろきょろと周囲を見回した。

案内していた尾杉が茂吉を振り返った。

「で、上の中二階が女形の楽屋、二階が座頭書き出し中軸……おっと。こんな細々した説明、三山にゃ釈迦《しやか》に説法でしたかね」

ひひひと笑う。茂吉は特に反応しなかったが、三弥がちらりと苦い顔をした。百多は並んで歩く九太とそっと視線を交わし合った。

釈迦に説法？　どういうことだろう。

廊下の奥にある梯子段《はしごだん》に尾杉が足をかけた。そして「ああ、そうそう」と振り返った。

「この上ね、女は入れないんで」

「え？」百多を含めた全員が声を上げる。

「この上は〃かみ〃……神さんに近い場所なんでね」

尾杉がまたひひひと笑う。

「そういうわけなんで、あんたたちも女としけこむ時は茶屋か宿を使ってよ。楽屋で安くすまそうなんざしないでね」

とっさに百多は九太の背中に隠れた。もしや、尾杉は自分を千多と勘違いしているのかもしれない。

「床山《とこやま》や衣装方に、女がいないわけではないでしょう」

口を挟んだ三弥の言葉に、尾杉は「まあねえ」とうなった。

「そういう女たちには、上がる前に毎回必ず〝血抜き毒抜き石を食う〟って唱えてもらうの。楽屋入りするまじないみたいなもん」

「まじない、ですか」

「とはいえ、これはうち独特の習慣なんだけどね。何しろ座元がお嫌いなの。なんでも、以前に興行絡みで女に手痛い目に遭わされたとか。だから私怨《しえん》だよねえ。あたしはそこまで厳しくしなくても、と思っているんだけどねぇ」

軽く笑うと、尾杉がひょいひょいと梯子段を上っていく。ちらと茂吉が百多を見た。が、すぐに尾杉の後に続いた。三弥らほかの座員も続く。先に上がった彼らに手を取られ、ほとんど引きずり上げてもらうような形で一之が階段を上りきってしまうと、百多一人が残された。

女は入るな。

その言葉が、百多を頭から押さえつける。梯子段に手をかけることすら憚《はばか》られた。まじない？　なんだそれ。自分がいきなり物の怪《け》に変じてしまったような、妙な気分だ。

ふっと息をつき、梯子段から離れた。すると、梯子の奥にある舞台の出入り口に気付いた。とたん、胸がどきりと高鳴った。あの向こうに、舞台と客席がある。百多は周囲を見回し、人気がないことを確認すると、足音を忍ばせて舞台袖に歩み寄った。そこからそっと場内を覗《のぞ》き込んでみる。

七間ほどかと思われる舞台の真ん中が丸く切り抜かれているのが見える。回り舞台の装置だ。枡《ます》が取り払われた場内は広々とした土間になっており、場内の左右を二本の花道が縦断していた。百多の胸の奥から熱いものがこみ上げた。小芝居小屋の場合、せり、花道、回り舞台などを作ることが禁じられている。つまり、これらの装置があることこそが官許小屋の証《あかし》なのだ。

耳に、今はいない客の歓声が響いた。すると空っぽの舞台の上に、目の覚めるような深紅の着物をまとった姫の姿が浮かび上がった。八重垣姫だ。百多の唇から、深窓の姫の言葉が溢《あふ》れ出る。

「イイヤ　隠しゃんな　今の素振り　忍ぶ恋路というような」

許嫁《いいなずけ》の武田勝頼《たけだかつより》を喪《うしな》った姫の前に現れた庭師の男、簑作《みのさく》。姫は腰元の濡衣《ぬれぎぬ》に向かって、勝頼の絵姿にそっくりな彼の正体を質《ただ》す。さらには想《おも》いを遂げるため仲介までも頼む。

「サァ　見染めたが恋路の始め　後とも言わず今ここで」

「セン様？」

場内に若い娘の声が響いた。百多の声が、喉の奥にぎくりと引っ込む。知らず、八重垣姫の台詞を口に出していたのだ。しまった。聞かれた。百多は急いで後ずさった。いつの間にか人が入ってきていたのだ。

「セン様、セン様でしょう？」

場内を駆けてくる軽い足音がする。「お嬢様」というあわてた女の声も上がった。

「セン様、わたくしです、諏訪《すわ》の劇場でお会いしましたでしょう、馨子《かおるこ》です。赤木《あかぎ》馨子」

赤木馨子。諏訪。あっと記憶が閃《ひらめ》くと同時に袖から離れた。舞台裏の廊下に飛び出す。そのとたん。

「わっ」

「ひえっ」

廊下を出たところに男が立っていた。その硬い胸板に顔から突っ込んでしまう。百多は泡を食って飛びしさり、相手を見た。

若い男が目を剝いていた。散切り頭に太い眉とぎろぎろした大きい黒目が印象的だ。ごく地味な絣《かすり》の着物姿ながら、首がほっそりと長いせいか垢抜《あかぬ》けた雰囲気がある。あれ？　百多の記憶が疼《うず》く。この男、どこかで見たような。ところが男は百多をじろじろとねめつけると、吐き捨てるようにうなった。

「小汚ねえガキが、どっから入り込んだ」

なんだと？　百多はカチンときた。とっさに相手の襟元を摑《つか》み、顔をぐいと近付ける。

「汚くて悪うござんした。こちとらはばかりながらここ多家良座で芝居を掛ける花房座のモンだ。覚えとけってんだ、この唐変木《とうへんぼく》！」

男が大きい目をますます見開かせた。百多をしげしげと見下ろし、再びうなる。

「今、八重垣姫を演《や》っていたのはてめえか」

その時だ。

裏木戸のほうが騒がしくなった。今しがた聞いた若い女の声と、野太い男の声が入り混じる。

「いたのよ！　今、セン様がいらしたの。会わせてちょうだい多家良さん」

「やれやれ。お嬢様のご執心には恐れ入りますよ。花房千之丞も役者冥利《みょうり》に尽きるってもんでしょうね」

多家良？　ぎょっとした。頭上からは「座元が参りましたよ」と叫ぶ尾杉の声までが降ってくる。まずい！　百多はあわてた。多家良は上階の楽屋にさえ女が入ることを好まないのだ。それなのに百多が舞台袖に入り込み、声まで出したと知ったらどうなることか。その上、千多の所在を質されたら、ドロンしたことが露見してしまうかもしれない。

とっさに近くの板戸を開けた。とたん、むっとするような脂粉と布の匂いが鼻につ いた。蔵衣裳が置かれている衣裳部屋のようだ。中に入りかけた百多は、はっと男を振り返った。

「頼む。黙ってて。私がここにいること。頼む」

ついさっき、唐変木呼ばわりした男に必死に頼み込む。男は唖然と立ちすくんだままだ。上階から尾杉や茂吉らがぞろぞろと下りてくる。百多は急いで戸を閉めた。

複数の足音が響き、全員が廊下に集合した。息をひそめる百多の耳に、力強い多家良の声が届く。

「三山さん！　待ってたよ。多家良座の多家良浪平だ」

どんな横柄な男かと想像していたのだが、多家良の声音は意外にも親しみやすい印象だった。百多は細く板戸を開け、隙間から一行を覗き見た。

恰幅《かっぷく》の良い羽織姿の男が笑みを湛えて立っている。全身から生気が張っており、歳は茂吉や一之より上かと思われるが若々しい。そして、その体軀《たいく》の背後に、赤茶色の着物がちらちらと揺れているのが見えた。赤木馨子だ。

「セン様は？　多家良さん、セン様に会わせてくださいな」

せがむ馨子の後ろで、「お嬢様、はしたない」と狼狽《ろうばい》する初老の女の声が上がる。

苦笑した多家良が茂吉に向き直った。

「三山さん、こちら赤木馨子さん……今回、花房座の金主《きんしゅ》を買って出てくださった貿易商の赤木新太郎《しんたろう》氏のご息女だよ。赤木さんとは、後で一席設けてある」

金主とは興行に金を出す人物だ。芝居を打つたび、小屋側はこの金主探しに奔走する。金主が見つからずに興行が延期、取りやめになることも珍しくなく、その分、金主側が興行に口出しをするのもよくあることだった。

「多家良座にぜひ花房座さんをとご推薦くださったのもお嬢様で。諏訪の小屋であんた方の芝居を観劇なさった際、おたくの千之丞さんをことのほか贔屓にしたと伺ってますよ」

やっぱり。百多の脳裏に、赤木馨子との出会いが甦《よみがえ》った。

半年ほど前、製糸業が盛んな諏訪の芝居小屋で芝居を掛けた。そこにたまたま親戚宅に遊びに来ていた馨子が足を向け、八重垣姫を演じる千多に一目惚れしたのだった。

父に似て芝居好き、加えて美しいものが大好きという馨子は、以来興行がはねるまでの十日間、足しげく小屋に通い、楽屋にもありとあらゆる差し入れを届けた。数えで十五という夢見がちなお年頃とはいえ、その熱の入りようには、百多を含めた座員一同が呆気に取られるほどだった。

そして興行がはねた日、楽屋にわざわざやって来た馨子は、涙ぐみながらこう言った。

「必ずまたお会いいたしましょう、セン様。そのためなら、馨子はどんなことでもいたします」

あの時は、少々度が過ぎるところはあるものの、いじらしくて可愛《かわい》いなあと思っていたのだが。まさか多家良座の金主になるほど裕福な家のご令嬢だったとは。しかも本当に花房千之丞に「会う」ために芝居まで掛けさせるとは。多家良座がやけに千之丞と八重垣姫に肩入れしていたのも当然だ。もしや、衣裳を特別に作らせたのも彼女のためか？

ますますまずい。絶対に千多のドロンを気付かれてはならない。血の気が引いていく百多の耳に、茂吉のあっけらかんとした声が響いた。

「これはこれはお嬢様、お久しゅうございます。前《さき》の掛けものの際は身に余るご贔屓を賜って」

そう言いかけたところに、お付きの女が「離れなさいっ」と叫んで割り入った。

「まあまあ」と明朗な多家良の声が取り成すように続く。

「とはいえね三山さん。あたしらも商売だ。いっくらお嬢様の頼みとはいえ、どこの馬の骨か分からねえような役者は出せません。そういったわけで失礼ながら、こちらも尾杉を差し向けたりと、色々と調べさせてもらいましたが」

「まあ」と憤慨したような馨子の声を無視し、多家良は言った。

「まさか花房三山が、あの三山だったとは。驚きましたよ」

あの三山？　どういうことだ。百多は内心首を傾《かし》げる。

多家良が身を乗り出し、さらに熱心に言い募った。

「ねえ三山さん。かつてのあんたを覚えている人間もぐっと減った。大武蔵《おおむさし》も、泉下の客になったことだし」

「多家良さん。その話は、ここでは」

茂吉が遮るように口を挟んだ。声音はいつもの通り快活だが、有無を言わせぬ強さがあった。一瞬、ひやりとするような緊張が走る。百多は知らず息を止めた。

けれど、多家良は気分を害するでもなく、すぐにからりと威勢のいい声を上げた。

「それじゃあ、その件は追々ということで。ところで、ここであたしから皆さんに紹介したい男がいるんですよ。おう暁《あかつき》！　こっちに来な」

「……へい」

廊下の隅に立っていた例の男に、多家良が声をかけた。彼の背中をどんと叩《たた》き、茂吉の面前に突き出す。

「この男、平間《ひらま》暁と申します。『かけがわ』ってぇ衣裳屋の職人なんですが。今回、千之丞さんの赤姫を作ります。これがなかなか、ちょいと面白い男でしてね」

衣裳屋。百多は息を呑む。

「こいつも千之丞さんに挨拶したいって言ってましてね。ぜひご尊顔を拝したいと」

「そう、セン様。あの、セン様はどちらに。先ほど、袖から声が聞こえましたのよ」

ここまで大人しくしていた馨子が、とうとう焦《じ》れたように言った。三弥らがちらりと目配せし合ったのが分かる。おそらく、その〝声〟が百多のものだと気付いたはずだ。「そういや、上の楽屋にも聞こえましたよ」尾杉までもが首をひねる。

万事休す。百多が頭を抱えた時だった。

「自分が来た時に、木戸から出て行く御仁を見かけましたが。もしやその方ですかね」

　暁だ。彼の言葉に、「ええ？」と馨子が不審げに首をひねった。

「一体どちらへ？」

「実は体の具合が芳しくなく。お嬢様には申し訳ないのですが、千之丞からのご挨拶はまた日を改めて」

　三弥が急いで取り繕った。さすがの彼でも声音に焦燥が隠せない。「まあ！」馨子の声がいっそう高くなった。

「なんてこと。旅のお疲れが出たのかしら……皆さんの宿は『あかり屋』でしたわね。今すぐ見舞いを」

「いいえ！　それには及びません。あいつも役者の端くれ。お嬢様にやつれた顔なんざ見られたら、恥ずかしくて二度と舞台に上がれませんや。どうかここはお気持ちだけで」

　必死の三弥の切り返しに、馨子はしぶしぶ承知した。そして「早く出ましょう」と急《せ》かすお付きの女に連れられながら、何度も振り返りつつ出て行った。

「後であかり屋に水菓子を届けさせますわ」

「ハアア。お嬢様から水菓子なんぞいただいたら、ぬめりの音にも精が出るってもんだ」

見え透いた追従を言い、多家良も彼女らに続く。ぬめりとは、主に傾城などが登場する際の鳴り物のことだ。続けて「宿へ案内するよ」という尾杉の声を皮切りに、一行もぞろぞろと裏木戸のほうへと向かい始めた。百多は胸を撫《な》で下ろした。助かった。どうやら最悪の事態は避けられた。

しんと静まり返ったことを確認してから、おそるおそる板戸を開いた。一刻も早くこの場から逃げ出し、みんなを追わなければならない。だが。

廊下の隅に暁がいた。胸の前で腕をむんと組んでいる。百多はぎょっとひっくり返りそうになった。彼は百多をぎろぎろとねめつけると、口を開いた。

「てめえは誰だ」

「誰って」

「千之丞じゃあねえな？　だったら隠れる必要なんざねえからな。稲荷町か？　それとも下働きか？　それにしたっておかしいや。なんで隠れる。てめえは誰だ」

関係ねえ。そう返したかったが、仮にも窮地を救ってくれた恩人だ。しかも千之丞の衣裳を作る職人だという。百多が返す言葉に詰まっていると、暁は眉間《みけん》のしわをますます深くした。黒々とした眉に加え、目玉の瞳の部分までが大きいものだから、よけいに強く睨《にら》まれている気分になる。

「俺ぁ多家良さんから花房千之丞が見どころのある女形だと聞いたから引き受けた。

だが本人を見ねえことには話が始まらねえや」

「……いるよ」

「あ？」

「千之丞は、いる」

声を絞り出した。言いながら、自分に言い聞かせていると感じた。彼の前を駆け抜け、脱いであった草履を引っかけて裏木戸から飛び出した。すると、外に三弥が立っていた。「お嬢」と持っていた手拭いをふわりと百多の頭にかける。

「宿に行きましょう。みんな先に行ってます」

わざわざ引き返してきてくれたのだ。「すまない、三兄ちゃん」手拭いで顔の半分を覆い、百多はうなった。

「私が、あんなところで声を出したもんだから。ややこしくしちまった」

あそこで声を出さなければ、千多は到着が遅れているとでも言ってごまかせた。が、百多の声を聞いた馨子が勘違いしたことにより、千多がいることになってしまった。もしも真相が露見したら、千多のドロンだけでなく、百多が勝手に舞台袖で声を上げたことまで知られてしまう。二重三重に厄介な事態に陥ってしまった。

失態にしゅんとした百多の肩を、三弥がぽんと叩いた。

「二、三日ならごまかせます。栗と柿がきっと若を見つけてくれる」

「でも、もしもさっきの声が私だと知られたら。座元は女が楽屋に上がることすら――」

「お嬢」鋭い声が百多を制した。はっと振り返ると、裏木戸から暁が出てきていた。鋭い視線をこちらに投げている。聞かれた？　百多は青くなったが、三弥は暁の視線にも一向に怯まず丁寧に頭を下げた。そして百多の肩を押して歩き出す。百多もせっつかれるように歩き出しながら、ちらと肩越しに彼を見た。

暁の目がじっと自分を追っていた。あんなおっかない男が、時に可憐《かれん》で時に妖しい女形の衣裳を作るのか。そのこと自体が、百多にはとても面妖なことに思われた。

多家良座から徒歩数分の場所にある宿『あかり屋』は、朝晩の食事が出る旅籠《はたご》屋だった。滞在先では小屋の楽屋か集落の民家に泊まり、移動時は自炊、雑魚《ざこ》寝《ね》が当たり前の木賃宿にしか泊まったことのない面々からすればずい分と贅沢《ぜいたく》だ。この待遇に、千之丞にご執心の馨子の意向が絡んでいることは間違いない。だからこそ、千多の不在が重くのしかかる。座頭の部屋に集まった座員らは、宿の立派さに浮かれればいいのか、この事態に悩めばいいのかと半々な顔つきをしていた。

「今夜の座元とのお席、花房千之丞は病欠ということにしておく。みんな、口裏合わせろよ。ぺろりとよけいなこと喋《しゃべ》るんじゃねえぞ」

うなった茂吉が、集まった面々をゆっくり見回した。どことなく人形めいた、カクカクした動きだ。彼もこの事態に緊張しているのだ。

「だがよ、頭。もしもセンが戻らなかったらどうするんですか。数日はごまかせても、センがいないんじゃあ幕が開かねえ」

役者でもあり、鳴り物が得意な鼓太郎《こたろう》が叫んだ。

「稽古もしないとならねえ。そこに千之丞がいないってぇのもおかしな話だ」

続けて一座の最高齢、義太夫語りの長介《ちょうすけ》も首をひねった。

事態の深刻さに、誰もがうなだれる。初日は十日後の予定だ。肝心の千之丞が病気となれば、数日遅らせることは可能かもしれない。しかし興行には延期がつきものとはいえ、やはり限度がある。茂吉が重たいため息をついた。

「いっそ詫び入れて断るか」

興行を断念する。百多が息を呑むと同時に、座員らもいっせいに色めき立った。

「何言ってんだい頭！　東京の大芝居小屋での興行なんて滅多にできるもんじゃねえ」

「おうよ。第一ここでうっちゃらかしたら、二度と呼んでもらえなくなっちまう」

「センが戻らねえって決まったわけじゃねえ。もうちょっと待ちましょう」

茂吉に詰め寄り、口々に言う。その真ん中で、茂吉はいつになくむっつりと目を閉じ、腕を組んでいた。やがて、ここまで口を開かずにいた三弥が彼のほうへずいと膝を進めた。

「頭。こんなこたぁ言いたくはありませんが」

一座の頭取を兼ねる三弥の言葉に、茂吉は薄目を開けて「分かってる」とうなった。

「俺もできることなら幕を開けてえ。だからこうして考えてんだ」

どうにか興行を続けているとはいえ、一座の内情は常に火の車だ。実際、ここ数月座員らに満足な給金が払えていない。この興行に際し、多家良座とはすでに手金を打ったこともあり、金庫番でもある三弥としては何が何でも幕を開けたいのだ。

「代役を立てますか」

「それも考えた。だが、もう多家良さんやお嬢さんはセンがいい、いると思っちまってる。いるのに出さねえとなったら、よほどの理由が必要だ。病気か怪我《けが》か、それこそここに来てからドロンをしたことにするか」

自分のせいだ。百多はますます小さくなって部屋の隅で身を縮めた。

「頭」

すると、八方塞がりな空気を破る声がきりりと上がった。

一之だ。真っ直《ます》ぐに延びた背筋を崩さずに、苦りきった茂吉を見据える。

「モモをセンの代わりに出したらどうだい」

　全員がぽかんと一之を見る。百多も耳を疑った。

　室内が水を打ったようになる。「いらっしゃいましー！」と階下から響く女中の声が、やけに甲高く耳に届いた。

「……何言ってんだ？　一之さん」

　最初に声を上げたのは四雲だった。その言葉に、全員が目覚めたようにもぞもぞと動き出した。

「こんな時に冗談はよしてくださいよ。一之さんらしくねえ」

「生憎《あいにく》だね、あたしは冗談なんぞ言うお口は持ち合わせちゃいないんだよ」

「おいおい。まさか足腰のへたりが頭にまで回っちまったんですかい？　忘れたんですか、こう見えてもモモは女だ！」

　一之だけでなく百多にも無礼千万だ。が、今の百多は怒ることも忘れていた。茂吉も驚いた顔で一之を見た。

「本気で言ってんのかい、一之さん」

「頭。あんただって分かってんだろ。モモは昔から筋がいい。あたしはね、たとえ足腰がよぼよぼの老いぼれになっても、人を見る目だけは確かなつもりだよ」

　すかさず三弥が四雲の頭をはたいた。叩かれた四雲が渋々ながら「すみません」と一之に向かって頭を下げる。一之は首だけを巡らせると、後ろに正座している百多を見た。

「あの子は昔っから、弟が芸を仕込まれるところを一から十まで見てきた。いっつも千之丞の振りをなぞっていただろう。モモなら、千之丞の台詞も動きも全部入ってる」

一座全員の目が自分に注がれる。けれど百多は、一之の顔だけをじっと見つめていた。一から十まで。全部入ってる。その通りだ。

幼少の時分、百多も千多とともに芝居に出ていた時期があった。子役が出る芝居はおひねりの数が違うためだ。両親や座員らが喜ぶのももちろん嬉《うれ》しかったが、何より百多自身が芝居をすることが好きだった。

台詞を口にするたびに見物が笑い、泣く。この熱気が役の性根をいや増し、役者の四肢に染み渡らせる。役者と見物が一体になるこの感覚は百多を夢中にさせた。自分が芯から違う人間になれる。つらい稽古もまるで厭《いと》わなかった。

だからある日、「千多を女形として仕込む」と宣言した茂吉から、続けてこう言い渡された時は愕然とした。

「もうモモは芝居に出さねえ」

父の言葉は、百多の心と身体を半分すとんと斬り落とした。

男女が同じ舞台に上がることは禁じられている。女の役者は存在するが、彼女たちが掛ける芝居は女のみが出演する。そう聞かされても、百多の幼い胸の内に吹き荒れる嵐はいっこうに収まらなかった。なぜ。その疑問が苦しいほど膨れ上がった。

なぜ私が花房座の芝居に出られないんだ？

なぜ私は女なんだ？

けれど、そんなことは口に出せなかった。みんなを困らせるわけにはいかない。だから黙って頷くしかなかった。以来、百多は母とともに花房座の裏方に徹してきた。

その代わり、一之が千多に稽古をつける様子を、百多も時間の許す限りそばで見るようになった。演目ごとに異なる細かな型から所作まで、「女」になるための決まりごとは数限りなくある。そのすべてを目と耳でつぶさに追い、自らの身体にも叩き込んだ。一之も、そして茂吉らもそんな百多の振る舞いを黙認していた。

頭のてっぺんからつまさきまで、身体のあらゆる箇所を極限まで緊張させ、見えない糸を通す。そして描かれた女の形を、柔らかく、しどけなく、糸を動かして自分の身体で表す。そうすると、己の中が空っぽになるのだ。そうして自分が消えてなくなったその刹那《せつな》、口をついて女が話し出す。

「イヤイヤ放して殺してたも　勝頼様でもない人に　戯《たわむ》れ言《ごと》の恥ずかしい」

いけない。とっさに口を押さえた。もう勝手に台詞を言うなんて失態を犯してはならない。それでも、口を押さえる手の震えは止まらなかった。自分の中の八重垣姫が、喋らせろ、うたわせろと騒ぐ。

また、舞台に。

「いや待ってくださいよ！」

鳶六が声を張り上げた。

「モモを芝居に出したりしたら、俺らまでお縄になっちまうんじゃねえですか？」

舞台で見せる豪壮な立ち廻《まわ》りに反し、案外気の小さい鳶六の顔はすでに青ざめていた。座員らが顔を見合わせる。「そらそうだわな」気の抜けた声でつぶやいた長介が、薄くなった鬢《びん》を掻《か》いた。「第一よ」四雲が眉墨で縁取ったかのように、ぐぐと眉間を寄せた。

「女なんぞに芝居ができるかよ」

「おや。徳川《とくがわ》の世に、『奥』に上がって歌舞伎をお見せしたのは女役者たちだろうよ。今だって、どこで掛けても女芝居は大賑わいだ。お前さん、若いのに頭が固いねえ」

一之の切り返しに、四雲が「そんくらい知ってますよ」と渋い顔を見せた。

「俺が言いてえのは、モモにセンのような女形が演れるかよってことですよ。そりゃあ、たまにはセンの代わりを勤めてましたよ。だけどありゃあくまで稽古だ。第一見てくださいよ、こいつのナリ。顔は黒くて手足も汚れてて、色気なんかかけらもねえ。女形ができるザマかよ」

「いや。女形は男の体を通した女だからな。言わばあり得ないマボロシなんだよ。だからモモのようにガサツな女が演じりゃあ、やっぱりそれは女形なんじゃねえか？」

「よせよ。ややこしい。頭がこんぐらがってくるだろうよ」

鳶六と四雲が真面目《まじめ》な顔で唇を突き出す。汚いとかマボロシとか言いたい放題だ。とうとう横から「いい加減にしろ」となった三弥が、茂吉のほうへ向き直った。

「頭。俺たちも横浜に捜しに行ったほうがいいんじゃねえですか。数が多けりゃそれだけ若を見つけやすい。全員で行くと目立ちますから、何人か組んで交替で」

「そうだな」また深いため息を重ねた茂吉が、ちろと一之を見た。

「一之さん。モモを芝居に出すってのはあまりに危ねえ橋だ。まずセンを捜すことに注力しようぜ」

一之の目が、静かに茂吉を見つめ返した。長年一座の対の車輪としてやってきた二人にしかわかり得ない、濃密な無言の時が束《つか》の間《ま》流れる。やがて、一之がふっと息をついた。「分かったよ」と頷く。百多はホッとした。

けれど、一瞬覚えた昂《たかぶ》りは、まだ胸の奥に、四肢の末端に残っていた。思わず両の手を握り合わせ、ぐっと指先を揉《も》みほぐす。私ったら、何を考えたんだ。センの代わりに舞台に出る？　そんなこと、できるわけがないだろう。

緊張した顔つきで居並ぶ面々を、茂吉が見回した。

「多家良さんに数日興行を遅らせられねえか掛け合ってみる。だがよ、てめえらもセンが戻ったらすぐにでも幕が開けられるようにしておけよ。客は俺たちを田舎芝居と舐めてかかる。見物に来るのは物珍しいからだ。そのすかした鼻をあかしてやろうじゃねえか」

力のこもった茂吉の言葉を聞いていると、腹の底がじんわりと熱くなってくる。こんな危うい状況だというのに、どうにかなると思えてくるのだ。全員が得心がいった顔つきで頷いた。

三弥が通りに面した障子を開けた。吹き込んだ一陣の春の風が、重かった部屋の空気をたちまち散じる。セン。百多は胸の内で弟を呼んだ。どこにいるんだよ、お前は。

そしてふと、こんな時、母ならばどうしただろうと考えた。

座員らが茶屋『鶯屋《うぐいすや》』で催される宴席に向かう一方、百多と駿は宿に残った。もっとも赤木家の威光で、二人に供された宿の食事もやけに豪勢だった。千多の振りをしなければならない百多は茂吉のどてらを着込み、頭痛がすると頰かむりしていた。

　程なく三弥と一之、そして九太が戻ってきた。駿は飛び上がって九太に駆け寄り、そのまま二人は役者連中にあてがわれた大部屋に去った。一之も自室に引っ込む。三弥だけが部屋に残り、百多に宴《うたげ》の様子を聞かせてくれた。

「多家良さんは初日の延期を受け容《い》れてくれました。ですが、三日を超えてはいい顔をしない塩梅《あんばい》でしたね。贔屓先やらに配った辻番付には、『花房一座』とデカデカ掲げて、三山や一之、千之丞の名前を出してたみたいです」

　辻番付とは贔屓筋や人の集まる床屋や湯屋《ゆや》、茶見世などで配る一枚刷りの宣伝紙のことだ。三弥が首を振り振り不安をこぼす。

「金主である赤木さんも、ことに花房千之丞を楽しみにしていると繰り返していました。あのお嬢さんの肝入りなんだから無理もないですが」

　頰を赤らめていた馨子の面立ちを思い返すと、暗澹《あんたん》たる気持ちになる。すると、もとから思案げだった三弥が、一段と深いため息をついた。

「ちょいと探りを入れてみたんですが。数か月前まで多家良座に出ていた上方の役者と作者の帰阪、おもな原因は多家良さんにあったようで。彼は役者の給金や芝居の内容、配役について一切口を出させないそうです」

　しかも一つの興行が終わったら、ろくに休む暇も与えずに次の興行を打つ。そのため、座長が病に倒れて帰阪したとたん、強引なやり方にかねてから不満を抱いていた残りの役者も狂言作者の連中も、そろって大阪に帰ってしまったという。

金も役者も作者もない、まさに万事休す。そんな多家良座に舞い込んだのが、今回の赤木が金主となって花房座の興行を打つという話だったわけだ。多家良にとっては、まさしく渡りに船だったに違いない。

「だから今現在、多家良座には専属の役者がいない。小屋付きの作者が一人、いるにはいるみたいなんですが。しかしこの男、どうにもふらふらして腰の落ち着かないヤロウのようで、未だに顔すら見せていない。ほかの官許小屋では考えられない有り様です」

「聞いてた話とずい分違うな。評判の小屋どころか、崖っぷちじゃないか」

「木戸銭のわりにいい芝居を見せるという評判は本当みたいなんですけどね」

三弥の眉間のしわが、また深くなった。

「同じ日本橋にやはり御一新後に官許された小屋があるんですが、どうやらこちらさんとも悶着《もんちゃく》があるみたいで。この世界は死力を尽くした見栄《みえ》を張るため、そのたびに大博打《おおばくち》を打つようなもんです。色の違う俺たちを呼んで芝居を掛けさせるのもそのためだ。赤木のお嬢様に言われたからだけじゃねえ」

花房座の芝居を掛けることがどうして博打になるのだろう？　首を傾げた百多は、

ふと「あのさ。三兄ちゃん」と口を開いた。

「武蔵屋って、父ちゃんと何か関係があるの?」

武蔵屋は江戸の御世《みよ》から成田屋《市川家》、音羽屋《尾上家》と並び立つ役者ものの一門、殿川《とのかわ》家の屋号だ。多家良が言っていた〝大武蔵〟とは武蔵屋の頭、昨年亡くなった二代目殿川五《ご》右衛門《えもん》のことを指す。

なぜ多家良は武蔵屋の名を持ち出したのか? 父の茂吉と、あの大芝居の有力一門にどんな関係が? それが「博打」にも関連しているのだろうか?

三弥は真剣な百多の表情をしばし見てから、ふいと目をそらした。

「金のことさえなかったら、俺も、東京《ここ》には」

そう言ったきり口を噤《つぐ》んでしまう。どういうことだ? けれど百多は、すぐに問い詰めることを諦めた。

百多が物心ついた時から花房座にいる三弥は、茂吉を芝居の師として信奉しており、一度こうと決めると梃子《てこ》でも動かないところがある。今もそうだ。この様子では、百多がどれだけ頼もうが何も教えてくれないに違いない。

代わりに、百多の口からも重いため息がついて出た。

「母ちゃんがいれば」

三弥が百多を見た。

「母ちゃんがいれば、千多は黙ってドロンしたりしなかったかもしれない」

「お嬢」

「やっぱり私じゃ、母ちゃんの代わりには」

「よしましょう。おかみさんはおかみさん。お嬢は、お嬢だ。お嬢だって、花房座のために身を粉にして働いてきたじゃないですか。とにかく、今は若を捜しましょう」

彼の言葉に、百多はじんわりと滲む涙を急いで拭った。

「そうだな。あのヤロウ、見つけたらただじゃおかない。尻を千回蹴ってやる。炊事も洗濯も繕いも全部やらせる。だから
早く戻ってきやがれ。

二　八重垣姫

「ねえモモ。花房三山《はなふささざん》は日本一の役者よ。花房座も、いつか大芝居に負けない一座になる」

　これは母、鶴《つる》の口癖だった。

　鶴は衣裳《いしょう》や小道具の管理から、座員の日々の面倒と、まさに一座のすべてを陰から支えていた。穏やかな性格の鶴を、役者も裏方も本物の母のように慕っていた。気難しい一之《いつの》でさえ、鶴には一目置いていた。

　そんな母が亡くなったのは、百多《ももた》が十五になる年のことだった。北陸の村で興行した際、もらった風邪《かぜ》であっけなく逝ってしまったのだ。かねてから心の臓が弱ってはいたのだが、旅から旅への生活では治療する暇もなかったことが急逝した原因だった。以来、茂吉《もきち》は後添えももらわず、未《いま》だに独り身のままだ。

　亡くなる間際、母は枕元に呼び寄せた百多の手を握り、何度も訴えた。

「モモ。お前が茂吉さんを、花房座のみんなを支えるんだよ。お前は、女の子なんだから」

それからというもの、花房座でただ一人の女となった百多は懸命に働いた。裏方の仕事、雑用を一手に担い、昼夜を問わず独楽鼠《こまねずみ》のように動き回った。一座全員の顔色を見て身体《からだ》の調子を気遣《きづか》い、やりくりして旅先での食事にも気を配った。衣裳の繕い、洗濯、小道具の手入れ……日々、目が回るような忙しさだった。茂吉や一之に叱咤《しった》されて腐る役者には活を入れ、時に語られる身の上話にも延々付き合った。

もう舞台には上がれなくても、母のように、座員の心の支えになりたかった。

それなのに。

百多は考えずにはいられない。

母がいれば、千多《せんた》はいきなり姿を消すような真似《まね》はしなかったかもしれない。


多家良座《たからざ》に着いた翌日、百多と駿《しゅん》を除いた座員らが多家良座に赴き、出入りの衣裳屋と鬘屋《かつらや》による衣裳調べ、鬘合わせを行った。八重垣姫《やえがきひめ》（赤姫）以外の衣裳はすべて衣裳部屋のもので賄《まかな》い、赤姫の衣裳のみが目下作製中だという。百多は真っ先に暁《あかつき》の顔を思い出した。

そして夕刻、意外にも栗助《くりすけ》と柿男《かきお》が早々に戻ってきた。横浜《よこはま》と新橋間《しんばしま》を汽車に乗り、そこから多家良座まで徒歩《かち》で約二時間の道のりだ。多家良座の男衆に教えてもらい、あかり屋に辿《たど》り着いたという。しかし女中に運ばせた茶で喉を潤した二人が語った話は、座員らを落胆させるものだった。

「地元の商売人に聞いたんですが、往来座《おうらいざ》が横浜に入るのはふた月ほど先らしいんです。だから今は、まだ地方を回っているみたいです」

栗助と柿男にとっても、ふた月先とは予想外だった。往来座がいないのならば捜す当てもなく、千多が泊まりそうな木賃宿を回ってはみたが、まるで収穫がなかったという。

「で、往来座は今どこにいるんだ？」

三弥《さんや》の言葉に二人は首を傾《かし》げた。「そこんとこが肝だろうよ！」四雲《しうん》がその場にひっくり返りそうな勢いで悪態をつく。「俺たちも訊《き》いて回ったんですけど、誰も知らないって」と栗助と柿男はしゅんと小さくなった。

難しい顔で腕を組んだ茂吉がうなった。

「ふた月とはずい分先だな。センのヤツ、それが分かってて飛び出したのか？」

「センはああ見えて抜かりがないからね。一座の興行主の名前、興行先を事前に押さえていたのかもしれないよ」

一之の言葉に、思わず百多は九太《きゅうた》と顔を見合わせた。そういえば一座の見世物がはねた後、千多だけがあの布張りの奇妙な小屋からなかなか出てこなかった。もしやあの時、往来座の詳細な興行先を訊いていたのか？

床の間を背にした茂吉がガシガシとうなじを擦《こす》り、全員を見回した。

「仕方ねえ。センの捜索はいったんここまでだ。明日から稽古に入る。楽屋の二階の大部屋だ。道具方がうるさかったら、茶屋でやっても構わねえそうだ、が……こりゃあ本気でセンの代役を考えたほうがいいかもしれねえな」

代役。座員らが息を詰めた。

「謙信《けんしん》、勝頼《かつより》、濡衣《ぬれぎぬ》役の俺と三弥、一之さんは論外、となると四雲か柿男あたりか」

名指しされた二人が飛び上がった。確かに彼らは女形《おんながた》を兼ねることもある。が、それはあくまで町娘や女中などの端役に過ぎない。案の定、二人は青くなって退《しさ》った。

「冗談じゃねえ！　ここでしゃしゃり出たりしたら、赤木《あかぎ》のお嬢さんに祟《たた》り殺されちまう」

「そうですよ、赤姫の衣裳だってセン以外の役者が着るなんてできっこねえ」

二人の言うことはもっともだった。形をなぞるだけの役者がどれほど無様か。女形となればなおさらだ。それでなくとも、宿には馨子《かおるこ》からの見舞い品が続々と届けられている。水菓子にチヨコレイトなる不思議な食べ物、精が付くからと卵に豚肉、無《ぶ》聊《りょう》慰安に塗絵《ぬりえ》双六《すごろく》と、商店でも開けそうな勢いだ。あの馨子の前に千之丞《せんのじょう》の代わりでございと出るには、大砲を顔面に撃ち込まれてもけろりとしているほどの面の皮の厚さが必要だ。

「狂言《ほん》を変えるか」

「できるかよ。『十種香《じっしゅこう》』はあの座元が掛けろと言ってきた演目なんだ」

「どっちにしろ、センが出ないことには収まらねぇ」

鳶六《とびろく》や四雲、鼓太郎《こたろう》らのかまびすしい議論が空しく飛び交う。進退これ谷《きわ》まる。誰もがそう思った時だ。

「長《ちょう》さん。九」

二人を呼ぶ声が上がった。一之だ。「『十種香』を語っとくれ」と言う。それから振り返り、一番後ろに控えている百多を真《ま》っ直《す》ぐ見据えた。

「モモ。前に出な」

百多の全身に緊張が走った。座員らが「まさか」といっせいに顔色を変える。程なく、三味線を手に大部屋から戻ってきた九太が部屋の隅に正座した。素早く糸巻きを繰り、バチで弾いて糸を整える音が部屋にびんびんと響いた。一之が九太の隣に座った長介《ちょうすけ》に指示を飛ばす。

「ちょぼ（義太夫語りの地の文）は『暮れ行く月日も一年《ひととせ》余り』からでいいよ。モモ。八重垣姫をやんな。頭《かしら》、ちょいとすまないけど、そこをどいてもらえるかい」

茂吉はしばしためらったものの、すぐにぐっと唇を引き結んで上座から退《の》いた。その顔からはいつもの明朗さが消えていた。百多の全身からざあっと体温が飛ぶ。

一之は空いた場所に脇息《きょうそく》を置くと、「早く」と百多を促した。百多はおそるおそる立ち上がり、脇息の横に正座した。座員らから見て上手側を向く。客には横顔を見せる形になる。音羽屋が考案した型だという。しかしいくら形だけなぞっても、目に映る自分の手は浅黒く、着古した着物の袖口はほつれている。姫というにはあまりに貧相だ。こちらを見る座員らの表情は一様に懐疑的だった。赤の他人を睨《にら》むようなその目つきに、震え出しそうになる。

だが、九太の弾く三味線の音、それに乗り長介が「暮れ行く月日も」と語り出すと、不思議と震えはぴたと止まった。狂言『本朝廿四孝《ほんちょうにじゅうしこう》』四段目、俗称『十種香』の序盤だ。百多は目を閉じ、散々目にしてきた千之丞の八重垣姫を思い浮かべた。許嫁《いいなずけ》の勝頼が死んだと知らされた八重垣姫が、勝頼の絵に向かって回向《えこう》している場面だ。顔を見たこともない許嫁の死を嘆く彼女は、蝶《ちょう》よ花よと育てられ、美しいものしか目にしたことのない深窓の姫だ。だからこそ、添い遂げるはずだった男への想《おも》いは深い。目を開けた。眼前に勝頼の絵姿が浮かぶ。ああ愛《いと》しい。おいたわしい。

「申し勝頼様　親と親との許嫁　有し様子を聞くよりも　嫁入りする日を待ちかねて

お前の姿を絵に描かし　見れば見るほど美しい　こんな殿御と　添臥《そいふし》の」

茂吉と座員の全員が息を呑《の》んだ。

続く長介の「身は姫御前の果報ぞと」の語りに合わせ、しおしおと首を振り、両袖で顔を覆い、愁嘆を表現する。それでいて彼女の動きには、愛する人を喪《うしな》った悲しみに加え、どこか甘いいとけなさもある。その垣間《かいま》見《み》える可憐《かれん》さ、無邪気さが、姫の純粋さを浮き彫りにしているのだ。「絵像のそばで十種香の」の語りで客のほうへ顔を向け、香の煙を目で追いながら数珠をつまぐり、中腰で姿勢を決めた。前に出した脇息をとんとんとつつき、指先を滑らせる。姫の指先の脆《もろ》さ儚《はかな》さは、薄い氷のようだ。少しの熱と衝撃で砕けてしまう、繊細な心だ。

すべての振りが一之から千多へ注がれた型だ。女である自分から「女」は遠かった。その「女」が、自分の身体を通し、立ち現れる。ああ。この感覚。かつて幼い百多を満たした高揚は、たちまち自我を打ち消した。目線、首の角度、手足の姿勢、指先すべてに純真な少女の意気が満ちる。

「雑だねえ」

突然、一之の声が飛んだ。少女の面影が一瞬にして霧散する。長介と九太の義太夫が止まった。我に返った百多は顔を上げた。

「センは正確だけど細かいところを突き詰めすぎて、想いがブツ切りになっちまうところがあった。お前は逆だね。想いが先走って体が追いついてない」

そう言うと、一之はきゅっと目を細めた。

「全部が流れるような動きで、芝居なんだけど芝居じゃない。それじゃあ女形としてはダメなのさ。形の美しさで泣かせるのが役者だ」

女形としてダメ。胸の奥に、すとんと黒い幕を落とされたように感じた。「でも」と一之が続ける。

「一番大切なもんを持ってる。役の芯からの肚《はら》だ。振りを丁寧にやれば、ずい分と良くなるだろうよ」

そして、一之は茂吉を見た。

「土下座して芝居をよすか、センの代わりを出すか。どっちも地獄なら、モモを出したらどうだい。頭」

「だが、女は」

「だからセンに化けてもらうしかないだろうよ。この子は今から花房千多。千之丞だ」

「女」になるために、「男」になる？　百多だけでなく、全員が呆然《ぼうぜん》と一之を見つめた。

この時、この瞬間から、花房百多が〝花房千之丞〟になった。

　翌日から、多家良座の楽屋ではなくあかり屋二階の大部屋で稽古が始まった。なるべく百多を人目に付かせないための策だ。あかり屋の主人は「構いませんよ。ちょぼでもクドキでもなんでもござれだ」と快諾してくれた。その満面の笑みたるや、赤木家から渡された袖の下はよほど手厚いものだったらしい。

　一方、多家良には千多の容体を慮《おもんぱか》ってと嘘《うそ》をついた。これでいよいよ引き返せなくなった。全員がそう思ったに違いない。茂吉を中心に車座になった面々は、誰もが緊張しきっていた。

　花房座に正本（脚本）の類はない。すべて茂吉と一之が口立て稽古をして役者たちに仕込んでいる。演目は『妹背山婦女庭訓《いもせやまおんなていきん》』『義経千本桜《よしつねせんぼんざくら》』など人形浄瑠璃《じょうるり》を原拠とする義太夫狂言を中心に、時代物、世話物、所作事《しょさごと》と様々だ。

　茂吉と一之は多くの旅芝居とは違い、手前勝手な台詞《せりふ》、筋を追うだけの投げた芝居などを一切許さなかった。東京に負けない本筋の芝居を見せる。その意気込みが花房座を支持する人たちを増やした。反面、厳しさに嫌気がさして、ドロンした役者が何人いたことか。しごきに耐えた今の面々に落ち着いたのはここ二、三年のことだ。

当日の狂言の流れは、一番目『本朝廿四孝』、二番目が『五大力恋《ごだいりきこいの》緘《ふうじめ》』、大切《おおぎ》りの所作事は『六歌仙《ろっかせん》容《すがたの》彩《いろどり》』に決まった。茂吉、三弥、四雲といった主要な役者はほぼ出ずっぱりだ。一番目以外の演目を、まずは頭からさらっていく。

「声尻を鳴らすな。口先チョンチョンだからそうなる。ああいけねえな、雑だ。なんだその刀の抜き方。グッ、トン、腹に落としてスッだ。てめえのやり方じゃ役の本性が汚れちまわあ、型だけなぞって何が役者だ。そんななまくら、馬の脚でもお呼びじゃねえぜ」

いつもよりはるかに動きのいちいち、表情や台詞回しに細かい指摘が入る。茂吉の叱声にはいつになく余裕がなかった。目の肥えた見物が集う東京の官許小屋で芝居を掛ける。それがどれだけ大変なことなのか。思いがけず舞台に立てる高揚は、今や百多の中から消し飛んでいた。不安と緊張だけがじわじわと高まっていく。

昼前に始まった稽古は、夕方近くになっても終わらなかった。昼餉《ひるげ》は部屋に運んでもらい、各々が素早く食べた。いつもは文句ばかりの四雲や鳶六らも不平一つ言わず、真剣な顔で稽古に臨んでいる。

「一番目」

茶で喉を潤した茂吉がうなる。百多ははっと息を詰めた。稽古着代わりの浴衣の前をかき合わせる。ひょろりと痩せた身体に必要かどうか疑問だったが、胸にはさらしが巻いてある。到着してからこの方、湯殿も湯屋《ゆや》も使えないため、用意してもらったお湯で身体を拭いただけだ。それでも、今朝は念入りに顔を洗い、髪もきっちり一つにまとめた。たったこれだけのことだが、違う人間になった心持ちがした。

ところが百多が立ち上がろうとした時、廊下を歩く複数の足音が聞こえてきた。座員らはぎょっとした。座敷の襖《ふすま》が突然開かれ、多家良が入ってきたからだ。

「宿で稽古ってぇのはいい思い付きだ。これも宣伝にならあな」

そう言って豪快に笑い、額に浮いた汗を扇子であおぐ。「ご苦労さんです」茂吉を始め、座員一同が頭を下げると、多家良は紅を刷《は》いたみたいな上気した顔でうんうんと頷《うなず》いた。

そんな多家良の背後から、もう一人、男が入ってきた。百多はぎくりとする。暁だ。相変わらずぎょろぎょろとした目で座敷を見回している。百多の姿に気付くと、かすかに眉をひそめた。百多はあわてて目をそらした。知らぬ顔を決め込む。

茂吉のほうへ身を乗り出した多家良が訊いた。

「なんだ、どの演目をさらってんだ？」

「これから廿四孝です」

「おお、そりゃちょうどいいや！　どれ、赤木のお嬢様がご心酔の赤姫、とくと拝見」

やめてくれ。しかし、ここで逃げ出すわけにはいかない。

座敷の下手に腰元・濡衣役の一之、真ん中に簑作《みのさく》（勝頼）役の三弥、上手に八重垣姫役の百多が座る。死んだと思われた勝頼そっくりの簑作を見て、姫は動揺する。簑作に「勝頼ではない」とあしらわれるものの、募る恋心を抑えられず、彼に抱かれたいと濡衣に仲介まで頼む。この狂言は謀略と人の生き死にが重なる入り組んだ筋書きなのだが、だからこそ八重垣姫の一途《いちず》な恋心、乙女心が際立つ。想いを簑作にぶつける八重垣姫のくどきは、この段一番の見せ場だ。

一之から百多へと注がれた姫の恋心、情熱を振りで追う。想いを遂げたいと柱に袖を巻き付け、取りすがり――

「裲襠《うちかけ》を脱ぐ振り、気がないねえ」

突然、一之の声が飛んだ。はっと百多は姿勢を正した。

姫が濡衣に簑作との仲介を頼んだとき、裲襠を脱ぐくだりがある。ちょぼの「夕日まばゆく　顔に袖　あでやかなりし」がきっかけだ。一之が続ける。

「姫の一途さを表しているくだりだ。そんな動きじゃ、まるで客に伝わらないよ。クネクネしたイソわかめかい。恋をしている必死さ、かわゆさもまったく足りない」

四雲や鳶六がぷっと噴き出した。男勝りの百多には、まるで縁遠いと思ったのであろう。

しかし、戸惑ったのは百多自身も同じだった。〝恋〟。百多にとっては、舐《な》めたことのない飴玉《あめだま》みたいなものだ。それでも「はい」と頭を下げた。じっと向けられている暁の黒い目が、視界の端に引っかかっていた。

ようやく一日の稽古が終わると、多家良が扇子で顔をあおぎながら言った。

「もっと旅の錆《さび》が浮いた芝居かと思ったが、そうでもないね。さすが三山だ。あんたじゃなけりゃ、こんな連中ただの棒きれ。よく仕込んでる」

遠慮のない言葉を吐く。四雲らは顔色を変えたが、茂吉は「もったいねえ」と平気な顔だ。そして多家良の視線が百多へと移った。

「なるほど、これが赤木のお嬢様ご執心の千之丞ですか。確かに悪くねえ。田舎で育った牛蒡《ごぼう》にしては、化けることに長《た》けている。だがよ、所詮牛蒡は牛蒡だ。まだまだ土臭え」

斬り捨てるような物言いに、百多は顔を隠すことも忘れていた。「なんだと」とうとう四雲を始めとした座員らが立ち上がった。「やめねえか！」三弥が彼らを一喝する。

ところが、多家良は連中に凄《すご》まれてもまったく意に介さず呵々《かか》と笑った。

「おいおい。旅から旅への河原者《かわらもの》が、どんな芝居を見てきたってんだ。同じ鳥でも、鶏と鷹《たか》の見る景色が同じかよ？　東京の芝居を見もしねえで、役者気取りとは笑わせるぜ」

「言わせておけば」と四雲らがますますいきり立つ。だが、百多は多家良の言うことをもっともだと思った。

自分たちは東京の芝居を知らない。

「こっちは海のものとも山のものともつかないてめえらに大金払ってんだ。いざ蓋を開けて並ぶのが泥まみれの牛蒡役者ばかりじゃ、すぐに店じまいよ。言っておくが、牛蒡が着飾った程度の赤姫じゃあ、東京中の見物からカスを食らうぜ」

牛蒡牛蒡と連呼した多家良が茂吉を見た。

「だからよ。お前さんたち、二日後に千束《ちづか》座の芝居を見物しな。お足は持つよ。演《だ》し物は一番『満《まん》二十年息子《にじゅうねんむすこ》鑑《かがみ》』二番に『二代源氏《にだいげんじ》誉《ほまれの》身換《みがわり》』。そうそう、千之丞さんは大切りの『助六由縁《すけろくゆかりの》江戸桜《えどざくら》』を見なさいよ。人気の若女形、殿川五郎丸《とのかわごろうまる》が揚巻《あげまき》を勤めるよ」

「殿川」三弥が顔色を変えた。茂吉をちらと見る。長介が首を傾げた。

「殿川？　てぇことは、武蔵《むさし》屋ですかい」

「おうよ。昨年、二代目殿川五右衛門《ごえもん》が亡くなって、息子の五之助《ごのすけ》が三代目五右衛門を襲名したんだ。武蔵屋も、成田音羽《なりたおとわ》に引けを取らない大芝居の一門だ。見物しておいて損はない」

また武蔵屋という名前が出てきた。殿川一門の芝居が見られると知った座員らがそわそわと身体を揺すり出す。が、多家良は不機嫌にちっと舌打ちすると、太い腕を組んだ。

「千束座はよ、座元の兵頭権太《ひょうどうごんた》がまあ腹黒い男でよ。小屋が開場したのはほぼ同時期なんだが、裏で手を回して多家良《うち》座の金主《きんしゅ》をかっさらいやがったのよ。おかげで柿落《こけらおと》しの芝居が遅れに遅れ、役者連中にも逃げられた。上方の役者連中を呼んだのは、それを立て直すためよ。その間に、卑怯《ひきょう》な真似をしくさった千束座は、とんとん拍子に大入りを果たして大芝居様と奉られていやがる」

憎々しげに眉根を寄せ、居並ぶ座員らを見回す。

「だからよ、どうあってもあんたらには千束座、武蔵屋に負けない芝居を掛けてもらわにゃ困るんだ。そのためには敵を知る。いいな、道楽で見物させるんじゃねえぞ」

三弥が言っていた悶着《もんちゃく》とはこのことか。どうやら、花房座は二つの小屋の小競り合いに巻き込まれているらしい。内心苦く思う百多をよそに、多家良が暁を振り返った。

「で？　暁、おめえはどうだった。千之丞さんの赤姫は」

座敷の隅に正座していた彼は、「面白いもんを見せていただきました」と、真意の量れないことを言った。多家良が再び呵々と笑う。

「〝てっぽうの暁〟ともあろうものが、何を借りてきた猫みてえにしてんだよ。いつもの威勢はどうした」

てっぽう？　百多が首を傾げると、暁は「よしてください」と顔をしかめた。が、多家良は構わず言葉を次ぐ。

「赤姫の衣裳、大丈夫だろうな。赤木のお嬢様がことに楽しみにしていなさる。女心を袖にするようなモン作りやがったら、土下座くれえじゃすまねえぞ」

あくまで顔は笑っており、口調もおどけてはいるが、暁を見る目つきは鋭い。東京の真ん中で官許小屋を統《す》べる男の本性を見たようで、百多は息を呑む。

「千束座の衣裳頭にたてついて、追ん出されたてめえを拾ったのはこのあたしだ。ここでも放り出されたら、墓の下にいなさる『かけがわ』の先代に申し訳が立たねえだろう？　いいな。しっかりやれよ」

最後のほうはほとんど脅しだった。しかしてっぽうと呼ばれた男は怯《ひる》むでもなく、

「へい」と殊勝に頭を下げた。

「初日には、必ず」

芝居は初日に衣裳、道具などがようやくそろう。そのためにきっかけをとちったり、衣裳の丈が合わなかったり、演目が端折《はしょ》られたりと完全な形で上演できることはほとんどない。したがって初日は半額、もしくは無料になるのが通例だった。「初日か」

多家良がうなった。

「赤木さんは初日からあのお嬢さんと一緒に見物に来ると言っている。だからよ、どうあっても赤姫だけは失敗するわけにはいかねえんだ。途中でもいいから、一度くらいは千之丞さんに衣裳を合わせてもらえ。いいな」

暁は素直に「分かりました」と頷いた。百多はそんな彼の顔をそっと窺《うかが》った。この男が作る赤姫の衣裳。果たして、どんなものなのだろうか？

多家良と暁が帰ってからはすぐに夕飯となった。その後、座員らは町に繰り出したり部屋に引っ込んだりと、各々散った。多家良座の手金によって多少なりとも懐《ふところ》が潤った彼らは、夜は博打《ばくち》だの酒だの女だのと遊び歩いているのだ。

するとやはり遊びに行く四雲と鳶六、鼓太郎が百多のもとにやってきた。四雲がニヤけた顔で耳打ちしてくる。

「おめえも少し遊びに出たらどうだ？　今のおめえじゃ〝恋〟なんてからきしだろう」

今の状況で遊びになんぞ出られるわけがない。思わず「うるせえ！」と蹴りを入れると、三人はそろって「怖ぇ怖ぇ」と階下に降りていった。百多はちぇっとむくれた。なんだよ。からかいやがって。

四雲たちは、女の百多が千之丞の代わりを勤めることを、まだ完全には納得していない。だからこうして、ちくちくと突っかかってくる。

だが、今の百多はそれどころではなかった。すぐに〝恋〟か、とため息をついてしまう。

姫の恋心は、一途と言えば聞こえがいいが、妄執と紙一重だ。相手を許嫁と思い定め、とにかく突っ走る。

その情熱を持った少女はどんな表情で、どんな色をしているのか？　今の百多にはさっぱり見えてこない。

通りに面した障子を開け、二階の手すりから往来を見下ろした。手習いか、それともどこかでお座敷が掛けられているのか、三味線の音が聞こえてきた。さすが芝居の町だっただけのことはあり、気付けばいつも長唄《ながうた》小唄、糸を鳴らす音が風に乗って耳に届く。こうしているだけで芝居の中にいるようだ。

ふと立ち上がった。宿の浴衣からいつもの小袖姿になる。いくら髪を整えても、着たきりすずめのこの着物をまとうと、とたんに貧相になるのが悲しかった。それでも、そっと部屋を出て階段を下りた。夕餉時のあわただしさのせいか、百多に注意を払う者はいない。土間に並べてあるあかり屋の下駄を急いでつっかける。往来に飛び出して、ホッとした。

往来には蕎麦《そば》屋、軍鶏《しゃも》屋といった食べ物屋が軒を連ね、店先で鰻《うなぎ》の串焼きを売る店もあった。店々から漏れる明かりには甘辛いタレの匂いが染みつき、瓦斯燈《ガスとう》の明かりは夜の闇を下から照らしていた。粋筋《いきすじ》の女性たちの姿も多く、人と俥《くるま》の行き来は絶えることがない。休まず、たゆまず、ずっと動いている。これが東京か――

「おい」

突然、背後から声をかけられた。振り向いた百多はぎくりと顔を引きつらせた。

暁だ。また不機嫌そうに腕を組み、こちらを睨《にら》んでいる。思わず逃げそうになった百多の腕を、逃がすかとばかりに摑《つか》んできた。

「ずい分と待たされたぜ。ほかの連中はぞろぞろ出てきたってのによ。お前、多家良座の楽屋で会ったヤツだよな」

うっと言葉に詰まる。とっさに女形のように袖で顔を楚々《そそ》と覆った。

「あいすみませんが、なんのことやら」

「下手な芝居はよせ。見え見えなんだよ」

「下手――い、いやですよぉ暁さんオホホホ。おや、ご挨拶が遅れちまった。花房千之丞と申します。こんたびの赤姫のお召物、さぞやお綺麗《きれい》なものができるんでしょうねえ」

とはいえ、普段の千多はこんな話し方はしない。しかし女であるとバレないために、なぜか過剰に「女らしさ」を装ってしまう。

「千之丞はどうした」

「だから千之丞はアタシですよ」

「舐めるなよ。ただでさえ旅役者なんぞのために赤姫を作らされてんだ。その役者までがニセモノとは、いい度胸じゃねえか」

こめかみの奥でブツっと音が鳴った。彼の言葉が、耳から四肢《しし》、全身、そして心の臓にじわじわと染みてくる。暁の腕を強く振り払った。「……なんだよ」身体が震えてくる。

「あんた、さっきの稽古を見てたんだろ。それでも、そんなことしか言えねえのか」

暁は何も言わない。ただ黒目勝ちの目を見開き、じっと百多を見つめている。

「三弥の勝頼、一之の濡衣、三山の謙信……あれを見ても、それしか言葉がないのか。〝旅役者なんぞ〟って、そんな言葉しか出ねえのか。東京モンの芝居ってのは、そんなにすげえのかよ!」

声がひっくり返った。思わず顔をそらせる。

「あんたの目にどう映ろうが、私らは役者だよ。それしかねえんだ。ずっとそうやって生きてきた。てめえなんぞに、あれこれ言われる筋合いはねえ」

二人の周辺を、笑いさんざめく人々が行き過ぎる。誰もかれも動きが速い。目で追うだけで疲れ果て、息が詰まりそうになった。もともと、土臭え牛蒡には蔵衣裳でも十分なんだ」

「作りたくねえならやめちまえよ」

　鼻の奥がつんとする。ええいこんちくしょう。あわてて大きく息を吸った。冗談じゃねえ。こんなヤツの前で絶対に泣くもんか。

「だがな、ごてごてと飾らなくたって赤姫は演《や》れるぜ。いいや。絶対《ぜって》ぇ演ってやる。覚えとけ」

　やはり暁は黙っていた。それでいてこの場を去ることもせず、ただじっと立っている。なんだよ、失《う》せろよ。いい加減鬱陶しくなった百多が、そう怒鳴りつけようとした時だ。

「なぜ、脱ぐ時ためらった」

　唐突な言葉に、百多は顔を上げた。

「は？」

「田之倉一之が言ってただろ。八重垣姫が裲襠を脱ぐところ、気がないって」

　ぽかんと相手の顔を見つめた。しかし暁の黒い瞳は真っ直ぐこちらに向けられている。仕方なく百多は答えた。

「あそこで脱いだら急ぎ過ぎてる気がしたんだよ」

「作りたくねえならやめちまえよ」

「急ぐ？」

「脱いだり着たり、衣裳の見た目が変わったりするのは、その人物の心ん中の変化を見せるためだろ。てえことは、あそこで八重垣姫に裲襠を脱がせるのは、絶対ぇ簑作を落とすぜって決意したことを見物に分からせるためだ」

　暁は無言のままだ。しかし百多はその沈黙に構わず、胸の中で引っかかっていたことを言葉にしていった。

「だとしたら早くねえか。だってついさっきまで死んだ許嫁のために回向してたんだぜ。なのにいくらそっくりの男が現れたからってよ」

「じゃあ、いつならいいと思うんだ」

いつ？　百多は目を見開いた。一之の指導以外のやり方なんて考えたこともなかった。

「肚《はら》に落ちてねえなら、どんな豪華な衣裳を着たって牛蒡のままだ。お前はいつだったら裲襠を脱げると思うんだ」

いつ。思わず腕を組んだ。暁の問いを真剣に考える。

私が姫なら。いつ、死んだ許嫁とそっくりの簑作を口説こうと思うか――

「やっぱりあのへんかな」

豪奢《ごうしゃ》な赤い裲襠をまとった八重垣姫が、頭の中で動き出す。

「姫に簑作との仲介を頼まれた濡衣が、代わりに長尾《ながお》家にある武田《たけだ》家の兜《かぶと》を盗んでほしいと言うだろ。あれで姫は簑作が勝頼だと確信する。だけど簑作にあくまで『勝頼ではない』と突っぱねられた時、彼女は決意するんじゃねえかな。この男は勝頼だ、必ず落とすって。……だから裲襠を脱ぐなら、ちょぼの〝言う顔つれづれ打ち守り許嫁ばかりにて　枕交さぬ妹背中〟のあたりかな」

にやりと暁が笑った。百多はどきりとした。笑ったところを初めて見た。

「悪かねえな」

「……そうかよ」

別に嬉《うれ》しかねえぜ。そう言う代わりに、口を尖《とが》らせた。

「だけどあの場面、ちょっと色気がねえなって思うんだ。花房座《うち》も衝立《ついたて》には鴛鴦《おしどり》の絵を描くんだけどさ。あれがどうにも間抜けでさ」

八重垣姫が簑作を口説く場面に置かれている衝立には、つがいの鳥の絵が描かれているのが通例だ。ちょぼの〝同じ羽色の鳥翅《とりつばさ》〟の詞《うた》にかけ、カササギや白鷺《しらさぎ》、鴛鴦などが描かれる。とはいえ、旅芝居の場合、小屋や周囲の民家から借り出してきた有りものの衝立で用を足すことが多い。花房座も借りてきた衝立に、ちょいと絵心のある栗助が描いた二羽の鴛鴦の絵をぺろりと掛けるだけだった。

「ああ確かに。あの鴛鴦は拙《まず》かった」

「そう。色気も何もあったもんじゃ……え？」

はたと暁を見た。はっと彼が息を呑む。顔をそらせ、逃げ出しそうなそぶりを見せた。逃がすか。今度は百多がむんずとその腕を摑んだ。

「ちょっと待てよ。なんで知ってんだ、栗助の不細工な鴛鴦を。花房座の芝居、見たことがあるのか？……あっ！　やっぱり！　そのぎろぎろした目、どこかで見たことがあると思ったんだ！」

観念したのか、百多の手を振り払った暁が「鴻巣《こうのす》の小屋に行った」と渋々答えた。

「身の尺だけ聞かされて、はい赤姫って、そんな仕事ができるかよ。寸法だけ合えばいいなら蔵衣装でも着ればいい。俺が作るなら、俺のこの目で役者を見ねえと」

そう言うと頭を搔《か》いた。

「花房座が多家良座に到着するって言うからよ……だから今度は、間近で千之丞の顔が見たくて楽屋に行ってみたんだが。あの時も今日も、何度来ても肝心の千之丞がいやしねえ」

オレが千之丞だ。そう言い繕う気力は、もはや百多には残っていなかった。しょんぼりと肩を落とした百多に向かい、暁が再び訊いた。

「お前は誰だ。確かに白粉を塗りゃあ、鴻巣の掛け小屋で見た千之丞と顔や形はそっくりになるだろうよ。だが、何か違う。俺が見た千之丞は、動きも佇《たたず》まいも人形みてえに整っていた。だけどお前は……うまく言えねえが、人形は人形でも、泥人形だ」

牛蒡だの土だの泥だの言われ放題だ。だが、暁の顔は真剣だった。

「だがよ、その分どんな形にも変わる。指でこねくり回せば、見ているこっちがぶったまげちまうような姫になるんじゃねえか。そんな感じがするんだよ。どっちが役者としていいのか、俺には分からねえがな。さあ。お前は誰だ」

こいつの目はごまかせない。ため息をついた百多は「千多の弟だ」とつぶやいた。まさか女と白状するわけにもいかず、かといって兄というには幼すぎる。「弟」が一番妥当に思えた。幸い、暁は疑うこともなく「弟かよ」と頷いた。

「本物の千之丞はどうした」

「……病気なんだ。だから今は、オレが」

「千之丞の振りをして代わりを勤めるってわけか」

急いで頭を下げた。

「頼む。このまま黙っててくれ。赤木のお嬢様はとにかく千之丞にご執心だ。今はオレが贋者《にせもの》だと知られるわけにはいかねえんだ。頼む。この通りだ」

この男に頼みごとをするのはこれで二度目だ。ちりりとした屈辱は感じるが、背に腹は代えられない。

道を行く人々のざわめきが二人を追い越していく。やがて、暁がぼそりとつぶやいた。

「俺の作る赤姫を台無しにしやがったら承知しねえぞ」

顔を上げると、すでに暁は背を向けていた。そのまま人ごみに紛れて遠ざかる。助かった。安堵《あんど》すると同時に、小さな明かりが百多の腹の奥にぽっと灯《とも》った。そのかすかな光が、東京に着いて以来、強張《こわば》ったままの四肢を温める。

あの衣裳屋の男に対する信頼だった。


川べりに建つその建物の威容に、花房座の一同は呆気《あっけ》に取られた。

多家良座のある蛎殻町《かきがらちょう》から徒歩で数分。浜町《はまちょう》川に架かる久松橋《ひさまつ》を渡ったすぐそばに千束座は建っていた。二年ほど前に普請し直したばかりだという。二十間（約三十六メートル）近くはありそうな間口、御多門櫓《やぐら》式の建物の眩《まぶ》しく輝く白壁に圧倒される。鼠木戸《ねずみきど》の上方には『千束座』と揮毫《きごう》された看板が掛かっていた。

着慣れない着物が、歩くたびにそわそわと肌をくすぐった。真新しい足袋《たび》と草履を履いているせいで、動きもやけにぎこちない。朝の九時から始まる芝居のために、多家良座の出入り業者だという損料屋で借りた羽織袴《はかま》を着ているせいだ。

案内された芝居茶屋『滝屋《たき》』は、十数軒あろうかという茶屋の中でも特に大きく豪勢だった。総檜《そうひのき》造りの二階の座敷は細かく仕切られ、そのうちの一つに、多家良、そして赤木家一行がいた。馨子もいる。百多に気付いた赤木新太郎《しんたろう》が、鷹揚《おうよう》な笑みを浮かべて声を上げた。

「花房千之丞のお出ましだ。この前は会えなくて残念だった」

　ほかの座員らと一緒に正座して頭を下げながら、百多は「お初にお目にかかります。花房千之丞と申します」と低めの声音で挨拶した。千多も男にしては声が高いほうなので、なんとかこれでごまかせるはずだ。

　貿易業を営んでいるという赤木新太郎は、茂吉と同じ四十代と思《おぼ》しかった。黒くふさふさとした髪がいかにも精力的な印象を与える。立派な羽織の紐《ひも》には、何やらきらきら光る石が使われていた。一方の馨子は父の手前か、先日の情熱的な態度はどこへやら、妙に澄ました顔つきでかしこまっていた。見舞いの礼が言い出しづらかったが、正体が露見する心配はなさそうだと百多は内心安堵した。

　もっとも、よくよく考えれば馨子は素顔の千多を知らない。諏訪《すわ》で言葉を交わしたのはすべて楽屋の中で、千多はずっと白粉《おしろい》を付けた姿だった。よもや恋をした女形がその姉とすり替わっているなど、想像さえしないであろう。

　やがて、囃子の音が聞こえてきた。打ち鳴らされる太鼓の音に、飛び跳ねるような軽やかな笛の音が重なる。座頭が楽屋入りしたのを知らせる着到の囃子だ。そして囃子が鳴り止《や》むと、チョン、チョン、と着到止めの柝《き》の音が鳴る。これを合図に、大道具方は道具を舞台に飾り、役者らは支度にかかるのだ。この始まりは旅芝居も大芝居も変わらない。百多の胸が自然と高鳴った。芝居が始まる。

供された朝食を食べて寛《くつろ》いだ後、茶屋の若衆の案内で千束座へと向かった。茶屋客のみが使う紅白の鼻緒がついた草履を履き、専用の大きい入り口から千束座に入る。場中の広さに百多は驚いた。奥行が二十五間（約四十五メートル）以上はありそうな場内に本花道と仮花道が架けられ、二階建ての桟敷《さじき》席、高土間、平土間席が舞台を囲んでいる。一行は二階の桟敷席に通され、多家良と手代の尾杉《おすぎ》、赤木家、花房座で四つの桟敷席を占めた。

「この席、四円はするらしいぜ」

隣の桟敷席から四雲が百多に耳打ちしてくる。四円？　百多は目を剝《む》いた。旅芝居の木戸銭はせいぜい三銭から五銭といったところだ。それだって不入りが続けば値引きする。東京には銭が飛び出る打出《うちで》の小槌《こづち》でもあるのか？　それとも、四円払っても惜しくない、それほど面白い芝居なのか？

ところがいざ幕が開いてみると、一番目『満二十年息子鑑』と二番目『二代源氏誉身換』は、ともに今一つ高揚しない芝居だった。茶屋で聞いた多家良の講釈によると、これらは現代の世相を取り入れた散切物《ざんぎりもの》、歴史を忠実に描写した活歴物と呼ばれる演目らしい。しかし百多には地味で説教臭く、どうにも面白いと感じられずにいた。

「東京の芝居ってのは、こんなに退屈なのかよ」

「ケッ、偉そうに言ってたがこんなもんか。金はかかっちゃいるがな」

こそこそと交わされる四雲や鼓太郎らの会話は、そのまま百多の感想でもあった。自分たちの芝居のほうがよほど面白い。

さらには一番、二番が終わるたびに挟まれる幕間《まくあい》がことのほか長かった。見物客らはこの間に外出したり、弁当を食べたり、茶屋の厠《かわや》へと向かったりする。百多たちの桟敷席にも、茶や菓子、酒、弁当が次々出てきた。まさに至れり尽くせりだ。しかし百多は嬉しいと感じるより、空恐ろしくなっていた。

湯水のごとく金を使う。これが芝居道というものか。死力を尽くした見栄《みえ》を張る。三弥の言葉が今さらながら身に染みた。

しかしそんな戸惑いは、大切りの演目が始まると同時に吹き飛んだ。

『助六由縁江戸桜』。歌舞伎十八番の一つで、場面転換がまるでない一幕物ながら、個性豊かな登場人物が次から次へと現れる人気狂言だ。

下座の囃子に乗り、吉原《よしわら》の若手花魁《おいらん》たちが登場した。目にも彩《あや》な花魁がしょっぱなから五人もおり、その周囲には新造《しんぞう》らが四人ずつ控えている。豪勢さ、役者の多さに目を瞠《みは》っていると、続けて花道の揚幕が開く音がした。「武蔵屋！」「五郎丸！」とたん、大向こうの声がいくつも上がる。百多は息を呑んだ。

花道に背の高い花魁が現れた。揚巻だ。黒繻子《くろしゅす》に松竹梅や松飾りなどの刺繍《ししゅう》を施した裲襠に、前に長く垂らした俎板帯《まないたおび》を着けた彼女は、新造に支えられながらふらふらとした足取りで花道を進む。酒に酔っているのだ。伊達兵庫《だてひょうご》の鬘には二十本近い笄《こうがい》や簪《かんざし》が挿してある。その鬘を着けた頭、高下駄を履いた足がゆら、ゆらと動くたび、周囲の空気が粘りを増す。途中、揚巻が酔いに耐えきれぬように身をそらせた時、百多の全身の肌がざっと張り詰めた。

白く浮かび上がる喉、ふと上向いた顎、すべての線が濃密な色香に縁どられている。揚巻は自らに注がれる熱っぽいまなざしを傲然《ごうぜん》と引き受け、逆に冷然とした目で客を見据える。その視線が、ついと上がり、百多たちがいる桟敷席に向けられた。目が合ったように思い、百多はどきりとした。

なんという貫禄《かんろく》。美しさ。百多の目には、白粉の下から滲《にじ》み出る赤い何かが見える気がした。激しく脈打つ男への〝恋〟だ。

殿川一門の若女形、殿川五郎丸。これが東京の大芝居の役者か。

まるで違う。気付くと、百多は震えていた。

〝新しい芝居〟を見た時にはまるで感じなかった焦りが、ぞわぞわと湧き上がる。ずっと、自分たちは東京者に負けない芝居をしていると思っていた。東京だろうが大芝居だろうが、芝居は芝居。心意気と芸では絶対に負けていないと。

だが違っていた。大部屋の役者一人でさえ、姿勢の筋の入り方からして違う。中通《ちゅうどお》り、相中《あいちゅう》、名題《なだい》、そして人気の若女形となればなおさらだ。大きい。さらには華がある。手の返し足の運び、すべてにしゃっきりとした線が宿っている。なぜ、こんなにも違うのか。

地方の掛け小屋とは比べ物にならない大きさのハコの中で、大勢の客に〝見られている〟からだ。

以降、百多は目に映る芝居をただ呆然と眺めていた。演目が終わり、チョン、チョンと柝の音が二つ鳴る。とたんに役者全員が平伏し、座頭の五右衛門が「東西、まアづ今日《こんにち》はこれぎり」と口上を述べた。すぐに太鼓がドロドロドロと鳴り出す。芝居の終了を告げる「打ち出し」だ。人々がいっせいに立ち上がる。けれど、百多は動けずにいた。

どうしよう。こんな芝居が当たり前に掛けられている東京で、こんな女形をいつも見ている見物の前で、私は八重垣姫を演じなければならない。

「どうした?」

横からかけられた声に、びくりとした。気付くと、同じ桟敷に座っていた一之、九太と駿、長介が百多を見つめている。一之がそっと耳打ちしてきた。

「この後、また茶屋で宴会だとさ。お前はどうする」

周囲を見回すと、残っている客は自分たちだけだった。存外に長い時間をぼんやりしていたらしい。「私は」と言いかけ、百多は急いで声を潜めた。

「帰る。宿に」

宴会なんか出ている場合じゃない。稽古をしないと。今のままでは、私たちは目新しいだけのキワモノで終わってしまう。そんなの、絶対にいやだ。

唇を嚙《か》む百多を見た一之が、目を細めた。

「こうなることを狙っていたのかね。多家良さんは」

「え？」百多は顔を上げた。九太、駿、長介も一之を見る。

「井の中の蛙《かわず》状態の旅役者に、ガツンと食らわせたのさ。東京は、てめえらが思っているほど甘っちょろいところじゃねえぞって」

一之の言葉に、席にいる全員の顔が引き締まった。

「だとしたら、あの座元は大したもんだ。説いて回るより、こうして本物を見せたほうがずうっと効く。実際、今日の芝居を見物して何も感じないようじゃあ、役者には向いてない。さすが武蔵屋だ。いいもんを見せてもらった。こりゃあ……負けらんないね」

立ち上がり、羽織を手に取って桟敷を出た。百多が「帰ります」と多家良に告げると、彼は眉尻を大げさに下げた。

「そう急いで帰らずとも。ぜひ千之丞さんに会っていただきたい方を呼んでいるんですよ」

しかし、今の百多の耳に、その声はまるで届かずにいた。詫《わ》びもそこそこに階段を下り、千束座から出る。着飾った人々が楽しげにさんざめき、茶屋へと吸い込まれていく。瓦斯燈の光に浮かび上がるすべてが、芝居の続きのように見えた。百多は唇を噛み締めた。東京は見える景色がまるで違う。今のままじゃだめだ。私も変わらないと。

「セン様！」

背後で声が上がった。久松橋を渡ろうとした百多は振り返る。

馨子だ。提灯《ちょうちん》を持ち、背後には家の者が数人控えている。幕間のたびに着替えていたため、朝見た時とはまた違った着物を着ている。百多は彼女のほうに歩み寄り、改めて頭を下げた。

「たくさんの見舞いをありがとうございました。お嬢様のおかげで元気が出ました」

「いいえ」と顔を輝かせた馨子が、頬に両手をあててはにかんだ。

「少しでもお役に立てたのなら馨子は嬉しゅうございます。あの。セン様」

そう言うと、彼女はちらと百多を見た。潤んだ瞳に、提灯の明かりがきらきら映える。

「お芝居楽しみにしております。セン様ならきっと、東京中の人間が目を瞠るような八重垣姫を演れますわ。馨子はそう確信しております」

あの五郎丸の揚巻を見た後でもそう思えるのか。百多は驚くとともに軽い軽蔑を覚えた。この子は舞台の上の幻を見ている、ただそれだけだ。目の前にいるのが、千之丞か別の人間かもわかっていない。

けれど。

一途さ、無鉄砲さ。愚かさ。可愛《かわい》らしさ。彼女は、百多が持ち得ないものを今、全身から醸している。それは——

〝恋〟。

馨子の顔を見た。「……お嬢様」と切り出す。やめろ。頭のどこかはそう言っているのに、どうしても訊かずにはいられない。

「オレは本物の千之丞ではない。そう言ったら、お嬢様はどうしますか」

馨子が目を大きく見開いた。バカ野郎。百多は自分で自分を罵倒した。なんてことを言うんだ。芝居ができなくなるぞ？　けれど、頭の片隅で、もう一人の自分がささやく。

だが、これで馨子は、八重垣姫になった。何を想い、どんな貌《かお》をするだろう？

見たい。恋の色が見たい。猜疑《さいぎ》する色が見たい。

百多の射るような視線に、馨子がさらに顔を赤くした。目の縁までが赤くなる。あわてて袖で顔を隠すが、面《おもて》の色が、浅葱《あさぎ》色の着物にまで染み出るようだった。それらの色が、橙《だいだい》色の提灯の明かりにゆらゆらと浮かび上がる。婆《ばあ》やだという初老の女が気色《けしき》ばんだ。

「いやですわセン様、からかっていらっしゃるのね」

けれど百多は答えない。馨子の表情が、かすかに曇った。目元に翳がよぎる。唇が何かを持て余すように小さく開き、視線が横に流れた。百多はそんな彼女の表情をつぶさに見つめた。ほんの一瞬で、その滑らかな肌の下で、彼女は様々なことを考えているはずだ。

ところが、馨子はすぐにそれらを脱ぎ捨てると、大きく笑んだ。口元を袖で隠し、それでいて拗《す》ねるように、挑むようにちらと上目遣いになる。

「安心なさって。センス様はきっと今度のお芝居を成功させます。武蔵屋にも決して負けません。馨子には分かっています。だって、セン様はあの花房千之丞なのですから」

意表を衝《つ》かれた。不安を見抜かれていた。その上で、大丈夫だと言い切られた。お前は千之丞なのだからと。

なぜか笑ってしまった。強い。そしてかわゆい。

「……八重垣姫をやれる気がしてきました。お嬢さんのおかげです」

しかし、今さらながら冷や汗が噴き出てきた。馨子が自分の正体に疑問を持ったらどうするつもりだったのか。額の汗をそっと拭う。そんな百多を、馨子が「セン様」と真剣な声音で呼んだ。彼女はもう、恥ずかしがってはいなかった。

「東京のどこを探しても、セン様ほどかわゆい赤姫はおりませんわ」

少女の言葉が百多の背中を押す。百多は大きく頷いた。

「ありがとうございます」

そんな彼女に、そして大きすぎる千束座の影に背を向け、百多は一歩踏み出した。

馨子が持たせてくれた提灯が足元を照らす。土地を潤す川の匂いが鼻についた。

暗がりの中をひたすら小走りに、あかり屋へと戻った。


初めての道で何度か迷ったが、それでも覚えのある往来の前方にあかり屋の明かりが見えてきた。ホッと息をついた百多の足が止まる。玄関口に男が立っていた。

暁だ。

百多の姿に気付いた彼は目をすがめた。左手には大きい風呂敷の包みを抱えている。

「もしかして、赤姫の」

「ああ。まだ途中だけどな。確かに、赤姫につんつるてんの着物なんか着せた日にゃあ目も当てられねえ。そう思って来たんだが……そういや今日は千束座に見物に行くって言ってたよな。うっかりしてたぜ。ほかの連中は？」

武蔵屋の芝居を見て、焦って戻ってきた。とは口が裂けても言えず、「お腹《なか》が痛くて、オレだけ戻ってきた」とごまかした。「ガキか」と暁が呆《あき》れる。

「ところでよ。お前、名前は」

「え」

「千之丞じゃねえんだろ？　てことは、お前の名前があんだろうよ。……まあ、教えたくないってならそれでもいいが」

東京に来て、初めて名を訊かれた。千多でも千之丞でもない、自分の名前を。「百多」。気付くと、口からぽろりと自分の名前がついて出ていた。

「花房、百多だ」

「モモタ。もしかしてモモの字は〝百〟か？」

「そうだ」

「なるほどな。兄が千で弟が百。数が少なくなっていくのか。てことは、次は十夕か」

軽い声音で暁が言う。もちろん意味のない冗談だ。が、その言葉は、思いのほか深く百多の胸に刺さった。……違う。姉が百で弟が千。弟は父が待望した男の子だったから。だから姉より数が多い。期待の数だけ。情愛の数だけ。

私は、女だったから――

ガラガラガラと車輪の回る音が近付いてきた。往来を歩く人々の間を縫い、二台の俥が前後に連なって走ってくる。括《くく》りつけられた提灯の明かりが、ぼうと浮かび上がっていた。その俥があかり屋の前で停《と》まった。ぎょっと後じさった百多に向かい、前の俥の客がいきなり言い放った。

「お前が花房千之丞だね」

この声。百多の全身に痺《しび》れが走る。

「花房座のご一行様が見物に来ることは知ってたよ。滝屋の女将が教えてくれたからさ」

殿川一門の若女形、殿川五郎丸だ。薄い唇、鼻筋がすっと通った面立ちは素っ気ないほどだ。しかし切れ長の三白眼には舞台で見たままの力がある。その迫力に呑まれ、百多は返事ができなかった。

行き過ぎる人が、ちらちらとこちらを窺っていた。五郎丸は自分たちに注がれる視線にとんと構わず、からからと笑った。

「三山の息子が若女形を勤めるって聞いたからよ。どんなもんかと思っていたが、とんだ芋じゃねえか。『助六』の時も、口をあんぐり開けて俺を見ていたよなあ。おい、五辰《ごたつ》」

目が合ったと思ったのは気のせいではなかった。頬がカッと熱くなる。

五郎丸の弟子か従者と思しい後方の俥の客が降りてきた。手に持っていた手拭いを五郎丸に渡す。五郎丸は受け取ると同時に、ぽいと百多のほうへ放って寄越《よこ》した。丸に三つ石という武蔵屋の紋が染め抜かれた、配り手拭いだった。

「滝屋がお前だけ一足先に帰ったって楽屋に知らせてきたんだよ。なんだ。俺はそのツラ、近くで拝むのを楽しみにしてたんだぜ。帰っちまうなんてつれねえじゃねえか」

「……もしかして、多家良さんが呼んだというのは」

「ああ。この俺よ。多家良の狒狒《ひひ》ジジイ、緞帳《どんちょう》のくせして調子づきやがって。殿川五郎丸を酒宴に呼ぶなんざ百年早ぇや」

百多は眉をひそめた。多家良座はれっきとした官許小屋だ。緞帳と揶揄《やゆ》されるいわれはないはず。官許された大芝居小屋と違い、小芝居小屋では引き幕を使うことができない。代わりに上げ下げする緞帳幕を使っていることからこう呼ばれるのだ。百多の表情を見た五郎丸が鼻で笑った。

「お前さん勘違いしてねえか。お上から許しを得れば、みんながみんな大芝居を名乗れるってな。ハッ、多家良座みてえな三下の役者ばかりを使う小屋なんざ、せいぜい中等がいいところよ。まともな批評家連中は見向きもしねえ。しかも上方役者に逃げられたからって、あろうことかあの三山が出る芝居を掛けるとはよ。どんだけ下衆《げす》だよ」

あの三山。まただ。

「三山も三山だ。どの面下げて東京に舞い戻ってきやがった。大武蔵がおっ死《ち》んだらなかったことにできるとでも思ってんのか、ああ？」

舞い戻る。百多は立ちすくんだ。父はやはり、かつて東京にいたことがあるのだ。

言葉を失った百多を、五郎丸がぎろりと睨んだ。三白眼の白目に、下から照らす提灯の光がぬらぬらと反射している。

「二代目は最期までお前の親父《おやじ》を責めるようなことは言わなかったがよ。内心は悔しかったはずだぜ。あれほど手塩にかけた男に裏切られたんだ。義理と人情を演じる役者が、恩を忘れた人でなし。こんな皮肉なことがあるかい……だがよ」

呆然とする百多を尻目に、五郎丸が今度は暁を一瞥《いちべつ》した。

「だからこそ、てめえら似合いかもしれねえぜ。人でなしとろくでなしの息子同士だ」

ろくでなしの息子？」百多は困惑して暁を見た。しかし暁は無言のままだ。「おい、なんとか言え」五辰がまなじりを吊《つ》り上げる。五郎丸が楽しげに続けた。

「暁。おめえが千束座を追ん出されたのは、衣裳頭にたてついて、清姫《きよ》の衣裳を自分に作らせろと暴れたから……てことになってはいるが」

「……俺が作ったほうが面白いものができる。そう言っただけです」

「ハッ。違うだろ。分かってんだろ？　千束座で立物役者の衣裳を作っているのは大老舗の武富《たけとみ》呉服だ。その武富にてめえの親父のことが知られたせいで、回り回って『かけがわ』は千束座を追ん出されちまったんだ。あーあ気の毒に。『かけがわ』なんて大部屋の衣裳をそろえるのが関の山、取るに足らねえ小っせえ衣裳屋だってのによ」

百多は暁の表情を窺った。黒々とした瞳が、ためらうことなく五郎丸の顔に向けられている。五郎丸もまったく怯むことなく、片頰をにやりと上げた。

「『かけがわ』もとんだお荷物を背負《しょ》いこんだもんだ。先代がおっ死んだのもてめえのせいなんじゃねえか？」

ここまで無表情を貫いていた暁の顔色が、かすかに変わった。唇が微妙に歪《ゆが》む。五郎丸の面を映していた黒目に、ギンと力が入る。

暁を怒らせたことに満足したのか、五郎丸が「行くか」と五辰に顎で示した。俥を支えたまま待機していた車夫が立ち上がり、五郎丸の俥を方向転換させた。彼はとうとう一度も俥から降りてこなかった。

「多家良のジジイが『かけがわ』の二の舞にならねえことを祈るぜ。せいぜい頑張んな」

五郎丸は座席の上からそう言い放つと、「やってくんな」と車夫に声をかけた。が、すぐに「おっと」と気付いたように百多のほうに身を乗り出した。

「そういや、お前には姉貴がいたよな。あれはどうした?」

息を呑んだ。

「三山が東京を出た時、お前は赤ん坊だった。姉貴はそう、確か二歳か三歳の……まあうるせえガキだったな。とても女とは思えなかった。名は確か……ああ、モモだ。百多」

身体がずんと沈み込んだ気がした。暁が百多を振り返った。混乱で頭がくらくらする。それでも、どうにか口を開いた。

「……死にました」

「そうかよ。そんなタマには見えなかったが。そいつはご愁傷様」

そう言い捨てると、二台の俥は来た道を戻って行った。車輪の音が絶えてもなお、二人は黙っていた。馨子から手渡された提灯の明かりは、とっくに消えていた。

「お前」暁がつぶやく。百多は震えた。

「誰だ？」

また問われた。お前は誰だ。

「私は」

今、ここにこうして立っている、私は誰だ。

「花房千之丞だ」

夜気に名前が染みた。意外にも、声は震えていなかった。

そのまま宿に飛び込み、草履を脱いで階段を駆け上がった。驚いた女中が「あれえ」と声を上げた。部屋に入り、その場にへたり込む。暁が追ってくる気配はなかった。

千之丞だ。そうだ、私は千之丞になるんだ。何度も言い聞かせる。

見せてもらえなかった八重垣姫の衣裳を想った。まだ見ぬ赤い色を引き留めようと、ぐっと拳を握り締めた。


それから七日間、花房座は茂吉と一之の指導のもと稽古を繰り返した。殿川一門の『助六』がよほど刺激になったのか、不平を言うものはいなかった。多家良座にも赴き、道具方が用意した大道具小道具の具合を調べ、百多も遅ればせながら鬘合わせを行った。

しかし五郎丸の話を思い出すたびに、百多の思考は止まってしまう。父はかつて、東京で何をしたのか。あの武蔵屋と関係があったのか。裏切り？　人でなし？　けれど誰かに質《ただ》すわけにもいかない。百多は一人、五郎丸の言葉を秘め、稽古と準備に臨んだ。

初日が決まったことにより、多家良座のほうも目が回るような忙しさになっていた。小屋の飾り付けが始まり、まずは仕切り場の前に口上看板、櫓の左右に絵看板が掲げられる。加えて赤木家から贈られた米俵や酒樽《さかだる》、金銀錦の飾り物が木戸前に並べられていた。界隈《かいわい》や辻々《つじつじ》、新聞に公告が打たれると、興行がない間は死んだように静まり返っていた多家良座にも、大勢の職人、下働きが行き交うようになった。

そしていよいよ初日を明日に控え、あかり屋二階の大部屋で総ざらいが行われた。

ここ数日、八重垣姫を演じるたび、座員らの目が変わっていくのを百多は感じていた。百多の全身にみなぎるのは、馨子が見せてくれた〝色〟だった。真っ直ぐな恋の熱情。いとけなさの中に兆《きざ》す女の片鱗《へんりん》は、けれどまだまだ熟してはおらず、それがかえって艶を生んでいる。そんな全身で表した〝かわゆさ〟に、座員らが驚いているのが伝わってきた。

そうしてすべてのさらいを終えた後、座員全員で茂吉を囲んで正座した。百多は緊張して父の言葉を待った。茂吉は滅多に役者を褒めない。だが、それでも毎日、期待に胸を高鳴らせてしまう。

今日こそは言ってくれるのではないか。良かったぞと。お前でも、立派に八重垣姫を勤めているぞと。

けれど、茂吉は百多にちらと視線を寄越し、「段取りは入ってるな」と言っただけだった。百多の胸がすっと冷える。視線を落とし、膝の上に組んだ手を見た。ここのところ、炊事や洗濯などの雑事にかまけていないせいか、手荒れがなくなってきた。肌の色も、心なしか白くなってきた気がする。

それでも、私は「花房千之丞」ではない。だから父にとっては、私がどれほどいい芝居を勤めようと、何の意味もないのだ。

千多でなければ意味がない！

一之と目が合った。何か言いたそうな彼の顔から、すぐに目をそらす。

裲襠を脱ぐくだりを変えたいとも言い出せずにいた。〝型〟を逸脱するのが怖いというだけではない。

これ以上、父に失望されたくない――

すると、三味線の糸の張り具合を直していた九太が百多を見た。

「赤姫の衣裳、楽しみだね」

衣裳屋の『かけがわ』は、明日から店の者総出で着付けの手伝いにやって来るという。

三弥も頷いた。

「ああ。あの暁という衣裳屋の男、どんな赤姫を作るのか」

百多はきゅっと唇を嚙んだ。あれから八日間、ついに暁は姿を現さなかった。

耳に、着到止めの柝の音が響く。

芝居が始まる。


花房座の名前を染め抜いた幟《のぼり》が、小屋の前ではためいていた。一番太鼓、二番太鼓はとうに鳴り止《や》んでいる。楽屋に通じる新道から中に入ると、どこから湧いたかと思われるような多くの人が、裏方表方入り乱れて行き交っていた。二番目の演目の大道具が袖に立てかけられ、隅にある部屋には今日使うこまごまとした小道具が並べられている。座員らとともに楽屋入りした百多は熱気に圧倒され、廊下で立ちすくんでしまった。

裏木戸がわっと騒がしくなった。どうやら部外者が入り込もうとしたらしい。すかさず、風呂屋の番台のような頭取座に座っていた頭取が「とっとと叩き出せ！」と怒鳴った。騒がしさに呆気に取られていると、廊下奥の衣裳部屋から数人の女たちが出てきた。『かけがわ』の店の者と思しき彼女たちの手には、上階の立物役者、立女形が着る衣裳がある。「まじない！　まじない唱えろよ！」と衣裳部屋から怒号が飛んだ。「はーい」と返事をした女たちは、いっせいに「ちぬきどくぬきいしをくう～」と叫んで階段を駆け上がっていった。

「バタバタうるっせえな、もっとおつつましく上れねえのか！」

衣裳部屋からちんまりとした老爺《ろうや》が顔を出す。衣裳頭の作兵衛《さくべえ》だ。頭取の次郎太《じろうた》が「頭から湯気が出てるぜ」と作兵衛をからかった。彼らはみな多家良の親類だという。

茂吉、三弥、四雲が二階へと上がっていく。九太と駿、長介は囃子町へ、鳶六、鼓太郎、柿男、栗助が稲荷町《いなりまち》へとそれぞれ散る。百多と一之がその場に残された。気付いた次郎太が「これは一之さん、千之丞さん」と大げさに目を剝いた。

「どうぞ中二階へ。そうそう、『かけがわ』の暁がもうすぐ来ますぜ。千之丞さんの赤姫を持ってね」

来るだろうか。百多の心の臓がどんと大きく脈打った。

暁はあの時、百多が千多の弟ではなく姉だと気付いたに違いない。彼は「女」のために赤姫は作れても、女に作る義理はない。だから、来ないかもしれない。事実、あの夜からこれまで、一度も来なかったではないか。本番前の衣裳付けも、百多だけができずにいた。重さに慣れるため、蔵衣裳の着付けや裲襠を着てみただけである。

全身から血の気が引く。

そしたらどうなる？『十種香』は上演できない。この興行が成り立たなくなる。

「……私のせいだ」

震えてきた。花房座が失敗し、多家良座が失墜し、馨子が失望する。全部私のせいだ。私が女だから。私が男だったら、誰もこんな苦労をする必要はなかった。そうだ。全部私のせいだ。千多がいなくなったのも、母の鶴が死んだのも、私の――

「何をぼさっと突っ立ってんだ」

声に背中を押された。振り返り、目を瞠る。

暁だ。その手には大きな畳紙《たとうがみ》がある。百多は「あ」の形に口を開けた。けれど、声は出なかった。次郎太の胴間声が響く。

「遅ぇぞ暁！　てめえ千之丞さんより後に参上するたあ、いい度胸じゃねえか」

「すみません。ぎりぎりまで手を入れていたもんですから」

素直に頭を下げた暁を見た次郎太の目が、ぎゅっとすがめられる。頭取座から降りて暁の前に立つと、ぐっと襟元を摑み上げた。

「おう暁。あの衝立、政さんに無地を用意してくれとてめえが頼んだってのは本当か？」

衝立とは、二羽の鳥の絵が描かれている衝立のことか。あの衝立を無地に？　百多が戸惑っていると、暁は襟元を摑まれたまま「へい」と頷いた。

「その通りです」

「ふざけるな！　何を勝手なことをしていやがる。多家良座がケチをしたなんて評判が立ちやがったら、てめえ簀《す》巻《ま》きにして川に流すだけじゃすまねえぞ！」

するると、横から一之が言葉を挟んだ。

「赤姫の衣裳とかかわりがあるのかい？　だから衝立を無地にした」

暁の視線が一之へと移る。暁は静かに頷いた。「衣裳と？」次郎太の眉が八の字になる。

「どういうことだ」

「見せてもらえるかい？」

一之の言葉に、暁は一瞬ためらったものの、すぐに板の廊下に膝をついた。畳紙をそっと広げる。中から裲襠の下に着る着付けが現れた。その色に全員が息を吞む。

「こりゃあ」珍しく、一之の声も上ずった。

その着付けは、地は赤いものの、後ろ身頃の中心線を境に、二羽の鳥の姿が大きく縫い取られていた。そしてその鳥の色は、赤の色とはまったく違う瑠璃《るり》色に輝いていたのだ。さらには両の振袖の表裏にも、その碧《あお》い鳥の翅《はね》が縫い取られている。

「ルリカケスです」

鮮やかな碧色に目を打たれ、声も出ない一同を前に暁が静かに言った。

「ルリカケス……？」

「はい。この鳥は雌雄《しゆう》が同じ色を持つ。俺はずっと、鴛鴦やカササギで八重垣姫の恋を象徴させるのが地味でつまらないと思っていました。それで今回の衣裳を作るとなった時、以前、品評会で目にした南方の島に生息するっていうこの鳥が使えるんじゃねえかと考えました」

赤姫なのに瑠璃色。想像もしていなかった。けれど、この美しい色を見た時の驚きは、百多の摑んだ八重垣姫の〝恋〟と似ている気がした。一之が感嘆の声を上げた。

「ははっ。面白いことを考えつくねえ。さすがあの座元が見込んだだけのことはある」

ぐっと百多は息を呑んだ。足の震えを必死になだめ、一之に向かって言った。

「……師匠。私、裲襠を脱ぐきっかけを変えたいんだ」

そして、肚の底に力を入れた。

「姫が裲襠を脱ぐのは、彼女がここぞと決意したところ、〝言う顔つれづれ打ち守り〟のほうがいい。そのほうが……そのほうがこの鳥が生きると思うんだ！」

一之の視線が百多の顔に注がれる。〝型〟を壊すとは、世界を壊すこと。

それでも、この見事な鳥に応《こた》えないわけにはいかなかった。百多も一之の顔をひたと見つめ返した。ひりひりするような沈黙が、一瞬渡った。

「いいよ」

やがて、ぽつりと一之がつぶやいた。「えっ」と驚いた百多に彼が背を向ける。

「ずっと何か言いたそうにしていると思っていたけどね。まったく、だったら早くお言いよ。こんな寸前に、とんだテンテレックだ。さあ、その部分だけさらい直しだ」

そして階段の踏板に足をかけた。肩越しに百多を振り返る。

「あんたはあんたの八重垣姫をやんな」

そう言うと、一之は先に上へと上がっていった。彼の足音が、一段、一段、上へと近づくほどに、力強くなっていく。百多もごくりと上階を見た。

この上には〝かみさま〟がいる。

「ち、ちぬき」

まじないを小さい声で口にする。「ちぬき」あれ、それからなんだっけ。「どくぬき」えっと――

「やめろ」

暁の声が上がった。びくと百多は肩を震わせる。

「てめえ、覚悟したんだろうが」

彼の目が真っ直ぐ百多を見ていた。知らず、頷いていた。階段に向き直り、百多は踏板に手をかける。そして、そのまま一気に駆け上がった。

着到の囃子が、足元からいっせいに沸き上がった。


赤い裲襠は緋縮緬《ひぢりめん》地、流れ水に枝垂桜《しだれざくら》の縫取《ぬいとり》模様。縫取は何色もの糸をみっしりと重ねて縫い込んだ、図柄というより着物に絵を描いたような精緻さだった。背中にするすると這《は》い上る枝には、咲き誇る満開の桜。その花の威勢が両の袖にまで盛り、散った花弁は水に乗って裾際《すそぎわ》に流れ込んでいる。散る寂しさより、しがみ付く貪欲《どんよく》さ。そんな喰《く》われそうな強い生命力が漲《みなぎ》る赤い裲襠だ。

その裲襠を脱いだ時、下から現れた瑠璃色の鳥を見て、見物はいっせいにどよめいた。裲襠から覗く部分は赤い色だったため、脱いで初めてその瑠璃色が目を打つ仕掛けになっていた。幕開けから、無地の衝立を見て「あの衝立は裏返してんのか」「誰か教えてやれよ」と揶揄混じりの野次を飛ばしていた見物も、ぽかんと口を開けて衣裳を見つめる。

　長介のちょぼが響き渡る。

　言う顔つれづれ打ち守り　許嫁ばかりにて　枕交わさぬ妹背中　お包みあるは無理ならねど　同じ羽色の鳥翅　人目にそれと分からねど親と呼び　また夫鳥《つま》と呼ぶは生《しょう》ある習いぞや　いかにお顔が似ればとて　恋しと思う勝頼様　そも見紛うてありょうか
　二階の桟敷席から身を乗り出す馨子の姿が目の端に映った。

「千之丞！」見物の声が飛んだ。

姫が恋を叫び、男に情を乞うたびに、二羽の碧い鳥が美しく飛ぶ。

百多は暁の碧い鳥とともに、赤姫の恋に身を投じた。

　花房座の興行は大入りを続けた。三山、三弥と脂の乗った立役を始め、江戸の御世から鳴らす名女形・田之倉一之、そして若女形の千之丞が評判を呼び、連日客が押し掛ける大盛況となった。物見高く、口さがない東京者のお眼鏡に、どうやら花房座はかなったらしい。

楽屋入りした百多が鏡台の前で顔を作っていると、階段をどんどんどんと駆け上がってくる足音が聞こえた。その寸前には「血抜き毒抜き石を食う〜」と例のまじない。足音の主が誰か、百多はすぐに分かった。

「おはようございます千之丞さん！」

掛川《かけがわ》ツタが楽屋に顔を出す。衣裳屋『かけがわ』の女主人だ。先ごろ亡くなった夫の与一《よいち》に代わり、今は彼女が店を切り盛りしているという。太りじしの身体つきはてんてんと弾む鞠《まり》を連想させ、ころころと表情を変える明るい女性だった。初日から暁とともに百多の着付けを手伝ってくれている。腰巻、襦袢《じゅばん》までは自分で身につけ、さらに襦袢の下にはきつくさらしを巻いているので、彼女が百多の正体に気付いているかどうかは分からない。暁が話しているとも思えなかった。

とはいえ、ツタは暁のことをとても可愛がっているようで、普段は誰に対しても愛想のよくない暁も彼女には笑顔を見せる。「おはよう」と百多が返事をすると、ツタは昨夜のうちに手入れをした茂吉らの衣裳を手に二階へと駆け上がっていった。『かけがわ』は暁以外のほとんどが通いの針子で、全員が若い女性ばかりだ。しかし年の頃は三十代と思われるツタが一番元気よく、率先して身体を動かしている。

「評判ですねえ」

鏡台に向き直った百多の背後で再び声が上がった。振り向いてぎょっとする。

男が立っていた。柳腰という形容がぴったりの細身で、切れ長の瞳に赤く濡《ぬ》れた薄い唇、役者であってもおかしくない整ったご面相だ。しかし頭は青々と剃《そ》り上げてあるので、色香にあふれた破戒僧といった風情《ふぜい》である。

「読んだ？　新聞にも劇評が載っていたよ。〝多家良座にて初の目見え旅芝居一座花房座思わぬ拾いものなり　三弥立ち姿思いのほか優れり　田之倉一之貫禄多少の衰微あれども感服なり　千之丞の八重垣姫硬さあれど上々のいじらしさ　着付けの瑠璃が見物の目を惹《ひ》いたり　座頭の花房三山なるはかの三山と聞き及ぶに至り大いに納得せり〟」

かの三山？

男がニッと笑った。白い面《おもて》に、赤い亀裂が走ったみたいな笑みだった。

「お初にお目にかかります。萬羽朱鷺《まんばとき》と申しやす。多家良座さんで狂言《ほん》を書かせてもらっておりやす。以後お見知りおきを」

三　海賊娘

『かけがわ』は、江戸は享和《きようわ》に創業した仕立屋だったが、先々代の芝居好きが高じ、衣裳《いしよう》を買い入れて仕立て直し、各座に貸与する衣裳屋へと変じた。そうするうち、抱える職人らの腕を買われ、新たな衣裳作りの注文も舞い込むようになったという。

店は元吉原《もとよしわら》に通じる大門《おおもん》通りの辻《つじ》を、一本入った一角にあった。狭い間口から踏み入ると、色とりどりの衣裳が天井の梁《はり》からずらりとぶら下がっていた。上がってすぐの居間と障子を隔てた奥が仕事部屋で、二階に掛川《かけがわ》一家と暁《あかつき》の部屋がそれぞれあるらしい。先に立って二階へと上がる暁に続き、草履を脱いで框《かまち》に上がった朱鷺《とき》がひょいと百多《ももた》を振り返った。

「どうしたの、早くおいでよセンちゃん」

この多家良《たから》座付きの狂言作者、数日前に初めて会ったばかりだというのに、もう百多を「センちゃん」呼ばわりだ。腰の落ち着かない男というより、腰が軽いといった印象だ。

芝居がはねた午後九時、百多は朱鷺に「ちょいと付き合いませんか」と声をかけられた。てっきりどこかの茶屋にでも入るのかと思ったら、ここ衣裳屋『かけがわ』に連れて来られたのだった。

「遠慮しないで上がって上がって」

「あんたの家でもないだろ」

階上から、呆《あき》れたような暁の声が降ってくる。朱鷺に続き、二階の取っ付きにある部屋に入った百多は目を丸くした。

六畳ほどの部屋におびただしい数の絵が広げられている。新旧混じった刷り物の匂いがツンと鼻を突いた。部屋の隅には刺繡《ししゅう》を施す際に使う張り台がある。が、何より百多の目を惹《ひ》いたのは、衣桁《いこう》に掛けられた八重垣《やえがき》姫の赤い裲襠《うちかけ》だった。

「今回の仕事を引き受けたのは、この裲襠を世に出したかったからだ」

枝垂桜《しだれざくら》の重たさまでが感じられる縫取《ぬいとり》を見つめる百多の背後で、暁がつぶやいた。興行中に聞いたところによると、この見事な縫取を手掛けたのは暁ではなく、また別の職人の手によるものだという。「それに」と暁が続けた。

「この縫取に負けないものを作りたかった。だから俺はルリカケスを縫った」

暁はツタや針子たちと同様に仕立てもこなすが、生地に刺繡を施す縫取師でもあった。この裲襠を作った職人も、『かけがわ』がかつて雇っていた縫取師なのであろう。

相当な腕前であることは間違いない。果たして、どんな人物だったのか。

「しかしまあ、相変わらず人をお招きする部屋じゃないねえ」

朱鷺が畳に散らばる刷り物の一枚を手に取った。彼のほっそりとした白い指の中で、鳥、花、女といった色彩豊かな絵が映えている。「ここがいいって言ったのはそっちだろ」暁が口を尖《とが》らせた。どうやらこのぶっきらぼうな衣裳屋と、胡散臭《うさんくさ》い狂言作者は心安い仲らしい。部屋の主《あるじ》より先に足を投げ出して座った朱鷺が、百多を振り返った。

「そういえば、センちゃんはお座敷に呼ばれたりしないの？」

興行を重ねるほどに、贔屓《ひいき》にした座員を茶屋に呼びつける客が増えてきた。三山《さざん》、三弥《さんや》はその筆頭で、特に三弥の人気はうなぎのぼりだった。老舗味噌《みそ》屋のお内儀が三弥に入れ上げ、足繁《あししげ》く小屋に通っているほどだ。

一方、百多と一之《いつの》は身体《からだ》の具合を理由に座敷に上がるのを断っていた。百多の場合は正体が露見するのを防ぐためだが、一之のほうは本当に加減が思わしくない。

「オレも一之さんも、あまり体が強くなくて」

「ははあ。田之倉《たのくら》一之といやあ、江戸では名の通った女形《おんながた》だったたってえ聞くからな。出戻った彼を呼びたい客も多いだろうにねえ」

つぶやいた朱鷺が、ふと真面目な顔つきになる。

「一之さんの顔色がよくないのはいつ頃からだい？」

「もともと頑健なほうではなかったのですが……ここ最近は特に」

答えながら、百多は朱鷺を窺《うかが》うように見た。

興行中の座付き狂言作者には、拍子木を鳴らしたり黒子に扮したりとありとあらゆる雑務があるはずだ。が、今のところそれらは座付きの下廻《したまわ》りがやるばかりで、朱鷺はそうした仕事をしていない。第一、興行の中途から出勤するというのもおかしな話だ。

役者のようなご面相、飄々《ひょうひょう》とした佇《たたず》まいではあるが、実は周囲をよく見ていてはしっこい。経歴も不詳なせいか、百多にとっては謎めいた人物だった。

百多の視線に気付いた朱鷺が、よよよ、と袂《たもと》で顔を隠すそぶりを見せた。

「実はあたしも心の臓が弱くて。だから無理がきかないんです」

「えっ」母の鶴《つる》を思い出した百多は目を瞠《みは》った。

「だのに座元や頭取は、もっと働け働けとまるで鬼のよう」

「それはいけない！」

思わず大声を上げた。朱鷺が袂から顔を上げ、驚いた表情を見せる。

「無理をしちゃいけません。心の臓は、いつ何時ポックリいくか分からない。体は大切にしてください」

朱鷺の切れ長の目が、百多をじっと見据える。黒い瞳が硬い石ころのようだ。が、やがてぶっと噴き出すと、腹を震わせて笑い出した。

「まいったな。こりゃあとんだ赤ちゃんだ。見聞きしたもの、全部本当だと思っちまう」

「え」

「真に受けるな。こいつは言うことの半分が出まかせだ。だから狂言なんか書いてんだ」

暁の呆れ顔を見た百多の頬が熱くなる。どうやら、からかわれたらしい。

「ほほう?」今度は朱鷺が口を尖らせた。暁のほうへ身を乗り出す。

「どうあってもカケスの下絵を描いてくれって泣きついてきたのはどこのどいつだ。おかげでこっちは大変だったんだぜ。自分で見たこともねえ鳥の姿かたちを聞いて回って、絵に描いたんだからよ」

カケス。息を呑《の》む百多の目の前で、「礼はしただろうが」と暁が渋い顔をした。

「第一よ、それなら言わせてもらうが、てめえの本業はなんだ? 多家良座付きの〝先生〟じゃねえのかよ。掛ける芝居のために奔走するのは当たり前だろうよ。それなのにてめえときたら、あっちにふらふら、こっちにふらふら」

うなった暁が、散らばる刷り物の中から薄い冊子を手に取り、すいと百多のほうへ滑らせた。絵入りの読本だ。開くと、異国風のひらひらした衣服をまとった男女が急《きゅう》峻《しゅん》な崖の上で手を伸べ、見つめ合っている。暁が朱鷺に向かって顎をしゃくった。

「河童狂助《かっぱきょうすけ》ってふざけた名前の絵師が、こいつだよ」

「えっ！　先生がこの絵を？」

「先生なんてこそばゆい。朱鷺でいいよォ」

「多家良座には病気だなんだ言ってごまかしちゃいるが、なんのことはねえ。こうして内職して小遣い稼いでんのよ」

　暁の暴露にも悪びれる様子を見せず、朱鷺はうふふと笑った。暁が渋面のまま続ける。

「ちったあ本腰入れて狂言《ほん》を書きやがれ。大阪の連中はみんな帰っちまったんだ。今や多家良座付きの作者はてめえ一人なんだぞ」

「そうそう。だから多家良のじじい、センちゃんが主役の新作を書けってうるせえうるせえ」

　評判に気を良くした多家良と赤木《あかぎ》は、早い段階から花房《はなふさ》座の興行続行を決めていた。赤木などは「馨子《かおるこ》のために、千之丞《せんのじょう》がもっと活躍する新作を」とまで言い出す始末だ。そのため、是が非でも赤木に気に入られる狂言をひねり出さねばならないのだ。

「まあ俺としてもさ、ここは一つ新作狂言をバーンと書き下ろして萬羽《まんば》朱鷺の名前を世間に知らしめたいじゃないの。だから今日、こうしてセンちゃんと膝を交えて話がしたかったんじゃないのさ」

いきなり、朱鷺がぴょこんと飛び上がった。役者のような軽い身のこなしで、ずずずいっと顔を突き出す。

「センちゃんはどういう芝居をやりたいわけ？」

「どういう？」

「演劇改良だかなんだか知らねえが、河原者《かわらもの》と蔑んでいた役者を国が利用しようってご時世だ。女形が演じる女も変わっていくだろうよ。だからよ、センちゃんはこれからどんな女を演じたいんだ」

首をひねった。気付けば、芝居に囲まれて生きてきた。呼吸と同じだ。どんな息を吸って吐くのかなんて考えたこともなかった。

朱鷺の切れ長の目が真っ直《ま》ぐ《す》百多を捉えた。

「なあセンちゃん。女形ってぇのは、なんなんだろうねえ」

こちらを見る瞳に、窺うような光が走る。まるで猛禽《もうきん》だ。百多は息を呑んだ。もしや、この男の普段の軽さは偽りか。こうして、相手を観察するために。

「あれぇ、朱鷺さん？　いるのぉ？」

すると、階下から元気な声が飛んできた。トントントンと階段を駆け上がる軽やかな足音が鳴る。と思ったら、部屋の障子がからりと開けられた。

「やっぱり朱鷺さんだ！　うぉっ、千之丞さんまで？」

　ツタの娘のカヨだ。百多を見てのけ反るような姿勢を取る。十五歳になる彼女は、顔つきも元気な気性も母親そっくりだ。そんな彼女の後ろには小柄な少女が佇んでいた。十二になる妹のハナだ。二人はともに針子として母親と店を支えている。「お邪魔してます」と百多が頭を下げると、カヨは顔の前でぶんぶんと手を振った。

「とんでもない、こんなごたごたした家に。この部屋も少しは片付けろって、あたしはいっつも暁兄ちゃんに言ってるんですよ」

　カヨの小言に構わず、暁が「おかみさんは？」と知らぬ顔で訊《き》く。無視されたカヨが唇を尖らせた。二人の様子が本当の兄妹《きょうだい》のようで、百多はつい頬を緩めてしまう。

「まだ衣裳の手入れだよ。あたしたちは夕飯の支度。ハナ、支度始めとくれ」

　姉に言われたハナは、黙って階段を下りていった。もともと大人しい気性なのだろうが、母親と姉が元気者のせいでいっそう静かに見える。

「カヨちゃん、あたしもお腹空《なかす》いた～。ご飯食べたいなあ」

　わざとらしくお腹を撫《な》でた朱鷺が、「そうだ」とカヨのほうへ身を乗り出した。

「女の子の意見も聞きたいなあ。今度の新作狂言、センちゃんにはどんな役がいいと思う？」

「新作ぅ？　それって朱鷺さんが考えるものなんじゃないの？」

「いいのいいの。女の子のことはやっぱり女の子に聞かないと。ねっ」

この男、言動のどこまでが本気なのかまったく分からない。食えないヤツだ。百多が腹の底でそう考えていると、カヨが「あっ」と手を打った。

「最近話題になった子爵令嬢は？　あの人とか、芝居にしたら面白いんじゃないかな」

「令嬢？　ああ、ちょっと前に新聞沙汰になったやつ？」

「そう！」

なぜか、カヨの目がきらきらと輝き出す。

「船に潜り込んで、異国へ行こうとしていた子爵令嬢。しかも、素性がばれないように男装までして！」


花房座の興行は大盛況のうちに千穐楽《せんしゆうらく》を迎えた。当初の一ヶ月からさらに半月ほど延び、約五十日間の興行だった。興行が終わる頃には、きりきりと肌を刺す初夏の暑さが漲《みなぎ》り始めており、多家良座に近在する水天宮《すいてんぐう》の縁日の賑《にぎ》やかさがその陽気に活気を添えていた。

千穐楽の翌日、座員は百多と一之を残し、全員が出払っていた。父の茂吉《もきち》は東京の小芝居を、九太《きゆうた》と駿《しゆん》は浅草《あさくさ》を見て回ると言って出て行った。長介《ちようすけ》はもらった給金を溶かしに、早速賭場へと向かったようだ。

一方、四雲《しうん》と鳶六《とびろく》、鼓太郎《こたろう》は千多《せんた》捜索のために横浜へと向かった。多家良座の興行中は遠出など一切できなかったため、座員が横浜に赴くのはほぼふた月ぶりだった。明日は交代で三弥、柿男《かきお》と栗助《くりすけ》、そして九太が行く予定だ。私も行きたかったと百多は焦《じ》れた。が、今日は昼夜ともに予定が入っていたため、泣く泣く諦めたのだった。

そんな百多のもとに、約束通り朱鷺が暁を伴って訪ねてきたのは昼餉《ひるげ》の後だった。

「ようセンちゃん、見てよこれ。例の事件、載ってる新聞全部集めてきたんだよ」

部屋に上がり込んだ朱鷺は、かき集めたという新聞を畳一面に広げた。そして事件のあらましを話して聞かせてくれた。

ひと月ほど前の四月某日、横浜港に停泊していた三友《みつとも》商船内に、見慣れぬ若い船員が紛れ込んでいた。不審に思った乗組員が彼を捕まえて巡査に突き出すと、なんと女であることが判明したのだ。しかも正体は士族出身の鷺宮敏弘《さぎのみやとしひろ》子爵の長女、丝子《いとこ》だった。この事実が漏れるや、新聞各紙は物珍しい醜聞を競って書き立てた。

「大胆なお嬢さんだ。ほんの数年前まで、男装・女装は犯罪だったってのによ。うら若い、それも華族の令嬢がよくもまあ」

「おい。この話し合いに俺は必要なのか」

感心した様子で首を振る朱鷺の隣で、あぐらをかいていた暁が言葉を挟んだ。その渋面には、朱鷺に無理やり連れて来られたという不満がありありと現れていた。

「俺ァ仕上げなきゃならねえ仕事があるんだがな。暇じゃねえんだ」

「何言ってんだい。狂言作り、役作りに最初っから噛《か》んでたほうがいい衣裳ができるだろ。おい暁。てめえ、自分を追い出した千束《ちづか》座にぎゃふんと言わせてえんだろ？　てめえにしかできねえ新しい衣裳が作りてえんだろ？　だったらグダグダ言うない」

立て板に水のごとくすらすらと反論された暁が、やっと口を挟めるとばかりに言い返す。

「本当にこの令嬢を芝居にしようってのか」

「おうよ。まだこの事件を掛けた小屋はない。俺たちが一番乗りだ」

しかし、記事の内容は動機が痴情のもつれだの、本人が不埒《ふらち》で多情な性質だのと憶測だらけだ。百多がそう言うと、朱鷺はにやりと笑った。

「だから俺らみたいな商売があるんですよ。憶測も突き抜ければ真実になるってね」

とんとんと自分の剃《そ》り上げた頭をつつくと、朱鷺がさっと立ち上がった。

「たとえばこんなのはどうでしょうねえ。令嬢は異国に恋人がいた。その恋人に会うために男装までして船に潜り込んだ」

「恋人？」

「ところが船員に身分がバレそうになり、令嬢は一転女に戻ってこの船員を誘惑し殺害、海へポイ。そのまま男のナリで海へと乗り出す。ザブーン。しかし悪いことはできねえもんだ。船は広い海上で嵐に遭っちまう！　グオオ、グオオ荒れ狂う波に揉《も》まれに揉まれ、満身創痍《まんしんそうい》、あわや全滅というところに、恋人の乗る船が通りかかって涙の再会」

そんな都合のいい……と思う百多をよそに、朱鷺は身振り手振りまで加えて滔々《とうとう》と喋《しゃべ》り続ける。

「改めて将来を誓い合った二人は帰国するが、なおも反対する令嬢の父親を誤って刺しちまう！　ザクゥッ！　ああ血も涙もない親殺しになっちまったと肩寄せ合って泣いてたら、瀕死《ひんし》の父親の口から二人が血の繋《つな》がった兄妹だったという驚愕《きょうがく》の告白！　これでとうとうケダモノ以下だと悲嘆に暮れる恋人同士、来世の再会をしっかと約束して、互いの胸を刃物で刺し合い、心中！」

心中、と叫んだ朱鷺が両手を広げ、天井を振り仰ぐ。百多は呆れて朱鷺を見上げた。

「この令嬢は男装して船に乗っただけですよ。誘惑とか殺人とか心中とか、全部大嘘《おおうそ》だ」

「そりゃそうだ。世間が求めているのは面白い〝お話〟ですからね」

「でも、それじゃあこのお嬢さんが」

「おいおいセンちゃん。つまらない筋の芝居に人が集まると思う？」

朱鷺が屈《かが》み込み、百多のほうへずいと顔を近付けた。百多は声を呑む。

「人はね、残酷なんだ。他人の不幸を見て興奮して、てめえの人生の空虚を埋める。役者はねえ、言わば依《よ》り代《しろ》なのさぁ。この世の汚いもの惨《むご》いもの、てめえの体に全部乗り移らせる。お綺麗《きれい》でいられるなんて思っちゃいけないよ」

やはりそうだ。こいつは剽軽《ひょうきん》の皮を被《かぶ》った下に、酷薄で凶暴な爪を隠し持っている。

このヤロウ。百多が睨み返した時、廊下から女中が声を掛けてきた。

「千之丞さん。赤木のお嬢様がお見えですけど」

お嬢さん？　百多は目を剝《む》いた。今日来るとは聞いていないが。すかさず暁が立ち上がる。

「付き合ってられるか。俺は帰るぞ」

「待て待て待て、お嬢さんを見てたら何かいい案がひらめくかもしれねえぜ？」

「そんなわけあるか！」

そうして二人が揉み合っているうちに、「お着きです」という女中の声が上がった。

続いて婆《ばあ》やとともに部屋に入って来た馨子は、朱鷺と暁の姿を見て驚いた顔をした。

「突然申し訳ございません。お客様がいらしたとは知らず。ご迷惑でしたでしょうか」

「いえいえ、客ってほどのものではないのでお構いなく」

なぜか百多より先に朱鷺が答えた。辞去する機会を失した暁は、仏頂面のままだ。

お茶を運んだ女中が退室するのを待ってから、馨子は楚々《そそ》と切り出した。

「花房座の皆さんの住まいについて、父から言伝《ことづて》を預かっております。修繕のめどが立ちまして、五日後には移っていただけるそうです。今日はそのご報告に」

花房座の興行の成功、続行に際し、茂吉は『あかり屋』を出たいと多家良に申し出た。いつまでも仮宿暮らしでは落ち着かないこともあるが、何より百多の正体が露見するのを防ぐためだった。そこで赤木が世話してくれたのは、多家良座から徒歩で十分ほどの距離にある新葭町《しんよしちょう》の長屋だった。百多は深々と頭を下げた。

「細やかなご配慮を頂戴し、座員一同心より感謝しております。ありがとうございます」

馨子の白い頬がぽっと赤らんだ。薄紅色の着物の袂を、手の中でぐしゃぐしゃと揉みほぐす。

「それと、父が今夜の席を楽しみにしているとのことです」

「……こちらこそ。過分な席にお招きいただき、恐縮しております」

内心うんざりしていることを気取られぬよう、百多は努めてにこやかに笑った。

今夜は赤木が催す宴席に父の茂吉とともに呼ばれていた。お得意先をもてなすための酒席で、ぜひとも評判の若女形を呼んでほしいと頼まれたらしい。普段であれば断る百多だったが、金主《きんしゅ》の赤木たっての希望となれば従わないわけにはいかない。

そんな百多の心中をよそに、馨子がいそいそと続けた。

「新しいお住まいのために、身の回りの世話をする下働きもお手配いたしますわね」

「下働き？　いえ、自分たちのことは自分らでいたしますから」

「ですが、花房座さんには女性がいらっしゃらないでしょう？　これでは毎日の炊事や洗濯、繕い物などに支障が出ます。どうぞ遠慮なさらず」

百多は返す言葉に詰まった。

せっかく宿を出たというのに、外部の人間に出入りされては、いつ自分の正体が露見するか分からない。長屋に落ち着いたら、今まで通り裏方の雑務は自分でやればすむことだ。

……だけど。

百多は、自分の心が揺れていることに気付いた。

だけど、役者として舞台に立ちながら、毎日気を張りながら、私は裏方の仕事までできるだろうか？

〝千之丞〟と〝百多〟の掛け持ちができるだろうか？

――みんなに尽くさなくちゃいけないよ。お前は、女の子なんだから――

「あら？」

あれやこれやぐるぐると考えていた百多の耳に、馨子の声が響いた。彼女は隅に重ねられた新聞をじっと見つめている。

「この新聞の記事……」

「ああこりゃすみません、持ち込んだのはあたしです。散らかしっぱなしで」

「もしかして丝子お姉様の」

新聞を手に取りかけた朱鷺が馨子を振り返った。

「お姉様……？　も、もしやお知り合いっ？」

「ええ。わたくし琴をたしなんでおりまして。お姉様もずっと同じお師匠様に」

そう言うと、馨子は小ぶりな赤い唇をくっと噛み締めた。

「お可哀想《かわいそう》なお姉様。こんなの、全部嘘に決まっております。お姉様は美しくて聡明で、それは素敵な方ですわ。それを寄ってたかって痴情のもつれだのふしだらだの」

「ま、まさか、ご令嬢がなぜ男装して船に乗ったのかご存知で？」

つい先ほどまで、殺人だ心中だと騒いでいた朱鷺が身を乗り出した。すかさず「下がりなさい！」という婆やの一喝が飛んでくる。

馨子は悲しそうに顔をゆがめた。

「分かりません。わたくしも知りたいのです。なぜあのようなことをなさったのか。……ですが、事件以来お姉様は麴町《こうじまち》のご自宅に引き込まれたままで。しかもこの騒ぎ。お姉様、どれほどつらく恐ろしい思いをなさっているか」

「アア～お優しい方だナア～お嬢様は」

いきなり、朱鷺がやけに感じ入った体《てい》の声を出した。胡散臭い。が、無垢《むく》な馨子は額面通り受け取ってしまったらしい。潤んだ目元を手巾《しゅきん》でそっと拭った。

「いいえ。大好きなお姉様に何もしてあげられないのが本当に悔しくて」

「そんなことあるもんですか。どうです、これからでも話を聞きに行ったら」

百多はぎょっと朱鷺を見た。暁も同じ顔つきで彼を見る。しかし当の朱鷺は平気の平左、「え？」と目を見開いた馨子に向かい、さも深刻そうな顔つきで続けた。

「お嬢様のおっしゃる通り。今、ご令嬢は暗い孤独の淵《ふち》を彷徨《さまよ》っているはずですよ。その絶望を照らすのは、お嬢様がもたらす清らかな明かりしかない！……と、あたしなんかは思いますね。お嬢様。明かりってのは、開化の瓦斯燈《ガスとう》だけじゃあねえ。芯からの真心も、人の心を照らす明かりになれるんじゃあないですかねえ」

よくもまあペラペラと。馨子の純真さに付け入り、令嬢に近付かんとしているのが見え見えだ。「お嬢様」百多は焦って身を乗り出した。

「誠に申し訳ございません、戯言《ざれごと》が過ぎる男でして」

「とんでもねえ。あたしはただ、ご令嬢のお心の秘密を知ることでお嬢様の心痛が少しでも軽くなればと。もちろん、微力ながらあたしたちもお供いたします、はい」

「おい朱鷺、おめえ少し黙りやがれ」

「一緒に行ってくださいますのっ？」

顔を輝かせた馨子が腰を浮かせた。「そんな大声を」婆やがあわてて彼女を制する。が、馨子は潤んだ目をひたと百多たちのほうへ向けると、真剣な表情で口を開いた。

「本当はずっとお姉様にお会いしたかったの。だけど一人では勇気が出なくて……ダメね、あんなにお優しくしてくださったお姉様なのに。馨子は意気地なしなのです」

「そんなこたあねえ。今からでも間に合いますよ。行きましょう、ぜひ行きましょう」

「嬉《うれ》しい」と無邪気な笑顔を見せた馨子が、婆やを振り返った。

「タケや。お父様に鷺宮家へ使いを出すようお願いしてちょうだい」

「お嬢様？　本気ですか？　鷺宮の家がこんな役者風情を入れるとでも」

「ああ、あたしらのことは下男三人とでも偽ってもらえれば」

「おい？　三人ってなんだ。まさか俺も」

あわてる暁をよそに、馨子が「それはいい案ですわ」と両手をぱんと合わせた。

「皆様とお話しすれば、お姉様の気もきっと晴れますわ！　セン様をご紹介できるのが楽しみ。わたくし、セン様のことをいつもお姉様にお話ししておりましたのよ」

百多の顔から血の気が引いていく。子爵? 令嬢?

本当に会いに行くのか?


朱鷺たちが辞した後、百多は宴席に向かうため支度を始めた。しかし、貸し付けられた羽織袴《はかま》を身につけながらも、先ほどの話で頭の中はいっぱいだった。まずは往訪の打診をしてもらうと馨子は言っていたが、冗談じゃない。断られてほしいと心底願ってしまう。華族の家に行くなんて、どんな芝居より厄介だ。

はあ、とため息をついた時だった。隣の部屋から、とん、と何かが落ちる音が響いた。一之の部屋だ。「師匠?」百多は部屋を仕切っている襖に歩み寄り、そっと開けた。

暗がりの中、片膝を立てた姿勢で一之が座っている。一之は興行中であろうと、雑魚寝《ざこね》の木賃宿に泊まっていようと、所作事《しょさごと》の稽古を欠かしたことがない。千多《せんた》はもちろん、百多も時間の許す限り一緒に稽古をしてきた。今朝も、座員らを見送った後、一之の部屋で稽古をつけてもらっていた。

その一之の全身から、息の詰まるような緊張が漂っていた。足元には開いた扇子が落ちている。けれど、なぜか一之は拾おうとしない。使い込んだその扇子をじっと見下ろしているだけだ。百多ははっとした。

彼の指先が細かく震えている。拾わないのではない。拾えないのか。そう気付くと同時に、襖を閉めていた。見てはいけない。そう思った。

その時、たたたと跳ねるような足音が聞こえてきた。振り向くと、九太と駿が勢いよく部屋に入ってきた。

「モモ、ただいま！」

賑やかな九太の声が、百多をほっとさせる。久々の外出に浮かれているのか、彼は土産だという饅頭《まんじゅう》を提げたまま、目を輝かせて浅草の様子を語り出した。

「色んな色の幟《のぼり》がぐちゃぐちゃと入り交じっててさ。客引きの男が手品を見せたり、三味線を鳴らしたりしてんだ。どこも賑やかで人もたくさんで、町の全部がうたってるみたいだったよ」

さらには、目立つ見目の駿が行く先々で人に取り巻かれてしまったという。

「娘さんや悪ガキが駿の髪を触って引っ張ったりしてね。大変だった」

「駿は顔も可愛《かわい》いからねえ。ちょっかい出したくなるのかな。……そうだ九太。前から思ってたんだけど、駿を芝居に出してみないかい？　また新しく客が集まると思うんだ」

するとと、明るかった九太の表情がかすかに翳《かげ》った。「ううん」と首を振る。

「いいんだよ。駿はこのままで。わざわざ修羅の道に入ることもない」

修羅。どきりとする百多の耳に、またも廊下を歩く複数の足音が聞こえた。今度はどすどすと荒っぽい。すぐに四雲が部屋に顔を出した。

「なんだ、ガキしかいねえな」

千多は？　そう訊くまでもなかった。いかにも機嫌の悪そうな顔つきが、今日の捜索が空振りだったことを示している。彼の背後から鳶六と鼓太郎がひょいと顔を覗《のぞ》かせた。

「三弥さんはいねえのかい」

「うん。まだ戻ってないよ」

「やっぱり！　ありゃ三弥さんだよ。カーッ憎いねえ。あんなお綺麗なお内儀さんとさあ」

口々に二人が騒ぎ出す。どうやら彼を贔屓にしている味噌屋の内儀と三弥が連れ立って歩いていたらしい。

対する四雲は眉間のしわを深くすると、けっと毒づいた。

「目立つ役のほとんどを頭と三弥が占めてんだ。あれだけ出張りゃあ、女の一人や二人は引っかかる」

格下扱いが気に入らない四雲は、しょっちゅう三弥にケンカを吹っ掛けていた。そんな彼の悪態も聞き慣れたもののはずだった。けれど、なぜか百多は「何言ってんだ」といつものように笑い飛ばせなかった。

東京へ来てからこの方、確かに三弥は贔屓が増えた。一人だけ座敷に呼ばれることも多い。彼の着物や衣裳を誂《あつら》えたいと申し出る客もいるほどだ。旅芝居とは客の質があまりに違い、同じ座の中だというのにどんどん差ができていた。

「センのヤロウも、一体どういうつもりだ。このままじゃ、女に田之倉一之を襲名させることになっちまう」

そう吐き捨てた四雲が、鳶六と鼓太郎を振り返った。

「けったくそ悪ぃ。飲み直すぞ」

先に立って階下へと下りていく。二人もすぐに後を追った。残された百多は九太と顔を見合わせた。四雲がまとう暗い何かが、互いの目の中にも漂っているように見えた。

やがて、その暗さを振り払うように、九太が明るい声を上げた。

「モモは今日、赤木さんに呼ばれてるんだろ？　頭は？」

「ああ、うん、店で落ち合うんだ」

百多も努めて声を高くした。わざとはしゃいだふうに続ける。

「東京中のおででこや見世物を見て回るんだと。やっぱり東京はすげえな。どれだけ見ても尽きないらしい。役者も芸人も数えきれないほどにいるんだぜ」

「女役者だけの一座も人気なんだって。見てみたいな」

「そうらしいな。だけど女だけで芝居なんて――」

できるのか。そう言いかけて、百多は口を噤んだ。

男だけの芝居は当たり前なのに。なぜ、女にはできないと思ってしまうのだろう？

胸の中に、黒い染みがじわりと広がった気がした。

芸妓《げいぎ》の三味線に乗り、百多が一之仕込みの短い舞いを一つ見せると、やんやの喝采とともに酒宴となった。続けて芸妓らが三味線を鳴らし、座を大いに盛り上げる。座敷には多家良もいた。

一つ役目を終えた気分で、百多はホッと息をついた。席に着くや、赤木の接待相手の男から盃《さかずき》になみなみと酒を注《つ》がれるが、百多自身はほとんど飲めない。一杯だけ口をつけ、後はどう断ろうかと悩んでいると、横から茂吉が「旦那、あたしにも一つ」と盃を出した。如才なく会話を交わし、百多の分まで次々酒を干していく。

「うちの内儀《かみ》さんも娘も千之丞さんの赤姫を褒めてたよ。特に着付けにあった青色の鳥の縫取、あれは驚いたと口々に感心してたねえ」

赤木の商売相手だという間壁宗右衛門《まかべそうえもん》は、京橋《きょうばし》で輸入洋品を扱う舶来品店『まかべ』を営んでいる。赤木に負けず劣らずの押し出しがいい男で、百多がさりげなく隠した盃を目ざとく見つけては、どんどん酒を注いできた。

「男にしておくにはもったいない可憐《かれん》さだと言ってはいたが、確かに！」と呵呵と笑う。

〝男〟になったとたんに可憐だと言われる。女の時にはついぞ言われたこともなかった。妙なものだ。百多は赤ら顔の間壁の酌を受けながら、すでにげんなりしていた。

笑いたくもないのに笑っていると、己が小さく削り取られて、しまいには欠片《かけら》もなくなってしまう気がする。金でコロコロ転がされて、いいように弄ばれている。

役者は所詮、人にあらざるもの。役者を続けるということは、人ではなくなるということ。九太の「修羅」という言葉が頭に浮かぶ。

九太は駿に自由でいてほしいのかもしれない。いつでも、どこへでも飛び出せるように。突然迷い込んできたあの少年に、駿と名付けたのも九太だ。母の生家で飼っていた馬の名だという。「きれいな栗毛《くりげ》色が同じだから」と。

ふと、千多を思い出した。彼はこれが耐えられなかったのだろうか。

いつまでも「人」になれない――

廊下が騒がしくなった。すとんと襖が開かれる。

「これは失礼。座敷を間違えちまいました」

顔を覗かせた男が慇懃《いんぎん》に腰を折って詫《わ》びる。百多は目を見開いた。彼の背後からもう一人、背筋をぴしりと伸ばした壮年の男が現れたのだ。

殿川《とのかわ》一門の長、三代目殿川五右衛門《ごえもん》だ。舞台で見るより線が細い印象だが、笑んで見える顔のしわにも口元にも隙がない。百多の盃に酒を注いでいた間壁が、えっと叫んだ。

「武蔵屋《むさしや》！　三代目殿川五右衛門かい！」

興奮気味に鼻の穴を広げ、中腰に身を起こす。

「武蔵屋と出くわすとはなんたる僥倖《ぎようこう》！　いやいやこれは縁起がいいねえ。さあさあ、ぜひぜひ上がってくださいよ」

「とんだ粗相をいたしました。こいつが部屋を間違えて」

五右衛門が芝居のような節回しで語る。「そんなこと言わず。さあさあ。さあさあ」なおもしつこく食い下がる間壁に向かい、五右衛門はやんわりと首を振った。

「とんでもない。今を時めく花房座さんの前とあっちゃあ、ご酒《しゆ》をいただく前に真っ赤になって茹《う》で上がっちまいます」

嘘だ。百多はとっさに気付いた。下廻りの男が部屋を間違えるはずもない。百多たちがいると知って、わざと襖を開けさせたのだ。

「面白ぇことを言うなあ武蔵屋さん。まあまあお手柔らかに頼みますよ」

さすがに察した多家良が、それでもにこやかに五右衛門に言った。五右衛門の目がかすかにすがめられ、茂吉へと移る。

「多家良座で掛かる旅芝居の頭がてめえと知った時はたまげたぜ。ずい分と評判じゃねえか。あのうるせえ六二《ろくに》の連中が褒めているくらいだ。急遽《きゆうきよ》刷った役者絵も、飛ぶように売れていると聞いてるぜ」

「とんでもねえ」畳に手をつき、茂吉は頭を下げた。

「ご挨拶にも行かず、ご無礼いたしました。お許しいただけるなら、先代、先々代のご位牌《いはい》に線香を手向けに伺いたいのですが」

しかし五右衛門は茂吉の言葉を無視し、続けた。

「お鶴さんは息災かい」

母の名が出てきたことに、百多は驚愕《きようがく》した。茂吉がややあって、「死にました」と答える。五右衛門は「そうかい。それはご愁傷様でした」と言った。その声音に、驚いた様子はまるでなかった。すでに知っていたのだと百多は察した。

五右衛門がげっぷが出そうなほど丁寧に頭を下げる。

「とんだ粗相で湿らしちまいました。それでは失礼いたします。機会があれば、武蔵屋も何とぞご贔屓に。ごめんください」

そして彼らが去った後には、なんとも鼻白んだ空気だけが残った。盛んに場を盛り上げていた芸妓らも、どこか気まずげだ。

百多の脳裏に、五郎丸《ごろうまる》が言い放った言葉が甦《よみがえ》った。

――大武蔵がおっ死《ち》んだらなかったことにできるとでも思ってんのか――

――あれほど手塩にかけた男に裏切られたんだ――

父の顔を盗み見た。が、頭を下げたままの茂吉の表情は窺《うかが》えない。とても質《ただ》せるような雰囲気ではなかった。

茂吉はやはり、かつて武蔵屋と関係があった。けれど東京を離れた。

父の過去に、一体何があったのだろう？

気付くと、着物の袖がぐっしょり濡《ぬ》れていた。間壁が注いでいた酒だった。

鷺宮家が建つ麴町は、武家の衰退と取って代わり、現在は宮家や華族、官僚などが多く住む町となった。

正門を通ることを許されなかった朱鷺と百多は、裏門から離れの庭に通された。鷺宮家の庭の池には短い石橋が架かり、その下でゆうゆうと泳ぐ錦鯉《にしきごい》の背が見える。本当に来てしまった。百多は冷や汗をかきながら池のほとりに立っていた。庭に面した縁側には、馨子ともう一人、少女が座っている。

朱鷺と馨子が表向き意気投合してから、四日が経《た》っていた。百多の祈りも空しく、往訪の打診は〝友人〟も含めて早々に許可されてしまった。おかげで、百多は慣れない羽織袴を着て参上することになってしまった。なお、絶対に行かないと言い張った暁は不在だ。

現れた鷺宮丝子は大人しい印象だった。張りのある着物の濃紺色、きりりと結われた日本髪が、ただでさえ細面の彼女を痛々しいほど引き絞って見せている。すっきりと整った横顔は少女らしい華やかさより、生硬な感じが強い。前髪姿の若武者役が似合うかもしれない。つい、百多はそんなことを考えてしまった。

「お姉様。もう師匠《せんせい》のところへは参りませんの？」

「わたくしなどが行ったら迷惑がかかります。師匠にはやめますと伝えました」

何を訊かれても、丝子は感情の窺えない声音で短く答えるだけだ。馨子のいとけない指が、手巾をぎゅっと握り締める。手応えのない会話に、狼狽《ろうばい》しているのが見て取れた。

「なぜ……なぜ、お姉様はあんなことを」

沈黙が漂う。鷺宮家の母屋と同じ敷地内にあるというのに、この離れの周囲はあまりにひっそりとしていた。

「馨子さん。今、幸せ?」

突然、丝子が口を開いた。えっ、と馨子が目を見開く。

「は、はい。幸せです」

「なぜそう思うの?」

「なぜ……?」

馨子は心底困惑しているようだった。おそるおそる訊ね返す。

「お姉様は幸せではないのですか?」

「分かりません。考えたこともないですから。ごめんなさいね。あなたに『なぜ幸せなの』と訊くことは、『空はなぜ青いの』と訊くこととさっと同じね」

馨子の顔が、いっそう困惑の色を濃くした。

ゆうゆうと身をくねらせる錦鯉が、水面《みなも》に光の筋を刻み付けながら泳いでいる。その輝きをじっと見つめ、丝子はぽつりとつぶやいた。

「ただ、道が見えると思っただけです」

「道?」

「ええ。自分がこれから歩く道です。結婚して、子供を産んで、家を守って、そして死ぬ。自分の手で縫うであろう、おしめの数まで見えた気がしたの」

丝子の視線が、今度は百多へと向けられた。その目の冷ややかさに、百多は内心慄《おのの》いた。

「セン様」

とっさに返事ができなかった。ずっとだ。先ほど初めて会った時から、彼女はずっとこの冷たい目で自分を見ている。

「馨子さんのおっしゃる通り、人目を惹くお顔立ちをしていらっしゃるわ。きっと着飾ったら、もっときれいになるのでしょうね。馨子さんはお人形も大好きですもの」

丝子の唇には、弱い毒が仕込まれているみたいだった。言葉の一つ一つがじわじわと百多を蝕《むしば》む。百多がやはり返答に窮していると、横から朱鷺が口を挟んだ。

「お嬢様、異国に好きな人でもいたんですかい」

丝子が彼を一瞥《いちべつ》する。今初めて、存在に気付いたと言わんばかりだ。

「なぜそう思うのです？」

「いやだって、うら若いお嬢さんが男装までして船に忍び込むなんざ、よっぽどのことだ。好いた男でもいるんじゃねえかって思うのは当たり前ですよ」

「お名前、なんだったかしら。狂言作者さん。忘れてしまったわ」

「へえ。萬羽《まんば》朱鷺と申しやす」

「私のこと、お芝居にしようと考えているんでしょ？」

ぎょっと息を呑んだ。見抜かれている。馨子がきょとんとした。

「え？　まさか。こうしてセン様と萬羽様に来ていただいたのは、お姉様に元気を出していただきたくて」

「馨子さん。あなたは本当に可愛い方。素直で、単純で。目に見えるものだけを信じて生きていける。だからこんな、俗物にころっと騙《だま》されるのだけど」

馨子が口をパクパクとさせる。百多はいたたまれなさに、すぐにでもここから飛び出したくなった。ただ一人、朱鷺だけがにやりと不敵に笑う。

「だってこんな面白ぇ話、芝居にしないわけにはいかねえでしょう」

「そうでしょうね。構いませんよ。どう書いていただいても」

「へえ？　こんな俗物が書いた狂言でもいいってんで？」

「だからこそです。俗物が書く内容なんてたかが知れています。どうせ男がいるだの誘惑しただの、挙句心中というオチでしょう。そんなもの、すぐに忘れ去られますもの」

当たっている。さすがの朱鷺も顔を引きつらせた。

「まさかぁ、見くびらねえでくださいよ、そんなくだらない、アハハハハ……じゃっ、じゃあ聞かせてくださいよ。なぜ男装までして」

「男装したのは、見咎《みとが》められないからです。子爵家の娘が、下働きの恰好《かっこう》で外を歩くなんて世間は誰も思わない。ただそれだけです」

「だから、なぜそこまでして」

「分かりません？」

丝子がひたと朱鷺を見据えた。黒い針のような鋭い視線に、朱鷺の唇が縫い閉じられる。百多は内心感服した。この令嬢、口から生まれた狂言作者を黙らせた。

「あなたには想像もつかない？　華族の娘が、男装までしてなぜ船に乗ったのか。想像できないのは俗物だから？　頭が悪いから？　それとも、今の自分に満足しているから？」

とっさに千多を思い出した。彼は花房座を飛び出した。なぜ？

「人」になりたいから——

沈黙が空気を乾かす。青ざめた馨子の唇だけが、やけに赤く百多の目に映った。

その沈黙を、高らかに響いた哄笑《こうしょう》が破った。

「面白え！　こりゃいいや、お嬢さん最高だ」

朱鷺だ。彼はそう言い放つと、丝子のほうへずいと一歩歩み寄った。馨子の表情に、初めて怯えが走る。が、丝子はまったく動じる様子を見せず、朱鷺を睨み返した。

「書かせていただきましょう。あたしなりのお嬢さんの冒険譚《たん》」

「どうぞお好きに。わたくしはもうこの世にいない女です」

「お姉様?」馨子が唇を震わせた。

「どういうこと。どうしてそんな、恐ろしいことを」

「このような醜聞を引き起こした娘が世間からどう見られるか。馨子さんだってご存知でしょう。縁談の来手も完全に失った、こんな私を両親は二度と外に出さない。せいぜい尼にでもするのが関の山。これで生きていると言えるのかしら」

呆然とする馨子の目に涙が浮かんだ。「お姉様」そう言ったきり、言葉を失う。そんな馨子を見た糸子が小さく笑んだ。硬い顔つきがほどけ、かすかな柔らかさが宿る。

「ありがとう馨子さん。あなたの真心は本物だわ。事件以来、訪ねてきてくれたのはあなただけ。……嬉しかった。これは本当よ」

それきり、糸子は二度と口を開かなかった。沈黙が彼女の姿を縁取り、よりくっきりと浮かび上がらせる。

彼女の目は、天に向かってすっくと立つ庭木のほうへと注がれていた。

鷺宮邸を辞去して俥《くるま》に乗り込んでも、馨子は思い詰めた表情のままだった。その様子に狼狽した婆やが、今にも斬りつけそうな目つきでぎっと振り返る。

「やはりわたくしがおそばにいるべきでした。不埒な芸人ども、お嬢様に何をした?」

やけに芝居がかった言葉にも、百多は言い返すことができなかった。興味半分で丝子の負った傷をいたぶった。しかも馨子を騙したことまで露見してしまった。最悪だ。下手したら馨子は興行そのものをやめると言い出すかもしれない。そうなったら、自分たちは即、多家良座から放り出される。また不安定な旅回りの毎日に戻るのだ。

「萬羽様」

馨子が口を開いた。百多だけでなく、朱鷺までがぎくりとしたのが伝わってくる。

「先ほどのこと、本当ですの……？　あの事件を芝居にするつもりだというのは」

「ああ、いやあ」朱鷺が頭を掻いた。

「誤解しないでくださいよ。さっきのは売り言葉に買い言葉。まさかそんな、お嬢様のご友人を芝居にしようなんざ」

「上演してください」

「はいっ？」朱鷺、そして百多も目を剝いた。

「お姉様の事件。お芝居にしてください」

てっきりやめろと言われると思っていた百多は、唖然《あぜん》と馨子を見た。朱鷺がおそるおそる彼女の顔を窺う。

「えっと、それは書いていいってことですか？　鷺宮のお嬢様のことを？」

「はい。そうしてお姉様の名誉を回復してください」

とんでもないことを言い出す。朱鷺が目を丸くした。

「名誉を回復？」

「花房座のお芝居が評判になれば、お姉様を誹謗《ひぼう》する世間の見方も変わるはず。センさま。萬羽様。どうかお姉様を助けてください。馨子はそのためなら助力を惜しみません！」

どうしてそうなる？　が、馨子は言うだけ言って満足したのか、やけに清々とした顔つきで「それでは失礼いたします」と婆やとともに去っていった。そんな一行を、朱鷺はしばし呆然と見送っていたが、すぐにはっとしたように地団駄を踏んだ。

「名誉を回復しろだあ？　そんなの、男も心中も使えねえじゃねえか！　ふざけんな！」

そうしてひとしきり騒いだと思ったら、「第一よぉ」と情けない声で頭を抱えた。

「世間は令嬢をいたぶりたくてウズウズしてんだぜ。名誉を回復するなんてそんなバカバカしい、なあセンちゃん？」

「いやだ」

きっぱりと答えた。仰天した朱鷺が「げっ」と顔を上げる。

「なんだって？」

「これ以上、丝子さんを貶《おとし》めるような真似《まね》はできねえ。男だ誘惑だ心中だって、そんな狂言《ほん》ならオレはやらねえ」

「どっ、どうしろってんだ！」

「それをどうにかするのがあんたの仕事だろ？」

二人は真正面から睨み合った。朱鷺の目がすがめられる。

「ちょっと赤姫がうたえるだけのガキが言ってくれるじゃねえか」

「突き抜ければ真実になるんだろ？　だったら書けよ。世間がそうだったのかって涙を流すような〝真実〟を書いてみやがれ。そしたらオレが演《や》ってやらあ。あんたの狂言に命を吹き込んで、立って歩いて踊り出す〝真実〟にしてやるよ！」

百多の勢いに呑まれた朱鷺が、むむむと眉根を寄せた。役者絵さながらの迫力で百多を睨むと、「ちくしょうっ」と叫ぶ。

「分かったよやってやらあ。狂言作者萬羽朱鷺、渾身《こんしん》の一作を書いてやろうじゃねえか！」

声が青空に吸い込まれていく。

犬の遠吠《とおぼ》えがどこかで響いた。

あかり屋から引っ越した長屋は、新しい畳の匂いがした。家屋に挟まれた路地には共同の井戸、奥には雪隠《せっちん》があり、座員たちは今日から自炊の生活に戻る。

百多は七輪で沸かした湯でお茶を淹《い》れるツタを見た。

「おツタさん。無理な願いを聞いてくださってありがとうございます」

茂吉とともに頭を下げると、ツタは豪快に笑った。

「いいんですよお！　あたしたちの住まいとも近いんだ」

下働きの一件が出た翌日、あかり屋にツタがやって来た。そして炊事や洗濯など家事の一切を、母娘三人で引き受けると申し出てくれたのだ。

「赤木さんからはちゃんと賃金をいただけるんで。この話を聞いた時には、ありがたいって思ったくらいなんですよ。ねえ暁」

引っ越しの手伝いで駆り出されていた暁は、不愛想に頷いただけだった。口には出さないが、彼は掛川母娘を気遣ってこの話を持ちかけたに違いない。『かけがわ』は先代の急死から仕事が激減しているようなのだ。職人は暁以外の全員が去り、あとは前《さき》の興行の際に衣裳方として入ってくれたような、通いの針子ばかりになっているという。

茂吉の前に茶を淹れた湯呑みを置くと、ツタはしみじみと言った。

「だけどまあ、旅をしていて女の人がいないってのはさぞご不便だったでしょう」

「おツタさんこそ、ご亭主が急に亡くなったんでしょう。えらいですねえ。女人だけで店を続けていこうなんて、なかなか決心できませんよ」

ふうふう息を吹いてお茶を冷ましながら、茂吉が答えた。またツタがころころと笑う。

「仕立てしかできないだけですよ。それにねえ、あたし役者の衣裳ってのが好きなんです」

「へえ?」湯気の向こうで、茂吉の目が好奇に光った。

「それはまた、なぜです?」

「芝居ってのは大掛かりな嘘でしょう。いなせな着流しも俠な振袖も、ボロだって、現実を忘れさせるきれいな嘘のためにある。そう思うと、衣裳も全部きれいに見えてくる。あたしは、きれいな嘘をつくために針を動かしている、そんな気がするんですよぉ」

きれいな嘘。そう言ったツタは「あれえ」と目をまん丸くした。

「あたしったらペラペラと。さて、カヨたちはちゃんと掃除をしているかね。ちょっと見てきますね」

さっさと立ち上がり、長屋から出て行く。彼女の元気の良さには、心を動かされる温かさがあった。百多はふと母の鶴を思い出した。

「助かりますよ。暁さん」

茂吉がぽつりとつぶやいた。百多は父と三弥にだけは、暁が〝千之丞〟の正体を知っていると伝えていた。暁はまた肯定とも否定とも取れない動きで首を振っただけだった。

その時、戸口の腰障子に人の影がよぎった。とたん、勢いよく戸が引き開けられた。朱鷺が駆け込んでくる。

「ダメだあ、書けない」

そう言うと居間の真ん中でぱたりと倒れた。茂吉がいようがお構いなしだ。

「ちっとも書けないよぉ。男装した令嬢の名誉を回復しろなんてさあ、無理難題だよ」

「おい、旦那の前だぞ。失礼だろ、起きろ」

「お家騒動とかあだ討ちとかじゃあないんだよねえ。どうせならそんな手垢《てあか》の付いたもんじゃない、今の世だからこそっていう狂言《ほん》にしたいじゃないのさあ」

最初は誘惑だの心中だのと、いかにも手垢の付いた狂言を考えていたくせに。百多は彼の脛を蹴っ飛ばしたくなった。そんなこととはつゆ知らぬ朱鷺は、「おっ、新しい畳の匂いがする」と呑気《のんき》につぶやいている。

すると、「先生」暁と朱鷺の間に茂吉が言葉を挟んだ。

「この際、千之丞を出さないってぇのは、やっぱり難しいですかね」

茂吉に先生と呼ばれた朱鷺が飛び上がった。「出さない？」と目を剝く。いつになく硬い父の声音に、百多の腹の底がずんと重たくなった。

茂吉が新作狂言を歓迎していないことは、百多も薄々気付いていた。稽古の仕方も演出も、何もかもを見直さなければならない新作を掛けるにあたり、本物の千之丞が不在の状態で続けていいのかどうか戸惑っているのだ。

「いや、旦那それはねえですよ。座元も金主もとにかく千之丞千之丞、むしろ千之丞だけでいいって言い出しそうな勢いだ。見物にも人気なんだぜ。出さない理由がねえ」

「そうですよね。いや、ヘンなことを言っちまいました。忘れてください」

茂吉の声音が一転軽くなる。その軽さが、よけいに百多を追い詰めた。多家良座で浴びた見物の熱狂、歓声が胸中に甦る。舞台の上から見た客の陶酔は、百多をも遠いどこかへ飛ばしてくれる熱気をはらんでいた。

けれど父の茂吉にとっては違ったのだろうか。やはり自分が千多の代わりにどれほど評判を取ろうが、意味がないのか。

偽物では意味がないのか。

開け放ったままの戸口に人が立った。

「モモ！　周囲を歩いてみないか」

九太だ。傍らには駿がくっ付いている。百多はあわてて立ち上がった。

「そうだな。ついでに、何かみんなのために甘いものでも」

「このへんだったら、長寿屋《ちょうじゅ》さんのくず餅が美味《おい》しいよ！」

すかさず、背後からひょっこり顔を出したカヨが叫んだ。思わず百多が苦笑すると、

「おおっ？」という声が部屋の中から上がった。

朱鷺だ。目をまん丸くして何かを凝視している。いきなり土間に飛び出すと、草履も履かず九太に向かって突進した。しかし逃げ腰になった九太には目もくれず、朱鷺は彼の背後に隠れた駿のほうへ身を屈めた。

「まあまあまあ、これはこれは。そういやあ、花房座さんには毛色の変わったガキ……お坊ちゃんがいるなとは思っていたが、これほどとは」

彼から逃れようとした駿が九太の周りを走り出した。朱鷺が駿の顔を真正面から見ようと追いかける。棒立ちになった九太の周りを、二人がぐるぐると走る恰好になった。

「このお坊ちゃん、言葉は話せるんで？　芝居は？」

朱鷺がぐるぐる走りながら叫んだ。百多は首を傾げた。言葉は分かっていると思しいのだが、何しろ喋らない。彼の浮浪していた経緯、素性の何もかもが不明だ。が、

今では雑用をこなしたり、客引きのためにちょっといい着物姿で小屋の木戸口に立ったりと、花房座になくてはならない一員となっている。

「キタ！　きたきたきた！　お話が降りてきたよ！」

駿を追いかけていた朱鷺が、両手を上げてその場で踊り出した。狂言作者というのは、みんなこんなにトンチキなのか？　騒ぎに、ほかの長屋からも座員らが顔を出す。

「そうだ、男装令嬢を国家間の陰謀を斬る義賊にすればいいんだ！　国の威信を守るため、やむにやまれぬ男装姿、開化の世にふさわしい！　そうだな、名題は」

役者のようにべらべらとまくしたてると、朱鷺はぽんと手を打った。

「これだ！『海賊娘碧眼助立《かいぞくむすめあおめのすけだち》』！」

その後、驚くことに、朱鷺はたった一日で狂言《ほん》を書き上げてきた。狂言を読んだ多家良、赤木両者から承諾を得たことにより、『海賊娘碧眼助立』は多家良座の新作狂言として華々しく宣伝される運びとなった。

海賊一味『波濤團《はとうだん》』の一員、乙子《おとこ》は男の姿と慎ましやかな女の顔を使い分ける。侵入した商船で捕まり女だと知れるが、ここでもう一度、彼女の隠された姿が暴かれる。実は乙子は新政府の密偵を務める華族、鳩宮《はとみや》家の令嬢だった。今回も人質としてかどわかされた英吉利《イギリス》商人の息子、斗夢《トム》を救わんと商船に乗り込んでいたのである。主犯は開化による諸外国との軋轢《あつれき》に不満を持ち、国家転覆を謀る大商人・東郷《とうごう》だった――

華族の娘が海賊で、しかも政府筋の密偵などと荒唐無稽の極みだが、狂言を読んだ多家良は「海賊娘ってのがいいじゃねえか」と大喜びだった。

そして朱鷺が狂言を上げて二日後、多家良座二階の稽古場で関係者全員による顔合わせが行われた。この場で配役が申し渡されることになっている。しかし、多家良一人がすべてを決めるというのは本当だった。茂吉ですら、配役に口を出すことができない。前の芝居では、様子見していたに過ぎなかったようだ。

「乙子はもちろん千之丞、『波濤團』の頭領が三弥、東郷が三山……で」

集まった面々を前に次々配役を申し渡す多家良が、ちろりと一之を見た。

「乙子の婆やで、剣術の師範でもあるおもん役だが。一之さんはやはり難しいかい」

茂吉と並んで座る一之が小さく頷いた。

「萬羽先生は、座ってりゃいいお役だって言ってくだすったんですけどね。見物は甘かない。筋の動き一つで、老いぼれだって見抜かれちまう。今回はご辞退いたしました」

しゃんと伸びた背筋は普段と変わらない。が、その指先がかすかに震えているのが百多には分かった。舌の根の回りも、東京入りした頃よりさらに鈍くなっている。一之は嫌がっているが、やはり医者に診せなければ。百多は強く思った。

多家良がため息をつく。

「そこまで言うなら仕方ねえ。東京に戻ってきた田之倉一之の芝居を見るのを楽しみにしている客も多いんだが。じゃあ、おもんは柿男」

「へえっ？」指名された柿男が飛び上がった。百多も驚いた。役の序列から言えば、おもんは四雲になると思っていたからだ。泡を食った柿男が情けない声を上げた。

「あたしですか？」

「おうよ。何度も言わすない。だっておめえ、女形もやるんだろ？」

「なんでこいつなんですかい！　おもんはこんな大部屋より俺でしょうが」

こめかみに青筋を立てた四雲がいきり立った。彼の激しやすい性格を知っている柿男が縮み上がる。

けっと多家良が鼻で嗤《わら》った。

「旅役者に名題も稲荷町《いなりまち》もあるかよ。てめえ、しょっちゅう投げた芝居してたじゃねえか。そんなヤロウにゃ大事なお役は任せられねえ。それだけのことだ」

四雲の顔が真っ赤になる。確かに、彼は気分で投げやりな芝居をすることも多い。小器用なため一見様になってはいるが、見る人が見れば、手を抜いていることはすぐに分かってしまう。

言い返せない四雲に構わず、朱鷺が柿男に向かって言葉を投げた。

「柿男さん。あんたちょっと、陰にこもった話し方をするだろう」

「へっ」

「それがちょいとした色気になってんだよな。俺ぁ、あんたならおもんを面白くやれるんじゃねえかなと思うんだ」

怯えていた柿男の顔に、ぽっと小さい火が灯《とも》った。初めて目が開いたとでもいうような、ぽかんと、間抜けにすら見える表情だった。

そんな一瞬の動揺を意に介するふうもなく、続けて多家良は九太の隣に座る駿を見た。

「そして斗夢はお前さんだぜ。お前さんの場合、みんなの言う通りに立って動きゃそれでいい。せいぜい、いいおべべを着せてもらいな」

二人は神妙な顔つきをしていた。駿が舞台に上がることに乗り気でない九太を、朱鷺が「花房座のため」と説き伏せたのだった。こうなると、駿も承諾したと同義になる。

最後に幕開きは二十日後だと宣言すると、多家良は意気揚々と引き上げていった。頭取の次郎太《じろうた》、手代の尾杉《おすぎ》もいそいそと付き従って出て行く。これから彼らは辻番付を刷り、新聞各社や茶屋、贔屓筋各方面を回って宣伝を打つのだ。

「肝心なのは乙子と斗夢よ。それ以外は蔵衣裳で間に合わせる。だからお前はこの二人に集中してくれ」

大道具方と打ち合わせを終えた朱鷺が、今度は暁、衣裳頭の作兵衛《さくべえ》と打ち合わせを始めた。眉間に深々としわを刻んでいる暁の肩をバンバンと叩く。

「頼むぜ！　こう、海賊娘から令嬢にガラッ！　と変わる感じがいいな。見物の若いお嬢さん方がうっとり見惚《みと》れちまうような」

簡単に言ってくれる。百多が呆れていると、暁も「簡単に言うな」とうめいた。

「はいはい、役者の皆さんには書抜きを渡しますよ。稽古は明日から。皆さんよろしくお願いいたしますね」

朱鷺が役ごとの台詞《せりふ》が書かれた書抜きを、役者それぞれに配って歩く。しかし、四雲にはそれが渡されなかった。今回、彼は台詞がまったくない船員の役となったからだ。

四雲の顔は、白と赤のまだら模様になっていた。顎の形が歪んでいる。歯を食いしばっているのだ。そんな彼の前には一之が座っていた。稽古場の騒がしさの中で、彼の姿にだけ薄暗い膜がかぶさっているように見えた。思わず、百多は目をそらした。

芝居が始まる高揚。それに伴う軋轢。いつものことだ。けれど、何かが違う。

こんな時、母ならどうしただろう。途方に暮れた百多は、自分の身までが暗い何かにうずもれていく気がした。

顔合わせ翌日から三日間、朱鷺を中心とした稽古が続けられていた。大道具方も連日出入りし、朱鷺が構想した舞台を一から作り上げていく。終日とんかんと響く槌《つち》の音、職人らの怒号が飛び交う中、朱鷺による演出にもますます力が入った。

朱鷺は平素の軽妙さとは打って変わり、役者の一挙手一投足に執拗《しつよう》と思えるほどのこだわりを見せた。台詞一つにも気を抜かず、徹底的に「肚《はら》に落とす」ことを求める。

「新作は今までの丸本物《まるほんもの》や松羽目物《まつばめもの》みてぇな〝型〟じゃねえんだ。本物の、今生きてる人間の涙や笑いを板に載せなきゃならねえのよ」

古典と言われていた芝居しか掛けてこなかった花房座にとって、現代世相を扱った散切物《ざんぎりもの》はまったく未知の芝居だ。決まった〝型〟がまるでない。茂吉を始め、全員が一から手さぐりで進める芝居である。

特に、百多は朱鷺に怒鳴られっぱなしだった。

「男装の船員、海賊娘、そして最後に気品ある令嬢。その令嬢が啖呵《たんか》を切るから面白えんだ。今のセンちゃんじゃ単なる元気のいい小娘だよ。もっと工夫をしろい」

そんな無茶苦茶な娘がいるかよ。と言い返したいが、自分の芝居が物足りないのは十分わかっている。百多はギリギリと歯を食いしばり、己の不甲斐《ふがい》なさを噛み締めるしかなかった。

　すると、稽古場の外の廊下から「失礼します」とか細い声が上がった。ハナだ。おずおずと柱の陰から顔を覗かせ、「作兵衛さんが」と言う。

「皆さんの衣裳、仕立て直したのを確かめてほしいそうです」

　その声を潮に、いったん休憩となった。百多以外の座員が連れ立って一階へと下る。その中に四雲の姿はなかった。彼の不在を、ここにいる全員が見て見ぬ振りをしていた。百多は気を揉んだ。

　昨日も四雲は稽古に姿を現さなかった。いい加減なところも多いが、稽古を放り出すような男ではない。長屋か、それとも行きつけの賭場か？　やはり探しに行くべきか。

　座員らと入れ違いに、階段を上る足音が聞こえてきた。四雲？　百多は顔を上げた。が、現れたのは暁だった。稽古が始まってから初めて顔を見せる。

「おう大将久しぶり。景気はどうだい」

　朱鷺の軽口にもろくに応じない。どっかと稽古場の板の上に胡坐《あぐら》をかくと、懐から数枚の紙を取り出して床に広げた。

紙面には裾が長くふんわりとした形の衣服を着けた女性が描かれていた。さらにはひらひらした布が胸元を飾っており、頭には柔らかそうな笠《かさ》に似たもの……「帽子」を載せている。洋装だ。

「横浜に行ってきた」

「なるほど。これは異人さんかい。令嬢の衣裳は洋装でいくのか？」

横から紙を手にした朱鷺がつぎつぎめくる。細筆で描いた絵はどれも殴り書きのような荒っぽさだが、女性たちの着ている衣服の柔らかさだけは不思議と感じ取れた。

暁が眉根を寄せる。

「分からねえ。何しろ、その前が男装姿の船員だからな。どうすればいいのかさっぱりだ」

「ははん。難しいほど面白ぇだろう暁チャン？　俺に感謝しろぃ」

飄々《ひょうひょう》と言ってのける朱鷺を睨んだ暁が紙を奪い返した。中から一枚抜いて床に置く。

「ただよ。斗夢の衣裳。これはいけるんじゃねえかと思った」

百多は朱鷺とともに暁が差し出した紙面を見た。「これは」とつぶやいた時だ。

「血抜き毒抜き……ああっ、もうめんどくせえっ」

けたたましい声とともに、階段を駆け上がってくる音がした。カヨが息せき切って稽古場に飛び込んでくる。

「暁兄ちゃん、たっ、たっ、大変だっ」

いつも元気なカヨの顔が真っ青だ。暁の表情が瞬時に引き締まる。

「どうした」

「小手鞠《こでまり》座の頭が来て、も、もう、『かけがわ』では衣裳は作らないって」

「なんだと？」暁が目を剝いた。

「どういうことだ！」

「こっ、今度から武富《たけとみ》呉服が請け負ってくれることになったからって」

「武富呉服ぅ？」朱鷺が素っ頓狂な声を上げた。

「あの大店《おおだな》が？　おでこの衣裳を作る？　そんなわけあるかい」

「でもそう言ったんだよ。どうしよう兄ちゃん、小手鞠座の仕事までなくなったら」

暁が立ち上がった。疾風のごとく稽古場を飛び出し、階段を駆け下りる。カヨも後に続いた。「暁！」叫んだ朱鷺が、ちっと舌打ちした。

「てっぽうめ。ここで怒鳴り込んだら、武富の思うツボだろうが」

驚く百多を尻目に、朱鷺も稽古場を出て階段を駆け下りた。

気付くと、階段の上がり口にハナが立っていた。硬い顔つきで、たった今姉たちが下りていった階段を見下ろしている。「おハナちゃん」百多が声をかけると、かくかく、と音が鳴りそうに不自然な動きで顔を上げた。

「……のせいだ」

「え？」

「全部、暁兄ちゃんのせいだ」

幼いはずのハナが、ぞっとするほど疲れて見えた。呆然とする百多を顧みることなく、彼女はとぼとぼと階段を下りていった。

寛保《かんぽう》二年、通旅籠町《とおりはたごちょう》に創業した武富呉服は、百人以上の使用人を抱える老舗の大店だ。役人や華族など裕福な客を多く抱え、常時繁盛している。

一足遅れて百多が武富呉服に駆け付けると、店先の通りで暁と朱鷺が揉み合っていた。

「わざとだ、連中、小手鞠座の仕事をわざとかっさらいやがった！」

「バカ野郎！　ここで『かけがわ』の職人であるてめえが悶着《もんちゃく》を起こしてみろ、『かけがわ』の評判はガタ落ちだろうが。武富の狙《むこう》いはそれだっててめえだって分かってんだろ！」

今にも店の中に殴り込みそうな暁を、朱鷺が必死の顔で引き留めている。好奇もあらわに行き過ぎる人々の中に、カヨが青い顔で立ちすくんでいた。とっさに百多はカヨに走り寄り、彼女の前に立ちふさがった。

「なんだね。騒がしいと思ったら」

丸に「武」の字が染め抜かれた濃紺色の暖簾をはね上げ、中から恰幅《かっぷく》のいい壮年の男が出てきた。丁稚《でっち》と思《おぼ》しい二人の若い男衆を従えている。

「おやまあ、『かけがわ』んとこの暁さんじゃあないかい。こんな時分からもうご機嫌かい？　暇なご身分はいいねえ」

片頬を上げ、にたついた笑みを見せる。暁が歯ぎしりした。朱鷺に押さえ込まれていなければ、とっくに相手の喉笛に食らいついていたかもしれない。

「武富さんよ。ご立派な大店さんがずい分と阿漕《あこぎ》な真似してくれるじゃねえか」

低い声音が、暁の腹の底から噴き上がる。丁稚の一人がちらと怯えた顔をした。

「小手鞠座はあんたらからすりゃあ小っせえ商いだろうが、『かけがわ』にとっちゃ大事な客だ。それを横からかっさらうような真似しやがって」

「勘違いしてないかい？　手前どもは、小手鞠座さんのお芝居に感心したんだよ。だから相場より安い値でお衣裳を作りましょうかと持ちかけただけさ」

「ハッ！　どの口が言いやがる。小手鞠座なんぞ、緞帳《どんちょう》だおででこだと、洟《はな》も引っかけてこなかったくせによ」

「だけど小手鞠座さんは、それはそれは喜んだよ。そりゃあねえ。『かけがわ』の先代を殺したも同然の職人が作る衣裳なんざ、寝覚めが悪いものねえ」

殺した？　百多は驚いた。きゅっと抓《つま》まれた背中が、温かくなった。カヨが百多の着物を掴んだのだ。彼女の震えが、百多の全身に伝わってくる。

「おや。これはもしや、花房千之丞さんじゃありませんか」

すると、男の目が暁と朱鷺の背後に立つ百多に移った。ただでさえ細い目を頬の肉に埋もれさせ、ニタニタと笑う。

「前《さき》の赤姫、大変なご評判でございましたね。綺麗なもんを見慣れた東京者には、毛色の違うなんとやらが新しく映ったんでしょうねえ。山猿に裲襠なんてね」

二人の丁稚が声を合わせてゲラゲラと笑い出した。百多の肌をざりざりと掠《かす》める。

丁稚の笑い声に乗り、男はやれやれというふうに首を振った。

「それにしても、今の多家良座にはあの三山に『かけがわ』の暁、おまけに田之倉一之までそろっているんだねえ。やっぱり因業同士は引かれ合うのかね。おお桑原《くわばら》桑原。あたしだったらおっかなくて、とても芝居なんか掛ける気にはなれないよ」

朱鷺が顔をしかめた。

「ちょいと武富さん。そりゃあんたいくらなんでも」

「あんたじゃ話にならねえ。大旦那を呼んでくんな。三番番頭さんよ」

そんな朱鷺の言葉を、暁の声が遮った。「ああ？」男の目尻がひりりとひくつく。

男の顔を真正面から睨み返した暁が、唇の片端をふっと上げた。

「ああすまねえ。四番だったか?」

「な」男の顔が赤くなる。

「あんたの名前も忘れちまったよ。いっつも千束座の衣裳頭にへこへこ頭を下げてる、へこ田へこ蔵さんでしたかね、四番番頭さん?」

「この」と男が手を振り上げた。あっと思った時には、百多の足が前へと飛び出ていた。

熱い塊が頬にぶつかった。歯の根がじんと痺れる。予想以上の衝撃に、目の前に白い光が散った。「センちゃん!」がくりと膝を崩した百多を、朱鷺があわてて支える。面白おかしく見ていた周囲の見物が、おおっとどよめいた。

しかし百多は自分を支えた朱鷺を押し退《の》けると、すっくと立ち上がった。血の気が引いた頭がくらりと揺れたが、背筋をしゃんと伸ばし、番頭を見返す。

なぜか、丝子の姿を思い出した。

「役者の顔に傷をつけるなんざあ、天下の武富呉服のやることじゃござんせんね」

青くなった番頭の顔の皮膚が、ひくひくと波打った。

「千之丞だ」取り巻く見物の一人が声を上げた。とたんに「花房座の千之丞だよ」「ああ、あの多家良座の?」人々のささやきがさわさわと広がっていく。番頭と二人の丁稚は色を失った。

「緞帳だろうが大芝居だろうが役者は役者。それとも何かい、武富呉服は役者の顔に傷をつけても構わねえって了見かい。山猿なら殴っても構わねえって了見かい！」

そして呆然とする暁の腕を取った。「行くぞ」と引っ張ると、ほとんど抵抗することもなく彼は従った。百多は振り返ると、立ちすくんだままの番頭を再び睨んだ。

「はばかりながらこの花房千之丞、お上から許しを得た小屋の看板だ。多家良座につけた傷の落とし前は、きっちりつけてもらいましょうか。五番番頭さんよ」

男の顔がまた赤くなる。百多が歩き出すと、取り巻いていた見物がざっと分かれて道を作った。ささやき声、忍び笑いが背中を追ってくる。

けれど百多は、もう振り返らなかった。


「悪かった」

役者絵に錦絵、読本が散乱する自室で暁がつぶやいた。百多は冷たい水で絞った手拭いを頬に押し付けながら「おう」と答えた。

百多たちは多家良座にすぐには戻らず、道中《みちなか》のちょうど半ばあたりにある『かけがわ』に寄っていた。朱鷺が「一刻も早く顔を冷やさないと！痣《あざ》になる！」と大騒ぎしたためである。

「俺はねセンちゃん、あの番頭じゃない、お前さんに腹が立ってんの。役者が顔に傷をつけるなんて言語道断！　暁なんか殴らせときゃよかったんだよ！」

頭のてっぺんから湯気が噴き出しそうだった。散々小言を言ってから、朱鷺はカヨとともに先に多家良座に戻っていった。騒ぎを茂吉、そして多家良に知らせるためだ。

二人になった暁の部屋で、彼はいつになく神妙な態度で百多に詫びた。素直に謝られると調子が狂う。無人の家の静けさがよけいに沁《し》みて、百多は思わず高い声を上げた。

「あっ、あのくらいでいちいち腹を立てるない。私らなんかしょっちゅうだった」

伏せがちだった暁の目が百多に向けられる。

「どこに行っても、所詮は他所《よそ》から来た得体の知れないものなんだ。猿だの牛蒡《ごぼう》だの、今さらどうってことはねえ。だからあんたも、言いたいヤツには」

言葉を呑んだ。因業同士。あれは一体、どういうことなのか。

「……あのさ」百多は手の中にある手拭いをぎゅっと握った。

「父ちゃん……三山について、何か知ってる？　武蔵屋と関係があるみたいなんだ」

暁がじっと百多を見た。油障子を透かした赤い夕焼けの色が、その黒目に滲《し》みている。

やがて、ぼそりと暁が口を開いた。

「分からねえ。俺が東京に来たのは、十二年くらい前だから」

「へえ。そうだったのか。前はどこにいたんだ？」

「京都だ。親父《おやじ》が京都で縫取師をやっていたんだ」

百多は驚いた。暁の言葉には、上方訛《かみがたなま》りがまるでないからだ。

「親父は呉服店の大店や仕立屋から、ひっきりなしに注文を受けていた。だから俺も物心ついた時には、親父に針を持たされていたよ」

そうつぶやくと、彼はかすかに目を細めた。はにかんだのだと気付いたのは、一拍ほどおいた後だった。横顔が、夕日の緋《ひ》色に縫い取られたように照らし出される。

「それがどうして東京に？」

「それは」と言いかけた暁が言葉を途切れさせる。が、すぐに続けた。

「俺が九歳の時、二曲一隻の屏風《びょうぶ》に縫取を施すという仕事が親父に舞い込んだ。親父はその縫取の制作にほぼ一年をかけた。右の扇《せん》から左の扇にかけ、春夏秋冬と四季が移り変わる山の情景を描き出した、そりゃあ見事なものだった。葉擦れの音や川のせせらぎ、山のしんとした空気までが見えるんだ。後にも先にも、あんな縫取を俺は見たことがねえ」

遠い目をした暁の瞳が赤く染まっていた。百多の脳裏に、母と手を繋いで見た夕焼けが浮かんだ。鼻の奥がつんと痛くなる。「だけど」と暁は小さく続けた。

「だけど……もうすぐ完成という段になって、親父は自らの手でその屛風を切り裂いた」

息を呑んだ。「どうして」百多の声が震える。

「その屛風を贈る相手が、異人だと分かったからだ」

「えっ？」

「親父の弟、つまり俺の叔父は、異人にてっぽうで撃ち殺されたんだ」

撃ち殺されたという血生臭い言葉に、百多は声を失う。

「叔父はとある外交官が攘夷《じょうい》派に襲撃された現場にたまたま居合わせて……英吉利人が発砲した流れ弾に当たって死んだ。品物を客に届けるために通りかかった叔父は、ただただ不運だったとしか言いようがない。だが事件として扱われることは一切なく、撃った英吉利人もお咎めなし。俺はまだ小さかったから記憶はないが、叔父も腕のいい縫取職人だったらしい。親父は可愛がっていた弟と職人を、いっぺんに喪《うしな》ったんだ」

叔父の不運な死を語る暁の口調は、むしろ淡々としていた。憤りも悲しみも、言うそばから散り散りに消えていく。

「だから親父は、どうあっても異人なんぞに自分の縫取は渡せないと依頼主に拒否した。その依頼主が……武富呉服の主《あるじ》、武富恒康《つねやす》だった」

「武富呉服？」

「武富は異国との刺繍貿易の先鞭《せんべん》をつけようと躍起になっていた。その矢先、親父に重要な取引をふいにされちまったんだ。だから武富は全国の同業者に触れを出し、今後一切、縫取師平間数斉《ひらまかずなり》を使わないよう言い渡した。職人の世界は横のつながりが太い。あれだけ引きも切らずに舞い込んでいた仕事のすべてがなくなった。そんな時、声をかけてくれたのが、『かけがわ』の与一《よいち》さんだった」

『かけがわ』の先代の掛川与一は、かつて数斉が仕事を請け負っていた呉服屋に修業に来ていたことがあり、その縁で二人は昵懇《じっこん》の仲になったという。そのため与一は、追放の身同然となった平間親子に上京を勧めてくれたのだ。

「与一さんを頼って上京した親父は、『かけがわ』で仕立て職人として再出発した。もう縫取の仕事はできなかったからだ。親父を使っていることが知れたら、『かけがわ』は潰されちまうかもしれないからな。その代わり、親父は自分の縫取の技術のすべてを俺に叩き込んだ。俺は昼には与一さんから仕立てを、夜は親父から縫取の技術を教わった。そして、ある日プイッと……親父は消えた。俺が十七の時。五年前だ」

それでも掛川夫婦は暁を追い出すようなことはしなかった。彼が掛川一家に深く恩を感じているのも当然なのだ。

暁の顔が歪んだ。眉間に寄ったしわに、赤い光が溜《た》まっていた。

「それが一年前、俺が平間数斉の倅《せがれ》だと誰かが武富に告げ口しやがったんだ。そしたらどうだ。『かけがわ』の腕を買っていたはずの千束座を追い出され、武富に仕立職人を引き抜かれ……そうしてじりじりと細らされた挙句、ただでさえ体の弱かった先代が」

言葉を詰まらせる。お前のせいだ。五郎丸も武富の番頭も、ハナですらそう言っていた。

けれど暁には、どの声も届いていない気がした。彼の中に響き続けているのは、自身を責める己の声だけなのかもしれない。

二人は黙って向かい合った。刻々と傾く緋色はやがて部屋の隅へと退り、闇色の薄絹がふんわりと降ってくる。頬を押さえていた手拭いは、いつしか握ったまま腿《もも》の上にあった。

「海賊娘、か」

ぽつんと暁がつぶやいた。いつもの仏頂面に、こぼした苦笑いが滲みている。

「朱鷺のヤロウ、突拍子もないことを考えると思ったぜ。……でも」

そう言うと、暁は周囲に散らばる絵を拾い集めた。

「悪くねえと思ったぜ。あんた」

「え？」

「さっき、飛び出してきた時よ。こう、俺の目の前にパッと現れたように見えたんだ。あの番頭に啖呵切ってるあんたを見て、ああ、海賊娘ってぇのはこんな感じかって。堂々としていて。気高くて」

　言葉が途切れた。暁の視線が宙に浮いている。無意識なのか、絵を拾う手つきはやけにゆっくりと、丁寧だった。

「そうだ。パッと……パッと現れるんだ。海賊娘が」

　突然、手にした絵を宙に放り投げた。とりどりの色彩がうねり、ひらひらともんどりうって落ちてくる。紙でできた色の雨の只中で、暁が目を見開いた。

「早変わり」

「早変わり？　引き抜きとか、ぶっ返りとか？」

「そう。目の前でパッと……いや、誰かが助《す》けてるところは見えないほうがいい。さっきまで船員だったはずの男が、一瞬にして令嬢になる」

　そしていきなり立ち上がった。

「すっぽん！」

「えっ」

「舞台上で立ち廻るくんずほぐれつの中から若い船員が姿を消す。残った役者は立ち廻りでも何か語るでも、とにかく客の目を引いておく。ドロドロが鳴り出す、客の期待がハッ！　と高まる。ドロドロが煽《あお》って煽って最高潮に達した瞬間、バタタッ！　ツケの音一つ！　花道のすっぽんから、一瞬で令嬢になった海賊娘が飛び出してくる！」

彼が語るツケ打ちの音が、百多の耳にも響いた気がした。うなじの毛がさわわと逆立つ。脳裏に立ち上がった小屋の中で、令嬢の姿に早変わりした海賊娘が花道のすっぽんから飛んで現れる。

満場の歓声が、百多の全身に迫った。

多家良座に戻った百多と暁が早変わりの案を話すと、朱鷺は俄然興味を示した。

「舞台の上じゃねえ、裏で早変わりするってことだな？」

「後見が付くとどうしても衣裳が変わるって勘付く。そうじゃなくて、消えて現れた時に男から女になってるってのがいい」

大勢の立廻りで百多の姿を隠し、切り穴に入れる。舞台下で早替えをし、花道のすっぽんに向かって通路を駆け抜けて上に飛び出るという段取りだ。

「男装は職人風の尻からげ姿だ。この着付けがまず帯を真ん中にして上下に分かれてる。上はかぶせで糸を引き抜き、中に着ている衣裳を見せる。下はからげた裾の内側に洋物のすかあとを縫い込んでおく。ぶっ返りの要領で、裏返すとすかあとになるって仕掛けだ。もちろん後見は舞台下で俺がやる」

「どのくらいでできる？　初日まであと、ひーふー……十七日しかない。となると、少なくともあと十日くらいで作ってもらいてえ。早変わりの稽古もあるからよ」

「十日か」暁が眉をひそめた。

「あくまで洋装らしい形に見えりゃいいだけだが……仕立てたことがねえからな」

「築地《つきじ》周辺にいくつか洋装店があるだろう。まずは見て回ってみたらどうだ？」

鹿鳴館《ろくめいかん》が開館して以来、富裕層の女性の間では洋装が広がり始めている。それに伴い、洋服を仕立てから行う裁縫店が横浜、東京に続々と開業していた。

洋装。洋品。あっと百多は声を上げた。

「そうだ！　赤木さんの知り合いに、洋品を扱う間壁って人がいる。あの人に相談してみたらどうだ？　洋品を扱ってんなら、洋装店にも伝手《つて》があるんじゃねえか？」

「そりゃいい！」朱鷺が顔を輝かせ、手を打った。

「いいこと思い出してくれたぜセンちゃん！　よし、早速多家良さんから段取り付けてもらおう。千之丞の衣裳となりゃ、多少の無理は聞いてくれるだろうよ」

嬉々《きき》とした朱鷺が、ふと百多の顔を見た。

「センちゃん、まだしばらくは顔を冷やしておいてよ。さっきの騒動、手代から多家良さんにも伝わってるはずだ。とにかく痣にならねえように――」

　ドカンッ！　と何かが倒れる大きな音がした。驚いて稽古場の外に出ると、廊下に四雲が転がっている。彼の前には茂吉が立ちふさがっていた。

「二日も稽古を放《ほか》すたあいい度胸じゃねえか」

　茂吉の低い声音がじわりと滲みる。けっと四雲は吐き捨てた。唇の端から血が出ている。

「顔は役者の命じゃねえんですかい」

「役者になってから言え。稽古もしねえ、今のてめえはただのゴロツキだ」

　顔を赤くした四雲が立ち上がり、階段を駆け下りた。乱れた足音が、墜落しそうな勢いで遠ざかっていく。百多はたまらず彼を追いかけた。「放《ほ》っとけ！」という父の声が背中に飛んだが、無視して階段を駆け下りる。

　楽屋裏から路地を抜け、表の道に走り出た。四雲の姿は、すでに道行く人や俥の中に紛れていた。追いかけようとしても、人の波に遮られて進めない。百多はもどかしい思いで遠くなる四雲の背中を見つめた。

　口は悪いが存外に真面目な気質の四雲は、茂吉の厳しい稽古にも耐えてきた。そうして花房座の屋台骨の一つにまでなったのだ。時に本気でケンカして、大入りに歓喜して、ずっと一緒にやってきた。

それなのに。

百多はなおも彼を追おうとした。母の鶴なら、きっと彼を追いかけて話を聞き、励ましたはず――ところが、目に映ったものが百多の足を止めた。

はす向かいの茶屋の前にハナが立っていた。その傍らに男がいる。彼は一言二言ハナと言葉を交わすと、すぐに離れていった。……あれは。百多は眉をひそめた。殿川五郎丸といっしょにいた、五辰《ごたつ》という男ではないか？

ハナはうつむいたままだ。不穏な空気に、百多は一瞬四雲を忘れた。思わずハナのほうへ踏み出した。

「センちゃん！」

自分を呼ぶ声が百多を引き留めた。振り返ると、眉間にしわを寄せた朱鷺が立っている。

「どこ行くの。センちゃんはまだまだやることがたくさんあるんだよ」

「でも、四雲が。それに」

「放っときな。これ以上稽古を放すようなら、別の役者を探す。だけどセンちゃん。君の役は、君にしかできない。芝居の初日は待ってくれない。忘れないで」

返す言葉がない。朱鷺には珍しく、言うことがいちいちまともだ。

往来を見た。四雲、そしてハナの姿も消えていた。朱鷺が小屋の中へ戻っていく。

百多も彼を追いかけ、往来に背を向けた。一歩小屋へ戻るごとに、後ろ髪を引かれる。それを無理に払い、自分に言い聞かせた。そうだ。

芝居の初日は待ってくれない。


上手から船の甲板に現れた青い目の少年は、異人船員が着用するセエラーを模したものを着ていた。大きい紺色の襟が特徴で、それに合わせて幅の狭い小袴、革の沓《くつ》を履いている。暁は間壁の伝手を辿って入手したセエラーを解き、形の一つ一つを子細に調べた。そして駿の身の丈に合うものを一から作ったのだ。

栗色の髪、青い目の駿に和製セエラーはよく似合った。一言も言葉を発しないのに、彼が登場するだけで見物は沸いた。特に女性陣からの人気は圧倒的だ。

「ごらんよ、可愛らしいったらありゃしない。大きい襟の異人服が良く似合うねえ」

「斗夢をいじめるヤツは承知しないよォ」

折檻《せっかん》された斗夢が、あわや海に突き落とされる場面で、颯爽《さっそう》と現れるのが男装姿の海賊娘だ。尻からげをした縞《しま》の着付けの下廻り姿で、荒くれの船員を相手に立ち廻りを見せる。

女と知った船員らが、猛然と娘に襲いかかる。団子になった男らに囲まれた娘の姿が見えなくなる。見物が手に汗握る。高らかにツケが打たれた次の瞬間！

花道のすっぽんから早変わりをした千之丞が飛び出した。下廻り姿から一転、裾は長くふんわりと、胸元は繊細な模様を透かし編みにした布を文庫結びに似た形で結び、大きな花のように見せている。釦《ボタン》と呼ばれる色とりどりの飾りがきらきらと光った。頭には帽子、その下から床山が縫い付けた長い髪が翻る。男装姿から一転して洋装の令嬢姿になった千之丞に、見物はやんやと沸いた。

「開いて化けるが開化なら　義がため化けるも身の誉れ　開かれたもうたこの国をてめえの悪気《あっき》で騒がせて　年端もゆかぬ碧眼《あおめ》の子　親から離すは非情の至り　腐った了見見逃しちゃあ　海賊娘の名がすたる」

海賊娘、鳩宮乙子が堂々と啖呵を切る。

「七つの海の荒波が　柔《やわ》い肌身を鍛え上げ　女だてらに悪を断つ　海賊娘鳩宮乙子ここに見参！」

『海賊娘碧眼助立』も連日、満員御礼を出した。千之丞の洋装姿を描いた役者絵は飛ぶように売れ、新聞や雑誌の評判も上々だった。駿はことに注目を浴びるようになり、道を歩いていてもすぐに人に取り巻かれてしまう。が、九太のそばにくっ付いているのは相変わらずで、二人は以前にも増して片時も離れないようになった。

上機嫌の多家良は、「また斗夢を出すぜ！」と息巻いている。

しかし、芝居の成功を誰より喜んだのは馨子だった。

「世間のお姉様を見る目が変わりましたわ。中傷めいたことを言う人は少なくなってまいりました。このまま、お姉様の名誉が回復するといいのですけど」

とはいえ、百多はそこまで楽観できなかった。

芝居は彼女を義ゆえに男装したと脚色している。けれど、芝居が受ければ受けるほど、丝子の実像とはかけ離れたものになるのではないか。百多たちが作り出した〝大嘘〟こそが〝真実〟となって、大衆の頭に刷り込まれてしまうのではないか。

しかし何より怖いのは、それでも掛けてやろうとする芝居に生きる者たちだった。

演《や》りたいと思ってしまう自分自身だった。

役者は、人でなしだ。

加えて、ほかにも憂鬱になることがあった。

四雲が消えた。その穴を埋めるため、茂吉と朱鷺は両国《りょうごく》付近の小芝居の役者らに声をかけ、海賊と商船員役を増やすという策に出た。よけいな出費に多家良は渋い顔だったのだが、これが功を奏し、芝居に迫力を増すことに成功した。「多家良座はおででこを使う」と嗤う向きもあったが、大方の見物が満足する結果に落ち着いたのである。

だが、座員らの動揺は収まらない。花房座を一緒に支えてきた四雲が、こうもあっさり切り捨てられたのだ。特に鳶六と鼓太郎は、明らかに茂吉に反感を抱いていた。あれほど結束していた花房座が、ぼろぼろと崩れていく。百多は自分の不甲斐なさに臍《ほぞ》を嚙んだ。

母ちゃんがいれば。ううん。私が役者などせずに、裏方に徹していれば――

そんな、もうすぐ『海賊娘』が千穐楽を迎えようという日のこと。終演後の楽屋に多家良座の男衆が顔を出した。

「千之丞さん、座元がお呼びです。ちょいと稽古場に集まってくれと」

なんだろう？　急いで顔の化粧を落とし、楽屋用の浴衣姿のまま二階へと上がった。稽古場にはすでに座員と手代の尾杉に頭取の次郎太、朱鷺、そして多家良がいた。

「おう、疲れてるところすまねえな。この前の武富の件なんだが」

先日の一件後、武富側はすぐに番頭頭を出して謝罪に訪れた。新興とはいえ官許小屋の役者に手を出した。しかも相手は人気が出てきた若女形である。無視できないという判断だ。

多家良が片頰を上げ、不敵な笑いを浮かべる。

「あの件は、俺としちゃ都合がよかった。だからちょいとくすぐってやったのよ。

〝おでこの仕事を奪うなんて、武富さんはよっぽど千束座さんとうまくいってないんですねえ〟」

この豪胆かつ傲慢な面構えと物言いの多家良に言われては、武富側も反発せずにはいられないであろう。案の定、彼の話は突拍子もないほうへ転がった。

「あの番頭頭、そんなわけがありませんとムキになりやがるから、俺ぁ〝おや、そうかい〟ってたらたらとこしらえの不備をあげつらってやったのよ。意匠の解釈がまずい、女形に品がない、片はずしがまるでひきずりだなんだと。〝いやはや、だとしたら、千束座さんはあれをよしとしているんですねえ〟ってな」

ぱんと多家良が自らの膝を叩く。義太夫でも語っているつもりなのかもしれない。

「そしたらどうだ。昨日、千束座から使いが来てよ。座元の兵頭《ひょうどう》がぜひ話をしようじゃないかってな。だから俺は、よしきた合点だってんで、頭取の次郎太と千束座に乗り込んだってえ寸法だ」

聞けば、多家良は千束座で対峙《たいじ》した兵頭権太《ごんた》からこう切り出されたという。

「武富さんから話は聞きましたよ。あそこまで言われちゃあ、あたしも立つ瀬がない。多家良さん。お宅さんところとは、長い間それこそ色々とありましたが、この因縁をすっぱり流すために、ここいらで一つ比べるってのはどうです?」

「比べる?」百多たちは目を丸くした。多家良が一人、呵々と笑う。

「おうよ。演目比べよ。千束座と同じ演目を掛けるんだ。見物がどっちの芝居に満足するか、どっちが客を集めるかってえ勝負だ。もちろん俺は二つ返事で了解したぜ。夏芝居は見物が入らねえからな、余興にもってこいだ」

思いがけない展開に、誰もが呆気に取られた。

「ここらで一つ、デカいツラした連中の、鼻を明かさずにいらりょうかってな。そんなわけで三山さん。俺ぁずっとあんたに言ってるよな。千束座、そして、俺たちを緞帳だなんだと言いやがる武蔵屋をとっちめられるのはあんたしかいないって」

鼻息荒く喋る多家良を遮り、三弥が青ざめた顔で身を乗り出した。

「待ってください。そりゃああんまり一方的な」

「でよ、この演目比べに勝ったら、それこそ大々的にやろうじゃねえか。千之丞の田之倉一之襲名披露!」

しかし三弥の声がまったく届いていない多家良は、一人意気揚々と宣言した。さっと立ち上がり、扇子で顔をあおぎながら言い放つ。

「さあ忙しくなるぞ。散々バカにしてきた奴らに目にもの見せてやらねえとな!」

そしてさっさと稽古場から姿を消した。階段を下りるどんどんという重たい足音が遠ざかっていく。が、多家良と千束座の勝手な小競り合いにかき回された百多たちは、声もなく呆然としていた。

演目比べ。花房座がバラバラになりそうな、今のこの状況で？

「あれはどういうことです……？　千束座を負かすのは、頭しかいないってのは」

困惑した栗助の声が静寂を破った。百多も同じ気持ちだった。確かに、多家良座と千束座の間にはかねてから悶着がある。花房座の芝居を掛けるのもそのためだと、三弥も言っていた。それは一体、なぜなのか？　全員の目がいっせいに茂吉に注がれた。

茂吉がどんと拳で床を殴った。

「ダメだ」

うなる声は、いつもの明朗な彼とは別人のようにしわがれていた。全員が息を詰める。茂吉は床に食い込ませた拳をぶるぶると震わせると、絞り出すように叫んだ。

「千多がいなけりゃダメだ！」

百多の中で、何かの糸が切れた音がした。

その時、多家良座の男衆が階段を駆け上がってきた。泡を食った様子で稽古場に飛び込むと、手にしていた数枚の紙片を高く掲げる。

「こっ、こんなもんが町中にばら撒《ま》かれて」

一枚を手に取った三弥が顔色を変える。横から紙面を見た百多も目を瞠《みは》った。

紙面には、殴り書きのような筆跡でこうしたためられていた。

『花房三山の正体はかの三山　火付けの下手人　殿川三山なり』

四　お七

柝《き》の音《ね》が鳴る。幕が開く。百多《ももた》は袖から舞台中央に躍り出た。客席は月のない夜の海だった。闇に沈んでいる。向けられているのはまどろむことを知らない魚の目だ。まばたき一つしない。百多は与えられた台詞《せりふ》を口にしようとした。けれど。声が出ない。台詞も出てこない。なぜだ。なぜ、覚えていないのだ。

「ありゃあ女だってよ」

声が響いた。百多の身体《からだ》がぎくりと強張《こわば》る。

ささやき声が、あたりにさわさわと満ちる。

「男と同じ舞台に出るなんて」

「親父《おやじ》は火付けの下手人だとよ」

「親子そろって罪人だ」

「打ち首だ」

「磔《はりつけ》だ」

声のさざ波がじわじわと押し寄せ、足に絡みつく。百多は逃げようと踵《きびす》を返した。けれど、足にまつわりつく波は湿って重たい。半ば這《は》うように逃げる百多の身体を、するすると這い上ってくる。

耳元でささやかれた。

「火を付けたな」

火。

とたん、周囲を猛火が包んだ。熱さより炎の輝きの強さに慄《おのの》く。火を付けた？

誰が？

眼前に人が立っていることに気付いた。猛火を前にした後ろ姿は、焦げついたような黒々とした影に覆われている。誰？　目を細めた百多は、はっとする。

あれは。

相手が肩越しに百多を見た。見開かれた白目に、炎の赤がごうごうと映っている。

百多は思わず叫んだ。

「火を付けたのは――」

「センちゃん！」

肩を強く揺さぶられる感触とともに、大声が耳を打った。百多ははっと目を覚ました。自分を覗《のぞ》き込む朱鷺《とき》の顔が頭上に見える。あわててはね起きた。舞台の上ではなく、長屋にいると気付く。

「うなされてたよ」

そう言うと、朱鷺は手元にあった手拭いを投げてよこした。襟元が汗でぐっしょり濡《ぬ》れている。朱鷺の視線が土間の竈《かまど》のほうにちらと注がれた。

「何か食べた？」

言葉もなく首を振る百多を見て、ふっと朱鷺は息をついた。

「暑くなってきたからね。『かけがわ』のおかみさんにも、精の付くもんを出してあげてって言っておく」

多家良《たから》座で夢中で芝居を掛けている間に、季節は夏へと移っていた。江戸の御世《みよ》から、舞台に水を張ったり、天井から大団扇《おおうちわ》を吊《つ》るしたりと、暑さの中でもどうにか見物を集めようと試行錯誤する季節である。

奇妙なビラが周辺の店、家という家の木戸に挿し込まれてから五日、『海賊娘』が千穐楽《せんしゅうらく》を迎えてから二日が経《た》った。ビラはすぐに多家良座の男衆らが回収したものの、ここ最近で花房《はなふさ》座が急激に注目を集めた分、噂《うわさ》が広がるのは止めようがなかった。

「もうセンちゃん。酷《ひど》い顔だよ。また一人で考えすぎてんだろ」

ひょこりと上体をかがめた朱鷺が、間近から顔を覗き込んでくる。のけ反りそうになった百多を見てからからと笑った。

「あのねえ。考えすぎるってのは、てめえの胸の中に鬼を飼うようなもんなんだ。いいことないよ。やめときな」

思わず朱鷺の顔を見た。鬼を飼う。言い得て妙だ。

だが、頭を空白に保つことなど不可能だった。自身のことだけではない。唐突に知らされた〝殿川三山《とのかわさざん》〟の衝撃も、頭の中を占めていた。

五日前の座が散会した後、百多は三弥《さんや》を捕まえて詰め寄った。剣幕に圧《お》された彼が「ほかの連中には内密に」と言って聞かせてくれた話は、百多をさらに動転させるものだった。

茂吉《もきち》、そして三弥は、御一新直後まで殿川一門の役者だった。まだ十代だった三弥は大部屋役者に過ぎなかったが、茂吉は二代目殿川五右衛門《ごえもん》にいたく目をかけられていたという。大勢の先輩弟子を押し退《の》け、名題下にまで昇進したのがその証左だ。しかし、出世の糸口を摑《つか》んだと思われたその矢先、茂吉は突然出奔した。

「どうして、そんな」

明確な記憶はないが、五郎丸《ごろうまる》の言葉通り、百多自身も幼児期には東京にいたのだ。次々明るみに出る父の過去に、百多は今まで見ていた景色のすべてが、芝居の書割《かきわり》だったような気分になった。

三弥は整った形の眉宇に憂いを漂わせると、重い声音で言った。

「実は……頭が東京を離れる直前に、武蔵屋《むさし》の大師匠の家で火事が」

「大師匠……初代の殿川五右衛門のこと？　火事？」

火付け。百多の耳元で、心の臓の鼓動が火事場の半鐘のごとく乱れて響いた。

明治四年の師走《しわす》、夜半に初代殿川五右衛門の家から火が出た。すでに一線を退いていたとはいえ、一門を陰から引き締める重鎮だったことには変わりない。家は半焼したものの、怪我人《けがにん》がいなかったことは不幸中の幸いだった。だが、現場には火元がないことから付け火が疑われた。そして直後に妻子もろとも東京から消えたのが、殿川三山だったのだ。

まさか。百多は色を失った。

「まさか、と、父ちゃんが」

しかし、三弥は百多の言葉を否定も肯定もせず、ただ静かに首を振っただけだった。

以来、百多の胸の底には、答えの出ない疑惑がずっと沈んだままだ。

なぜ父は東京を出た？　まさか、本当に大師匠の家に火を付けたのか？

夢に見た火の勢いが脳裏に甦《よみがえ》る。火の前に立っていた人物の、黒々とした影に覆われた顔――

盆に置かれた湯呑《ゆの》みを手の中で弄びながら、朱鷺がつぶやいた。

「俺ぁ御一新前後にはお江戸にいなかったもんで。だから多家良のジジイに訊《き》いてみたんだ。武蔵屋時代の旦那のことをね」

「武蔵屋時代の？」ぎくりと百多は彼を見た。

「殿川三山って役者は、華やかさより堅実さのほうが勝っていたせいか、通人に注目されるお人だったみたいだね。だから花房座の芝居を見て、花房三山がかの三山だと気付いたのも古株連中くらいのものだった」

そう言うと、ふうと一つ息をついた。

「それと……初代五右衛門の話も聞いた」

強張る百多に構わず、朱鷺は独り言《ひとご》つように続けた。

「先代の二代目は、家柄とか血筋とか一切気にしない実力主義だったが、この初代はまるで逆。まあ頭の固いお人だったとか。血統主義で、家格にこだわるお人だったらしい。今の三代目五右衛門は、初代に似ているのかもしれないね」

茂吉の父親は大工だったと聞いたことがある。役者の家の出でないにも拘《かかわ》らず、昇進した殿川三山を、果たして初代はどう思っていたのか。

まさか、それが原因で火を？　いや、まさか！

「センちゃん、ほかの連中はどうしてる？」

堂々巡りする思考に囚《とら》われて身動きできない。そんな百多に向かい、朱鷺が訊いてきた。はっと顔を上げた百多は、力なく首を振るしかなかった。

「頭と三兄ちゃんは横浜。ほかは――」

四雲《しうん》はやはり戻ってこない。九太《きゆうた》や一之《いつの》はいつも暗い顔をしているし、ほかの面々も長屋を空けていることが多くなった。

暗い声で百多がそう告げると、朱鷺は大げさな身振りで腕を組んだ。

「そうかあ。座元からの言伝《ことづて》を預かってきたんだけどねえ。じゃあセンちゃんから伝えておいてくれる？　二日後には演目比べの内容が決まるから、全員稽古場に集まれってさ。あ、そうそう、例の辻《つじ》ビラの件だけど」

百多はぎくりとした。が、朱鷺はあっけらかんとした口調で続けた。

「座元、喜んでたよ」

「えっ？」

「演目比べをやろうって時期に噂を広めてくれて、むしろありがたいってさ。これで一段と見物が入るって、早速そろばん弾《はじ》いてる。ホント豪気な御仁だよねえ」

よかった。百多は安堵《あんど》した。多家良のことだから、興行に響くと難癖をつけて、手金を返せとでも言い出すのではないかと案じていたのだ。けれど、安心したのはほんの束《つか》の間《ま》だった。澱《おり》となって溜《た》まっている不安が、消えてくれるわけではない。

千多《せんた》の不在、四雲の離脱、思いがけない茂吉の過去。花房座は今や、全員が不信と不安で身動きが取れなくなっている。

その真ん中にいるのが、私だ。

百多は身をすくませた。ついてしまった嘘《うそ》のせいで、手足の先から透けて消えてしまいそうになる。予感がした。きっといつか、この報いを受ける。

その時、私はどうすればいい?

長屋は静まり返っていた。水売りの声が、遠くで響いた。


四雲を慕う鳶六《とびろく》と鼓太郎《こたろう》が姿を現したのを見て、百多はホッとした。今日稽古場に集まれと伝えはしたものの、果たして来るかどうか不安だったからだ。

稽古場に集まった面々を見回した多家良が、不敵に笑う。

「比べる演目が決まったぜ。〝お七物《しち》〟だ。夏に掛けるにゃちょいと季節外れだが、そこは趣向を変えた祭りってことで、見物の興味を引けるだろうよ」

全員がひそかに息を呑む。お七物とは、あまりに有名な〝八百屋《やおや》お七〟のことだ。天和《てんな》年間、本郷《ほんごう》に住む八百屋商の娘お七が、大火で被災した際に身を寄せた寺の小姓にもう一度会うために放火をした。この伝説に基づいた恋物語が一連のお七物だ。

かの井原西鶴《いはらさいかく》が著した『好色五人女』を筆頭に、浄瑠璃《じょうるり》から芝居、絵草子に浮世絵とあらゆる形の〝お七物〟が創作されている。

「お七物となったら、河竹翁《かわたけ》の『松竹梅雪曙《しょうちくばいゆきのあけぼの》』だろうな。千束《ちづか》座はこの芝居を掛けるに違えねえ」

『松竹梅雪曙』は大立作者、河竹黙阿弥《もくあみ》が書いた狂言だ。福森久助《ふくもりきゅうすけ》の『其往昔恋《そのむかしこいの》江戸染《えどぞめ》』と浄瑠璃『伊達娘恋緋鹿子《だてむすめこいのひがのこ》』を組み合わせた内容である。お七を演じた市《いち》川小團次《かわこだんじ》は、当時上方でよく演じられていた〝人形振り〟をお七に用い、初めて江戸に持ち込んだ。

　百多も大阪でお七物の人形浄瑠璃を見物したことがある。半鐘を鳴らそうと乱れた様相で櫓《やぐら》を上るお七の姿が忘れられない。息をするはずもない木偶《でく》なのに、木肌の下には息づく何かがあった。衣裳《いしょう》の下に幻の肉体を感じさせた。それでいて人とは違うぎこちなさ、人形独特の動きのしばりにこそ物語の性根が宿る。百多はぐっと手を握った。

　できるのか。私に。

　百多の不安を見て取ったのか、多家良がぱんと膝を打った。

「なあに。武蔵屋だってお七物は初めてだ。条件は五分と五分。今回の演目比べ、多家良座は命運をかけるぜ。俺ぁね、いつまでも大芝居だ緞帳《どんちょう》だと線引きする奴らにうんざりしているんだ」

生真面目な口調で腕を組む。老獪《ろうかい》、豪胆、そんな形容がぴったりの佇《たたず》まいに、ほのかな青臭さが宿る。

「格だの家柄だの、そんなもんだけに重きを置いた芝居は、いずれ根っこから死ぬ。役者はよ、芝居小屋はよ、見物を喜ばせる芝居を掛けりゃそれでいいんだ。面白いことだけに優劣がある」

「座元」

声が上がった。居並ぶ面々の先頭に座っていた朱鷺だ。いつになく真剣な顔つきで、多家良のほうに身を乗り出す。

「そういうことでしたら、一つお話が」

「おう。なんでえ。おめえも『海賊娘《かいぞくむすめ》』でやっとやる気になってくれたからな」

「掛ける芝居は〝お七物〟であればいいんでしょう？　だったら千束座と同じ演目でなくてもいいんですよね」

多家良が目をすがめた。

「どういうことだ」

「あたし、ずっと思っていたんですけどね」

朱鷺の声音が、急にしみじみと神妙なものになる。百多はすぐに勘付いた。これは、この男があることとないこと饒舌《じょうぜつ》に語り出す前兆だ。

「お七の罪は、果たして何ですかね」

唐突な言葉に、全員が「は？」という顔つきになる。

「何って、そらおめえ……火付けだろ」

「そうですね。ですが『松竹梅雪曙』も『其往昔』も『伊達娘』も実際にはどうです？　お七は火を付けちゃいませんよね。櫓に上って半鐘を打つだけだ」

確かにその通りだ。時代を経るにつれ、芝居や浄瑠璃に登場するお七からは〝火付け〟という罪が消滅していく。これは役者や芝居小屋が〝火〟を厭《いと》うたことからくる。その代わりに、櫓に上って半鐘を鳴らすという〝罪〟が現れたのだ。

「そりゃあ偽りに半鐘を鳴らすって行為も大罪ですよ。恋人を想《おも》ってやったことには違えねえ。芝居としても映える。だけどこのお七、いい子すぎませんか」

朱鷺の目がきゅっと細められた。獲物を虎視眈々《こしたんたん》と狙う猛禽《もうきん》の目つきだ。

「あだ討ちだのお家騒動だの趣向をごたごた付けたことによって、お七は周囲に翻弄される女になっちまった。櫓に上ったのも恋人のための挺身《ていしん》だ。だが、そうじゃねえ。本来のお七の魅力は、ただただ手前勝手な、恋の狂気にある」

狂気。百多は思わず息を呑む。

猛禽の目を、多家良の猛獣の目が見返した。「で？」腹の底に染み渡りそうな低いうなりで答える。

「だからなんだ。ちゃっちゃと結論を言いやがれ」

「多家良座のお七には火付けをさせる。このほうが、絶対に面白え」

「火付けぇ？」朱鷺の言葉に多家良が目を剝《む》いた。

「それじゃあ櫓の段は無しにするってことか。あれが見どころだろうよ」

「見どころなら出せばいい。多家良座のお七は、激しい恋をして、てめえで火を付けて、てめえで半鐘を打つ。もちろん人形振りで。なんでもありだ」

あっさりと言ってのける朱鷺を前に、多家良は珍しく気の抜けた笑い声を上げた。

「簡単に言うない。第一、火付けの場面はどうやる」

「それは考えます。道具方や衣裳方にも助力を乞うことになるでしょう。座元」

ずいと朱鷺が膝を進めた。多家良の上体がかすかにのけぞる。

「千束座より面白え芝居《もの》を掛ける。それには、同じことをやっていたらダメだ。新しいものを考えないと。それに」

朱鷺がにやりと笑った。

「ただでさえ、今の花房座はちょっとした噂の的だ。そこにきて、〝火付けのお七〟。こりゃあ絶対に評判になりやすよ」

例のビラの件だ。もしや。百多は眉をひそめた。

殿川三山は〝火付け〟を疑われたまま東京から姿を消した。その三山率いる花房座が、火を付けるお七の芝居を掛ける。世間から見ればやけに因縁めいた、興の乗った話だ。芝居は俄然注目を浴びるだろう。

もしや朱鷺はその効果を狙ったのか。百多の胸中が複雑に揺れる。面白ければいい。その通りだ。だけど――

けっと多家良が毒づいた。

「あのビラかよ。くだらねえ。いやがらせのつもりなら、とんだ間抜けだぜ。多家良座《うち》の宣伝を勝手にやってくれたようなもんだ。俺ぁ武蔵屋か、もしくは姿を見せなくなった半チク野郎が、腹いせにやったんじゃねえかと思うんだがな」

空気が強張る。半チク野郎とは四雲のことだ。そんなわけがない。百多がそう抗議しようとした時だった。

「あの」

弱々しい声が上がった。鼓太郎だ。ぎろりと向けられた多家良の目に躊躇《ちゅうちょ》するが、すぐに口を開いた。

「頭は本当に武蔵屋の役者だったんですか」

面々が息を詰める。誰もが質《ただ》したくて、けれど言い出せなかったことだ。茂吉は無言だ。眉間に深いしわを寄せ、多家良がうなった。

「俺たち、昨日訊いたんです。近所の飯屋のおかみさんやご亭主に。殿川三山って役者を知ってるかって。そしたら」

「だったらなんだ」

「バカ野郎！」

突如怒号が響いた。三弥だ。振り向きざまに後ろに座っていた鼓太郎を殴りつける。鳶六、柿男《かきお》と栗助《くりすけ》があわてて取り押さえる。平素と違う三弥の姿に、青ざめた九太が駿をかばって後じさった。

鼓太郎が鼻から血を噴き、倒れ込んだ。なおも鼓太郎を殴ろうとする三弥を、鳶六、

「こそこそ嗅ぎ回るような真似《まね》しやがって、どういう了見だ！」

「きっ、聞いちまったんだよ俺たち！　火事のこと！」

三弥の逞《たくま》しい腕に組みつく鳶六が叫んだ。「何？」三弥が目を剝く。

「六。何て言った」

「め、飯屋の亭主が、死んだ親父さんから聞いたことがあるって！　殿川三山の話を
……初代の五右衛門の家に火を付けて、東京から姿を消した役者だって！」

火という禍々《まがまが》しい言葉が、百多の心の臓を冷たく摑み上げる。九太が青い顔のまま
目を見開いた。

「ビラの〝火付け〟は、本当にあったたってこと……？」

けれど答える人はいない。百多の唇も、凍り付いたかのように動かない。

「俺たちだって、まさか」

鼓太郎がうめいた。

「まさかそんな、頭が、火付けなんて……違うよな？　頭、そんなことしねえよな？」

殴られた顔を歪《ゆが》ませ、鼓太郎が茂吉のほうへ這い寄った。顔を汚す血の赤色がてらてらと光る。「てめえら」三弥のまなじりがぎりぎりと吊り上がった。思わず百多は父を見た。「頭」震える声で呼んだ。

けれど茂吉は目を閉じ、むっつりと黙ったままだった。場がしんと凍る。

「……なんで、何も言ってくれねえんだよ」

鼓太郎の声が稽古場に響いた。鳴り物をおもに担当している彼は、その他大勢の端《は》役《やく》しか与えられたことがない。なんだ。こんないい声をしていたんじゃないか。百多は痺《しび》れる頭で、そんなことを考えた。

「頭がもとは武蔵屋の役者だったなら、大師匠の家に火を付けたってことになる！　違うなら違うって言ってくれよ！　そうすりゃあ……そうすりゃ」

「おいおい。くだらねえ言いがかりつけてんじゃねえよ」

多家良の鋭い声音が、鼓太郎の必死の言葉を斬って捨てた。鼓太郎が蒼白《そうはく》な顔で固まる。

「確かに花房三山は、もとは殿川三山よ。初代の家で火事があったのも間違いない。だがよ、だからって三山と火付けをどうこうってのはお門違いもいいところだ。そこらの暇人の言を信じて、てめえの頭を火付けの下手人呼ばわりたあ恐れ入った」

「違う、俺は、ただ」

「うるせえ！　気に入らねえならとっとと失せな。てめえの代わりなんぞ、掃いて捨てるほどいるんだよ！」

違う。百多も胸の内で必死に叫んだ。

鼓太郎も、三弥も、いや、花房座の全員が茂吉に一言言ってほしいだけなのだ。俺は火を付けてなんかいないと。三山は潔白だと。

しかし、返ってきたのは沈黙だった。茂吉はやはり身じろぎしない。過去の猛火が、今、この場にいる全員の心胆を寒からしめる。父ちゃん！　百多が身を乗り出すのと、起き上がった鼓太郎が稽古場を飛び出したのは同時だった。一拍おいて、鳶六も後に続く。

三弥がその場にどっと腰を落とした。誰も口を開かなかった。あの二人も、きっともう戻ってこない。百多は直感した。

ぼろぼろと欠けていく。花房座という櫛《くし》の歯が。

「痛っ」

声を上げた。古びた縞木綿から針先がひょこりと顔を出している。が、その先端が指を突いたわけではなかった。百多は滑らかなままの指の腹を見つめた。血を噴いたのは、自分の心だ。

お七物を掛けると言い渡されてから三日が経った。長屋はしんと静まり返っている。茂吉と三弥、柿男と栗助は千多を捜しに横浜に行っている。鼓太郎と鳶六は、四雲同様、長屋に帰らなくなってしまった。

多家良は早々に代わりの役者を手配させているようだ。おでこ役者を出すことによる揶揄《やゆ》や蔑みより、実を取ることにしたのだ。

けれど、もうそれは花房座ではない。茂吉の小袖のほつれを繕おうとしていた指が、また止まる。

そもそも、千之丞《せんのじょう》からして偽物なのだ。

最初に花房座を壊してしまったのは、私だ。

ぽそぽそと戸を叩《たた》く音がした。はっと居間の障子を開けると、「入るぜ」という声とともに、暁《あかつき》が姿を現した。

「今度の衣裳のことだけどよ」

そう言いかけた暁だったが、すぐにぴたと口を閉じた。百多の手元をまじまじと見て、眉をひそめる。

「おい。そりゃなんだ。裾と袖を縫い合わせるつもりか？　上がるぜ」

そう言うと百多の手から刺した針ごと布を奪い、しばらく手繰るや「鋏《はさみ》」と手を突き出した。百多が糸切鋏を手渡すと、縫ったばかりの糸をちょんちょんと切り、ほつれを繕い始めた。百多はその流れるような手つきに感心する。

「やっぱり上手だな。動きがスッスッとしててよ、師匠の所作事《しょさごと》を見るみたいだ」

「あのな。衣裳屋が針を使ってるところを褒められて嬉《うれ》しいと思うか」

「そうか？　私は褒められたらなんでも嬉しいや」

暁の針が右へ左へよどみなく動き、布を縫い合わせていく。

「そういや、花房座の衣裳や座員の着物は全部あんたが繕ってたのか？」

「そうだよ。母ちゃんが死んでからは全部私がやってる」

「……どうりで。着物の縫目がみんなガタガタだと思ったぜ」

「バッ、バラバラにならなきゃいいんだよ！　それに衣裳は舞台で着てりゃあ縫目なんか見えないし」

唇の端に呆《あき》れたような苦笑いを漂わせ、暁は続けた。

「今度掛けるお七物。また朱鷺のヤロウがとんでもねえことを言い出しやがって」

朱鷺はお七の付け火を芝居で見せたいと考えている。本物の火を使うのか、それとも道具や衣裳を工夫してそれらしく見せるのか。

「衣裳を工夫しろって、どうしろってんだ。なんか策があるか？」

針を動かしながら訊いてくる。どうやらお七の衣裳について相談したくて来たらしい。

お七と言えば、初代嵐喜世三郎《あらしきよさぶろう》の丸に封じ文紋、五代目岩井半四郎《いわいはんしろう》が広めた浅葱《あさぎ》色の麻の葉鹿子絞《かのこしぼ》りの「半四郎鹿子」だ。人形振りとともに、お七物の代名詞となっている。その印象が強い分、新たに工夫しろと言われても難しい。

「ないよ。朱鷺さん、自分は言うだけだからな。火鼠《ひねずみ》の皮衣でも取ってきやがれってんだ」

暁が噴き出した。「ちげえねえ」とつぶやく。が、すぐにその表情を引き締めた。

「聞いたぜ。三山の旦那のこと」

ぎくりと百多は震えた。

「以前、武蔵屋の初代の家で火事があった。その直後に殿川三山は姿を消した。……五郎丸が言ってたのはこのことだったんだな」

「違う！　父ちゃんは、火を付けてなんか」

「分かってる」針を動かす手を止めぬまま、暁は小さくつぶやいた。

「あの人は、火付けをして逃げるような御仁じゃあねえだろうよ」

迷いのない声だった。

とたん、裏手の路地を数人の子供たちが駆け抜けた。弾けるような笑い声が、静寂に満たされた長屋を束の間満たし、すぐに引いていく。強張っていた心に、弱い陽《ひ》が射《さ》し込んだ。鼻の奥がつんと痛くなった百多は、あわてて目元を擦《こす》った。

「そう。真面目で、芝居のことしか考えてねえんだ。普段は調子よく見せてるけど、本当はおっかねえ。でも……とにかく、芝居が好きなんだ」

茂吉の平素からの明朗な振る舞い、軽快さは仮面だ。その下に潜む、磨き抜かれた鏡面こそが彼の本領だ。義を通す悲劇の武士、放蕩《ほうとう》の限りを尽くす荒くれ者といった狂言の人物を鏡に映し、己に反射させる。そして彼らを舞台の上に降臨させるのだ。

「そういや子役の時、芝居で勝手をやっちまってえらく怒られたことがあってさ」

暁の顔に好奇が浮かぶ。その表情につられ、百多も今や懐かしい記憶を掘り起こした。

伊達《だて》家のお家騒動を脚色した狂言『伽羅先代萩《めいぼくせんだいはぎ》』は、花房座がしょっちゅう掛ける人気演目だった。特に百多と千多が幼い頃は『御殿の段』をよく掛けた。

幼い主君、鶴千代《つるちよ》を守る乳人《めのと》の政岡《まさおか》は、目の前で我が子の千松《せんまつ》がなぶり殺されても表情一つ変えない。政敵が去ってやっと、悲しみをあらわにすることができる。母として号泣する政岡、命を賭して忠義を尽くした幼い千松が見物の涙をあらん限りに絞る場面だ。

「千多が鶴千代で、私が千松役だったんだ。千松が懐剣でなぶり殺しにされる時、『あーれー』って悲鳴を上げるだろ。あそこで、私は笑ったんだよ。ケラケラーって」

「はあ？」暁が濃い眉根を寄せた。

「笑う？　あの場面のどこがおかしいんだよ」

「だからだよ。悲鳴なんか上げたら、おっかさんよけい苦しむじゃねえか。だからきっと千松だったら、苦しくないよって伝えるために笑うんじゃねえかなって」

「それで三山の旦那に怒られたのか」

「うん。勝手をやるなって拳固《げんこ》食らった。痛かったな」

暁の黒々とした目が、自分の頭を撫《な》でる百多をまじまじと見た。くっと笑う。

「あんたといると飽きねえな。何をしでかすか予想がつかねえ」

そう言う間にも、小袖のほつれは綺麗《きれい》に縫い合わされていた。くたくたになった縞の模様までが、しゃんと伸びた気がする。

「そうかあ？」

「そうだろうよ。そもそも女の身で女形《おんながた》をやろうってのが」

暁が言いかけた言葉を呑む。が、すぐに続けた。

「どうすんだ。この先」

とっさに答えられない。

「このまま〝千之丞〟でいるつもりか？」

「……まさか。千多を捜す。そしてどうあっても連れ戻す。それが本来の花房座だ」

「そうか。で？」

「え？」

「あんたは。それからどうするんだ」

どうする？　今度は百多が暁の目をまじまじと見つめ返した。

「一座の裏方に戻るのか」

「……そりゃ、そうだろ」

「ふうん。あんたがいいなら、それもいいか。ただ」

一度言葉を切ってから、暁は続けた。

「飛ぶことを覚えた鳥が、羽ばたかずにいられるものかな」

なんだそれ。そう言いかけた百多の前で、「ハナ！」と暁が声を上げた。振り返ると、半分開いた戸口の向こうをハナの細い身体が横切るところだった。暁に呼び止められ、驚いたように飛び上がる。

「今日はお前が飯の支度か？」

「……うん」

小さく頷《うなず》くと、そそくさと奥の長屋に入ってしまった。暁がそっと息をつく。

「先代が亡くなってから、ちっとも笑わなくなっちまった」

身近な人を亡くす心もとなさを、百多もいやというほど知っている。ツタとカヨも明るく振る舞ってはいるが、陰ではハナのように暗い顔をしている時もあるに違いない。

今度、長寿《ちょうじゅ》屋のくず餅をたくさん買ってこよう。百多がそう思った時、ハナが青い顔をして引き返してきた。

「い、一之さんが」

震える指で、一之が一人で住んでいる奥の長屋を指す。

「一之さんが、中で」

百多と暁は同時に立ち上がった。急いで草履を突っかけ、外に飛び出す。一之の長屋の戸口は開かれたままだった。中に駆け込み、息を呑む。

部屋の真ん中に一之が倒れている。「師匠！」抱き起すと、両手でお腹《なか》を抱え込むようにしてうめいていた。額にはびっしりと脂汗が浮いている。「医者を呼べ！」暁に怒鳴られたハナが転がるように駆けて行く。入れ替わりに九太と駿《しゅん》、長介《ちょうすけ》が中に飛び込んできた。

る。その震えを止めたくて、彼の手に自分の手を重ね、強く握りしめた。

「な、何があった？　モモ？」

込み上がる不安を押しやり、百多はただ首を振った。一之の手が小刻みに震えてい

医者は胃荒れと手足の痺れを緩和する煎じ薬を処方すると、すぐに帰った。寝かされた一之がうっすらと目を開け、「大げさなんだよ」とぼやく。が、その顔色は真っ白なままで、起き上がる元気はないようだった。「いやいや」と朱鷺が首を振る。一之が倒れたと暁から知らされ、泡を食って長屋に駆け付けてきたのだ。

「お医者様もまずは安静にしなさいよと」

「疲れですよ。少し寝りゃ治る。それにこうしちゃいられない。多家良座の〝お七〟も人形振りなんでしょう、先生」

朱鷺が珍しく躊躇する色を見せた。が、すぐに頷く。

「はい。そのつもりです」

「あたしは高島屋《たかしま》のお七も、上方の人形も見てます。モ……千之丞に教えるのはあたししかいない。もちろん、あたしなりの所作になりますが」

か細いが、強い意志が張り詰めた声だった。

長屋に入ってきたツタが「おかゆ、召し上がれます?」と声をかけた。百多は一之の世話を彼女に任せ、朱鷺とともに長屋を出た。暁が長屋の井戸端に立っている。周囲には煮付けの甘辛い匂いが漂い、向かいの長屋の戸口からは心配そうなカヨの顔が覗いていた。

三人で井戸を囲むようにして立つと、朱鷺は声をひそめて言った。

「良くねえな。やっぱり、次の芝居も無理か」

確かに今の一之が舞台に上がれるとは思えない。お七物の顔合わせは明後日に迫っている。それでも、百多は努めて明るい声を出した。

「しばらく静養すれば、大丈夫だよ。師匠は花房座に欠かせない役者なんだから」

「……ああ。だが――」

けれど、そう言ったきり、朱鷺は黙り込んでしまった。普段の彼が明朗で饒舌な分、不安がさらに際立つ。よせよ、とその肩をはたきたくなるが、できなかった。いつになく静かな朱鷺の横顔を、暁も渋い顔つきで見ていた。

吹き抜ける風が、井戸端に咲くオシロイバナを揺らした。緑の葉が夏の光を弾《はじ》く。白く小ぶりな花弁には赤い筋が入っていた。役者の化粧みたいだ。ふと、百多は思った。

〝お七物〟初顔合わせの日、朱鷺が書き下ろしてきた『狂咲恋徒炎《くるいざくこいのあだもえ》』は井原西鶴の『恋草からげし八百屋物語』を下敷きにして、火の見櫓の場を混ぜた狂言《ほん》だった。あだ討ちだの借金だのといった筋が一切なくなり、あるのは寺の小姓、吉三郎《きちさぶろう》との激しい恋、ゆえに起こるお七の付け火、そして火事を知らせる櫓の場面だ。

集まる面々の前で、朱鷺が朗々と狂言を読み上げる。

ならい風吹く空雲の師走の足のはやさとて　春のことども取り急ぎ

八百屋八兵衛《はちべえ》　お七という名の娘あり　齢十六　花のかんばせ上野《うえの》の桜　月のかんばせ隅田《すみだ》のかそけし

火事で焼け出されたお七が、避難先の駒込《こまごめ》の吉祥寺《きちじようじ》で小姓の吉三郎と出会い恋に落ちる。

しかし、お七の両親の策謀により会うことすらも阻まれる。

恋人会いたさに、お七は火を放つ。

それを知らさんと櫓に上る。

筋立ては簡単だ。その分、火を付ける工夫、櫓に上る場面の人形振りで見物を沸かせなければならない。

難しい。途方に暮れる百多の耳に、配役を次々読み上げる多家良の声が響いた。千之丞がお七、三弥が吉三郎、三山が八兵衛……一之の名はやはりなかった。鼓太郎と鳶六の名は読み上げられたものの、狂言を聞いた限りでは、差し替え可能な端役である。

これは、誰のための芝居なのだ。百多はそう思わずにいられなかった。

演出と立ち廻《まわ》りは朱鷺と茂吉が共同で付け、百多の人形振りは一之が指南する。一之が稽古場に出られない場合は、長屋での稽古となる。初顔合わせの今日も、一之は稽古場に姿を見せていなかった。

道具方の職人たちと打ち合わせた後、朱鷺が衣裳頭の作兵衛《さくべえ》と暁を交えて衣裳の打ち合わせを始めた。

「火を見せる工夫だが、本物の火を舞台に出すわけにはいかねえからよ。と、いうわけで、暁チャンの出番となる。お前さんの衣裳で舞台に火を付けてほしいんだ」

朱鷺がぽんと暁の肩を叩いた。「ああん？」暁の顔が、これ以上ないくらい渋くなった。

「また好き勝手言いやがって。俺は願えば出てくる打出《うちで》の小槌《こづち》じゃねえぞ」

「センちゃんの芝居と暁チャンの衣裳が合わさって、多家良座の〝火付けお七〟は完成する。見物の心に、二人で火を付けてほしいのヨォ」

言うは易《やす》し。案の定、暁は「てめえがやれ」とぼやいた。が、そう言う暁の頭の中が、めまぐるしく動いているのが百多には察せられた。彼はどんな注文であろうと、死力を尽くして考える。そして全力を傾けて衣裳を縫う。その粘り強さは、百多の中で確固たる信頼へと繋《つな》がっていた。

「火、か……」

炎の意匠を用いた衣裳は多い。鳴神《なるかみ》や狐忠信《きつねただのぶ》など、荒々しい怒りや見顕した獣の本性を表現するものだ。お七の場合、それはまさに自身をも焼き滅ぼしてしまった恋の火だ。

「ここはお前さんお得意の縫取《ぬいとり》かな。本物の火と見紛う縫取」

真剣な顔になった朱鷺が言う。確かに、暁の腕であれば、着物が燃え上がっているような縫取ができるはずだ。暁が朱鷺をぎろりと睨《にら》んだ。

「考えてみる」

力強い声だった。その声を聞いた百多の目に、小さい炎が見えた気がした。

あの火を標《しるべ》に、私は進めばいいのだろうか。けれどぐらぐらと揺れる心の中で、その炎はやけに遠くに感じられた。

人形振りの稽古が長屋で始まった。本調子でない一之のために、百多のみが長屋に残っての稽古である。

稽古はまず、立った姿勢でじっと静止することから始まった。下げた両肩をやや後ろに反らし、胸を張る。内股気味に腿《もも》から膝をぴったりと合わせ、微妙に膝を曲げる。そして足の裏全体で体重を受け止める位置を探っていく。

「どれだけその姿勢でいても、軸が動かずにいられる点がある。まずはその体の点を探しな。人形になるのはそれからだ」

安定した点を見出《みいだ》し、立った姿勢のまま静止する。しかし、十分もしないうちに、身体のそこかしこが揺れ出す。そのたびに、一之の「もう一回」という声が鋭く飛んだ。

なんと、初日の午前はこれだけで終わってしまった。昼過ぎに自分の長屋に戻った百多の脚は、がくがくと震えっぱなしだった。畳の上にばったりと倒れ込む。

これはまずい。がっくりと畳に伏せてうなだれた。このままでは恋する娘どころか、単なる挙動不審者だ。難しい。落ち込む百多の目に、盆の上に伏せられた湯飲み茶碗《ぢゃわん》が映った。ふと百多は一つを手に取り、軽く放ってみた。丸っこい茶碗は、てんと畳の上で転がってから、ひたと止まった。そのまま微動だにしない。

不安定な形状なのに。ちゃんと静止できる一点がある。なぜ、私はふらふら動いてしまうのか。

「……人だからか」

茶碗も、人形も、〝モノ〟だ。迷いも、高揚もない。ただそこに在るだけ。

「私も、〝モノ〟になれば――」

「お疲れさんです、お茶淹《い》れますね」

頭上で元気な声が響いた。あわてて起き上がると、ツタがにこにこ笑って立っていた。伏せてあった茶碗にほうじ茶を注《つ》いでくれる。少し苦みの混じった温かさに、思わず「美味《おい》しい」とこぼすと、ツタはまたケラケラと笑った。

「お茶くらいで感激されちゃ、普段のまかないがよほどお粗末なのかと怒られちまいますよ。セン様にご執心のお嬢様にね」

もちろんツタが作るまかないは、素朴ながらどれも美味しかった。特に醤油で濃い目に味付けし、生姜《しょうが》をたっぷりしみこませた煮付けは食が進んだ。自分で漬けたというコリコリと歯ごたえのいい沢庵《たくあん》を、いつも添えてくれる。手際の良さ、潑溂《はつらつ》とした気性はそばにいても心地よく、茂吉もツタの前では本心から寛《くつろ》ぐ顔を見せるようになっていた。

「暁は……暁さんはどうしてます？　お七の衣裳にかかりきりですか？」

「ええ、そりゃもう。時間がないってんで、夜もほとんど寝ずにいるみたいです」

顔合わせの日に、初日は二十日後と申し渡されている。暁はたったそれだけの期間で下絵を描き、縫取を完成させなければならないのだ。これはいかに暁でも無理だというのが朱鷺の目算だった。そのため、今から初日を延期する構えでことを進めている。

「たまに部屋を覗くとね、驚くんですよ。張り台に向かって一心不乱に針を刺すあの子の背中が、父親そっくりなもんだから」

「ああ、腕のいい縫取師だったっていう」

頷いたツタが、戸口のほうをふいと見た。壁を突き抜け、遠いどこかを見遣《みや》る目になる。

「花の姿からは匂いを嗅ぎ、蝶《ちょう》の姿からは翅《はね》の動きを見る。山や川の風景からは風と光を感じる……細い糸の色を微妙に変えて幾重にも縫い込み、本当に生きているかのようなものを作っちまう。あんな縫取ができる職人には、そうそうお目にかかれないでしょうね」

そしてふうと息をつき、静かに続けた。

「だけど数《かず》さんは、あたしたちに累が及ばぬよう縫取をやめた。悔しかったでしょうね。あの傑出した技術を使うことができないんだ。だからなのか、息子の暁に自分の技のすべてを教え込んで……そしてある日、ふらっと」

もしかして。百多は暁の部屋に掛けられていた赤い裲襠《うちかけ》を思い出した。

もしかして、あの赤い裲襠の縫取は数斉《かずなり》が手がけたものか。

「今頃どうしているのか。どこかで、また職人をやっていてくれるといいのだけど」

そうつぶやくツタの目の縁には、淡い涙が溜まっていた。百多はそんな彼女の顔をじっと見た。

けれど、結局は数斉のせいで『かけがわ』は追い込まれ、父であり夫である与一《よいち》まで亡くしたのだ。つい先日も顧客を奪われた。恨み言の一つも言わないでいられるものだろうか？

百多の視線に気付いたツタが、ニッと笑顔を見せた。まん丸い顔全体が唇になったみたいな、豪快な笑顔だ。

「あたしたち、数さんのおかげで夢を現実にできたんですよ」

「えっ？」

「やっぱり素質があるんでしょうねえ。仕立て職人に転向しても、数さんの作る衣裳はちょいと違っていた。いいえ、本当に細かいところなんですよ。役者が着た時の振袖の形とか、綿の入った裾の形だとか……数さんは古着の仕立て直しに味があってねえ、彼が仕立て直すと、衣裳の線がなぜかはんなりと色っぽくなるんですよ」

それは百多にも分かる気がした。一見同じ形でも、細部の差異に素質の良しあしは宿る。芝居も同じだ。目の動き、台詞《せりふ》の喋《しゃべ》り方の微妙な差で人を惹《ひ》き付けてしまう役者はいる。茂吉や一之がまさにそれだ。

「それが評判になって、贔屓《ひいき》にしてくださる小芝居の役者さんも増えて。おかげで職人や通いの針子を抱えるくらいには繁盛したんです。千束座さんからお声がかかった時は、天にも昇る気持ちでしたねえ。何しろ千束座にはあの武蔵屋が出ている」

武蔵屋という名にぎくりとした。が、ツタの表情は特に変わらない。どうやら、茂吉がかつて武蔵屋にいたということは知らないようだ。

「あたしたちからすれば、成田《なりた》屋や音羽《おとわ》屋と並ぶ雲の上の存在ですよ。いつか大芝居の衣裳を作るのが夢だった。だからハナなんかもう、飛び上がるほど喜んで。あの子、五郎丸贔屓なもんだから。ねだられて、役者絵を買ってやったこともありますよ」

「おハナちゃんが？」

意外だった。いつも怯《おび》えたような顔をしているあの少女が、五郎丸の贔屓だったとは。

とたん、彼女が殿川一門の五辰《ごたつ》と立ち話をしていた姿が脳裏をよぎった。やけに深刻そうだった。……なんだ？　百多の胸が騒いだ。

「とはいえね、うちなんざ稲荷町《いなりまち》の衣裳が足りない時にお声がかかるくらいでしたけど。でもね、それでも嬉しかったんですよ。だから数さんを恨むなんて気持ちは、あたしにも夫にも一切なかったんです。だからこそ」

ツタの声音が、すとんと低くなる。百多ははっとした。

「だからこそ許せないんですよ。一体誰が、数さんのことを武富《たけとみ》に言ったのか」

一体、誰が。

百多の胸の中がまた暗くなる。温《ぬく》もりを残した湯呑みを、ぐっと両手で包み込んだ。


顔合わせの日から十日が経った。

多家良座のお七は火付けをする。その評判は日ごとに高まり、宣伝による手応えは上々だという。一方の千束座は、多家良の予想通り『松竹梅雪曙』を掛ける。お七はもちろん五郎丸だ。さぞ美しく凄艶な櫓の場が見られるであろうと、こちらも前評判は高い。

そのせいか、道を歩いていると振り返られることが多くなった。例の辻ビラの件もあり、道行く人々が百多に目を留めては指をさす。

「千之丞よ」「あれが千之丞」「今度はお七ですって」「火付けの」「火付け」「そうい

「やあ、花房三山って、もとは武蔵屋の役者だったたって？」

「因縁のなんとやらだ」

火付けという言葉そのものが燃え広がっているかのようだ。九太、駿と一緒に多家良座の稽古場に向かう百多は、自然と九太の陰に隠れるように歩いていた。

「火付けをしたってぇのはほんとかよ」

通りすがりに声を投げられた。ぎくりと百多が震えた時だ。

九太と並んで歩いていた駿がいきなり走り出した。「駿！」と驚く九太に構わず、人ごみの中に駆け込んでいく。そして誰かの手を取ると、道行く人をかき分けて百多たちのほうへ一緒に戻ってきた。

カヨだ。いきなり駿に手を引っ張られ、目を丸くしている。

「どうしたの駿ちゃん？」

しかし、駿は難しい顔で首を振るだけだ。ふと百多が人ごみを見遣ると、覚えのある男が立ち去る姿が目に映った。はっと息を呑む。

武蔵屋の役者、五辰だ。またか。百多はいやな胸騒ぎを覚えた。

「おカヨちゃん、今、武蔵屋の」

「ああ五辰さん？　うん、ちょっと声をかけられただけ……あっ、そうだ千之丞さん、ビスキュイのお裾分けありがとう！」

カヨが顔を輝かせ、手を叩いた。妹と違い、その顔つきに暗さはみじんもない。

ビスキュイとは馨子《かおるこ》が届けてきた菓子のことだ。彼女からは、千之丞のお七を楽しみにしているという文とともに、菓子や肉などの差し入れが連日届いていた。無邪気な文面を読む限り、赤木《あかぎ》にも、そして馨子にも例のビラの件は耳に入っていないと察せられた。

カヨの笑顔を見て、百多はホッとした。考えすぎか。自分が人を騙《だま》しているものだから、こんなにも疑心暗鬼になってしまうのだろうか。

稽古場に着くと、世間の反応に上機嫌の朱鷺がうきうきした様子でまくしたてた。

「千東座と多家良座、今のところは五分と五分だぜ。気を引き締めていかねえとな」

そして、引き続き小芝居の役者を二十人近く出演させると言った。今回はとんぼを得意とする役者が中心だという。お七が火を付けるところで、捕り方の立ち廻りを見せるのだ。けれど、張り切っている朱鷺をよそに、百多が思い出したのは鳶六と四雲のことだった。

二人のとんぼは豪快でキレがいい。息もぴったりで、鼓太郎の鳴り物に合わせてとんぼを返ると、見物はやんやと沸いたものだ。彼らは芝居の内容に合わせ、殺陣《たて》を次々編み出した。そうして作り上げた迫力ある立ち廻りは、花房座の目玉の一つとなったのだ。

けれど、三人はもういない。長屋から彼らの荷物が一切合切消えていることに気付いたのは、顔合わせの翌々日だった。百多と一緒に長屋の中を確認した三弥は、ぽつりとつぶやいた。

「別の一座に転がり込んだか、賭場にでも入り浸っているのか」

その声音は乾いていた。そうだね、と答える百多の声も同じだった。鼓太郎が大事にしている大鼓、小鼓も消えていた。もうここには戻らない。彼らの決意のほどが、二人にもひしひしと察せられた。だからよけいに、互いに感情を出さないようにしていた。

これからどうなるんだろう。ふと気付くと、百多はそのことばかり考えていた。一人、二人と座員が減っていって。一之も身体を壊して。千多も行方知れずのまま。もう、花房座は形を留めていない。だとしたら――

私が千之丞でいる必要があるのだろうか？

「センちゃん！」

耳元で呼びかけられた。悶々《もんもん》と考え込んでいた百多は、「ひえっ」と飛び上がった。顔を上げると、腕を組んだ朱鷺が百多を見下ろしている。

「聞いてる？　櫓の場の段取りだよ。せっかく今日は一之さんが来てくれたんだ」

あわてて居住まいを正した。確かに、今日は久しぶりに一之が稽古場に顔を見せていた。隅に正座する一之を朱鷺が振り返る。

「一之さん、無理はしないでくださいよ」

「お気を遣わせてすみません。ですが先生、あたしはこれでも役者の端くれ。こうして稽古場に来たほうが気が引き締まるんですよ」

言い切る一之の背筋は、確かにいつも通りピンと伸びていた。が、顔色の悪さは隠せない。白粉の盾を失った立女形《たておやま》の目元や口元の皮膚のたるみが、いっそう目についた。

「じゃあ早速……おっ？」

稽古を始めようと前に出た朱鷺が目を瞠《みは》った。振り向いて、百多もぎょっとする。稽古場の入り口に暁が立っていた。ふだんのこざっぱりとした風体はどこへやら、伸びた無精ひげが目についた。よれた着物はうっすら垢《あか》じみており、目の下には黒々とした隈《くま》もある。朱鷺が呆れたように声をかけた。

「どうしたお前、その顔」

「お七が火を付けた瞬間に」

ところが、暁は朱鷺の言葉を遮るように、いきなり話し出した。

「捕り方の連中の衣裳にも火を付ける」

「は？」目を丸くする朱鷺に構わず、暁はまくしたてた。

「火付けをするお七を中心に、捕り物の立ち廻りを入れるって言ったよな。だから捕り方も全員早替わりで衣裳を替える。その瞬間から、捕り方が火になるんだ。全員の衣裳を連ねて、大きな火に見せるんだよ。くるくる回って、跳ねて、燃え上がる。そうして炎のうねりに見せる」

いつになく饒舌なその姿は、血走った目の迫力と相まって怖いほどだった。誰もが唖然《あぜん》とする中、やっと朱鷺だけが「なるほどな」と口を挟んだ。

「発想はいいと思うぜ。だが、どうやって大人数をいっぺんに早替わりさせんだ」

「知らねえ」

「はあ?」朱鷺が目を剝く。

「なんだそれ。そこが肝心だろうよ」

「俺はてめえが衣裳で火を付けろというから考えただけだぜ。どう見せるかは俺の領分じゃねえ」

「ちょっと待て」思わず百多も二人の間に割り入った。

「捕り方の衣裳も炎の意匠ってことだな?　だけどそんな何枚も縫取できるのか?」

千之丞の衣裳一枚だけでも、相当な手間と時間がかかるはず。すると、暁はあっさり「無理だな」と答えた。

「だから捕り方の衣裳は縫取じゃねえ。絵だ。着付けに絵を描くのよ」

「絵?」

「おう。今回は染めより絵のほうが小回りが利くだろうしな。というわけで朱鷺。頼むぜ」

「はあ？　もしかして俺が描くのか？」

「つるんでる絵描き仲間くらいいるだろ。そいつらに頼めばいい。礼ははずむって言やあ人が集まる。金主《きんしゅ》は千之丞のためなら金に糸目はつけないはずだぜ。じゃあな」

そう言うと踵を返し、さっさと帰ろうとする。「おいおい」朱鷺が暁の腕を摑んだ。

「えっ、それだけ？　それを言うためだけに来たのか？」

「そうだよ。ちゃんと伝えたぜ。俺ぁお七の縫取の最中なんだ。放せ、もう行くぞ」

「暁さん」

朱鷺を振り払おうとする暁の手を、背後から上がった声が引き止めた。

一之だ。にっこり笑い、暁に語りかける。

「千之丞のお七を見ていきませんか。あなたの腕は十分知ってます。でも、この子のお七を見たら、ますますいい火が付くかもしれない」

火が付く。験を担ぐ役者であれば、口にしない言葉だ。

朱鷺には素っ気ない暁も、一之を相手にしては無下にもできない。やつれた面立ちを束の間逡巡《しゅんじゅん》させてから、「分かりました」と頷いた。一之がちらと百多を見る。

「風前の灯《ともしび》みたいな、しみったれたお七を見せるんじゃないよ」

一之の言葉が腹に響く。逃げ出したい衝動を押さえつつ、百多は「はい」と返事をした。そして父を見る。人形を操る太夫役は茂吉が勤めるのだ。父とこの櫓の段を合わせるのは初めてだった。ふうと息をつき、上体を下向きに折り曲げた。手をだらりと下げる。まだ繰られていない人形の姿勢だ。

けれど、逆さになった頭の中を、失望されたらどうしようという思いがぐるぐる巡り始めた。よけい血が上りそうになる。ダメだ。百多は内心あわてた。考えるな。今は人形振りに集中しろ。

稽古では関節を意識するよう繰り返し言われた。言われたとおりに手首、肘を動かしてみるのだが、すぐに「まったくダメ」と怒られる。身体は思っている以上に全部の筋肉が繋がっており、一箇所動かすと必ず引きずられるようにほかの部位も動くのだ。

「体中の関節をバラバラにするつもりでやりな。肘を動かすなら、その一点だけだ。どこかがつられて動いちまったら、もうそれだけで人形に見えない」

しかし頭で理解できても、身体がついていかない。この二つこそが、常にバラバラだった。

朱鷺が口上を読み上げる。この場は『松竹梅雪曙』をほぼそのまま踏襲していた。

「東西東西、ここもとお目に掛けまする名題《なだい》『狂咲恋徒炎』、浄瑠璃太夫花房長介、三味線花房九太、相勤めまする役人花房千之丞、人形振りにて相勤めまする。いよいよこのところ櫓の場始まり、そのため口上左様」

九太の三味線に乗り、長介が義太夫を語る。

跡にお七は心も空　廿三夜《にじゆうさんや》の月出ぬ中《うち》と体はここに――

ふと、百多は気付いた。バラバラ。

人形振りに関しては、これでいいのではないか。〝モノ〟は自らを動かそうなどと思わない。

見えない糸を身体中の関節に通す。動かす、と考える前に、すっと放した。とたんに、百多の身体の遠いところで、手首が揺れた。肘が上がった。首をかくかく、と揺らすと、稽古場に心地のいい緊張がぴんと張り詰めた。

その時だ。

空気が揺らいだ。「師匠！」栗助の声が上がった。はっと百多は顔を上げた。

一之が腹を押さえてうずくまっている。駿と三弥が駆け寄った。一之は「平気だよっ」とか細い声で叫んだ。

「いいんだ、あたしのことはいいんだっ。せっかく、千之丞が」

しかしその手足は震えている。茂吉がすかさず指示を飛ばした。

「三弥、一之さんを長屋へ送れ。九！　医者を呼んでこい。長屋に来てもらうんだ」

頷いた九太が急いで階段を駆け下りていく。駿の小さい姿も後に続いた。一之を負ぶった三弥も稽古場から消える。その姿を階段の上から見送った百多は唇を嚙《か》んだ。

一之はどんどん弱っている。このままでは舞台に復帰するなど無理だ。それどころか、もしも万が一のことがあったら——

ぞっと身を震わせた。鶴《つる》を喪《うしな》った時の心もとなさが甦る。あの時、人は大切な誰かを喪うと、悲しいとも思えないのだと知った。そう感じる心すらも残らないのだ。

足が震えてきた。いやだ。もういやだ。

花房座からみんないなくなる！

「おっかねえな」

廊下に立ち尽くす百多の傍らで、朱鷺がつぶやいた。百多は顔を上げた。

「おっかない……？　それ、どういうこと」

「おい朱鷺。てめえ、この前もなんか言いかけたよな。はっきり言え」

暁が苦い顔で朱鷺を睨む。朱鷺はふうと小さく息をつくと、やけに訥々《とつとつ》とした口調で話し出した。

「昔、ふらふらしていた俺に狂言《ほん》を書いてみろって言った人がいるんだが。その人が話してくれたことがある。どの芝居小屋にも、必ず芝居の神様がいるって」

とっさに、「血抜き毒抜き石を食う」というまじないが、百多の脳裏をよぎった。

「そしてその神様は、女形を嫌うんだと」

「えっ」

「昔っから、女形は立役より短命だ。それだけじゃねえ。喋れなくなったり、歩けなくなったりと、体を壊す役者も多い。それはなぜか？　その御仁いわく、それは芝居の神様に女形が嫌われているからなんだと。なぜなら女形は……人でなしだからな」

百多は息を呑む。暁も濃い眉根を寄せて朱鷺を見た。

「人でないものにならないとやっていけない。立役よりずっと。男が、女よりはるかに女らしい女になる。子を産み、乳房を持つ。悋気《りんき》に悶《もだ》え、愛に疾駆する。これはもう、人じゃない。だから芝居の神様は、女形の寿命を、体の自由を奪うんだってな」

立ち尽くした。そんなバカな。笑い飛ばしたい。けれどできなかった。

百多の強張った表情に気付かず、朱鷺は淡々と続けた。

「もちろん芝居好きにありがちな迷信、戯言《ざれごと》だよ。だが、半分は本気だったと思う。そして女形が短命なのは事実だ。だから一之さんを見て、ああやっぱりって思っちまったのよ。やっぱり芝居の神様は、女形を嫌っててんのかと。おっかねえなと」

「もうよせ」

横から延びた手が、朱鷺の肩を摑んだ。暁だ。はっと朱鷺が百多を見る。すぐに、

「ごめんよセンちゃん」と神妙につぶやいた。剃《そ》り上げた頭をがりがりと掻《か》く。

「俺としたことが、ちょいと無神経だったたな」

「今頃気付いたか」

眉間にしわを寄せて睨む暁に向かい、「なんだよォ」と朱鷺が口を尖《とが》らせる。ううん、と百多は急いで首を振った。

「気にしてねえよ。だって一之さんはすげえ役者だもの。あんな立派な人を、芝居の神様が嫌うはずがない。むしろ、嫌うとしたら――」

私か。

全身から血の気が引いた。

芝居の神様がもしもいるとしたら。真っ先に嫌うのは私ではないか。女の身で男と一緒に舞台に立った。女でありながら、男の振りをして、〝女〟を演じた。

人でなしは、私ではないか？

誰かが自分を呼んだ気がするが、もう百多には聞こえなかった。

自分の内側に巣食う闇の中へ、一歩、一歩、百多は埋もれていった。

次の日、百多は稽古を休んだ。微熱が出て、身体が動かなかったのだ。朝になっても起き上がれない百多を見た茂吉は、一言「寝てろ」とだけ言った。情けなかったけれど、どこかホッとしていた。芝居をしなくてすむ。

布団に横たわり、天井の羽目板の節を見上げながら、百多はつらつらと考えを巡らせた。

そうだよ。芝居なんて。芝居なんか。

不自然に身体を白く塗りたくって。大げさな化粧をして。何度も繕ったぼろの裲襠で姫のふり。竹光で切った張ったの立ち廻り。みんなで使い回すぼさぼさの鬘《かつら》。主従や親子の強引な忠義の筋立て。とちる台詞。糸の切れた三味線。声の出ない義太夫。出過ぎた見得。少ない見物。怒る見物。寝る見物。

興行主の金の持ち逃げ。銭のない旅。相次ぐドロン。

泣く見物。驚く見物。笑う見物。

ああ、火を付けなくちゃ。火を。だって私は、お七だもの。

芝居をしなくちゃあ――

「火をっ」

叫んでいた。間近でひゃっと誰かがうめいた。自分の声ではないと気付くのに、しばしの時が必要だった。

　ぼんやりと目を開け、周囲を見回すと、小さい顔がおぼろに見えてきた。ハナだ。絞った手拭いを持ち、ひどく怯えた顔をしている。この子はいつもこういう顔だな。半分寝ぼけた頭で考えた百多は、身を起こそうとした。

「……え」

　襟元が大きく広げられていた。さらしをしていない胸元は、豊満とは言えないにしろ、女の身体だと分かる。あ、と百多はハナを見た。

「わ、わざとじゃない」

　青くなったハナが首を振る。

「そんなつもりじゃない。そんなつもりじゃなかった」

　そしてますます怯えた顔をする。あまりの狼狽《ろうばい》ぶりに、逆に百多はおかしくなった。

「いいよ別に。どうせ、もう」

　その時、戸をあわただしく開く音が響いた。とっさに百多は乱れた襟元を直した。と同時に、朱鷺が居間の障子を開けた。

「……センちゃん」

　ハナに負けず劣らず、その顔は真っ青だ。しかしさらに驚いたのは、彼に続いて三弥も姿を現したことだった。

「三兄ちゃん？」

今は稽古中のはず。ところが、開いた戸口の向こうに、九太や柿男らが肩を落として行き過ぎる姿までが見えた。百多の心の臓がぎゅっと痛くなる。

「何があったの」

声が震える。布団から這うようにして出た。そんな百多を制すると、朱鷺は低い声でうめいた。

「今日の稽古は中止だ。これから、稽古場に多家良さんが来る」

「どういうこと？　お、お父ちゃ、頭は？」

「座元の家から使いが来たんです。座員は返して、頭にだけ稽古場に残っていろと」

三弥が言葉を挟む。初日が迫ったこの時期に稽古を中止させるなど、尋常ではない。

朱鷺が顔を歪めた。眉間のしわがざりざりと音を立てそうだった。

「新たなビラが撒かれたんだ」

「えっ」

「〝花房千之丞は女人なり〟って書かれていたらしい」

目の前が真っ暗になった。くらりと倒れかけた百多を、三弥があわてて支えた。

とうとう来た。恐れていた事態が。

朱鷺の暗い目が百多に向けられた。

「それだけじゃねえ。同じものが金主の赤木さんのもとにまで舞い込んだらしい」

「な」

「三山の旦那のことが書かれたビラも一緒に……それを読んだ赤木さんが、金主を下りると言ってきたらしい。だから座元は、旦那にしかるべき説明をしろと」

馨子の顔が脳裏をよぎった。……お嬢さん。

ごめんよ。

「ビラを投げたのは、千束座、もしくは武蔵屋の仕業でしょうか」

三弥の鋭い声に、うーんと朱鷺が首を傾《かし》げた。

「三山の旦那のことだけだったら、その可能性は高いと思います。だけど、今回のセンちゃんに関する与太は突拍子がない。どこからそんな話が湧いたのか」

かたんと音が鳴った。竈《かまど》のそばにいたハナが、木の椀《わん》を取り落としたのだ。「ごめんなさい」とあわてて拾う。顔は相変わらず青く、唇はかすかに震えている。どうした？　百多がそう訊こうとした時、朱鷺が「そうだ、一之さんにも知らせねえと」と長屋から出て行った。すると、ハナもさっと彼の後に続いた。百多が引き止める間もなかった。

ハナは千之丞の正体に気付いたであろうか。もしも気付いたのであれば、話をするべきではないか。黙っていてほしいと——しかし、百多は逡巡した。また？

また、自分がついた嘘に人を巻き込むのか？　こんな事態になっても、なお？

「お嬢はどう思いますか。あのビラが千束座、もしくは武蔵屋の仕業だとしても……千之丞のことを喋ったのは誰でしょうか。やはり四雲でしょうか」

はっと百多は三弥を見た。確かに、今の千之丞を女と知る者は限られている。

「ま、まさか、腹いせに……？」

「ドロンする間際に密告した？」

だが、百多の考えを察した三弥は小さく首を振った。

「俺にはそうは思えない。あいつのうぬぼれの強さは、劣等感の裏返しだと思ってます。だから権威とか家柄とか、まったく太刀打ちできないものを毛嫌いしていた。そんな四雲が自分から連中に近付く、もしくは利するような真似《まね》をするとは思えないんです」

百多は驚いた。三弥がここまで四雲のことを理解していたとは。

「いや。小難しく考えることはない。あいつは、花房座が好きだった。だからやらない。それだけです」

反目し合って、芝居以外ではまったく打ち解けていないのかと思っていた。けれどそうではなかった。芝居が好き。花房座が好き。芯からのその気持ちが、こうして彼らを繋いでいたのだ。

どこに行っちまったんだよ。胸の中で四雲に呼びかけた。彼だけではない。鳶六に、鼓太郎。そして千多。

その時、「一之さん、寝てたよ」と言いながら朱鷺が戻ってきた。百多を見てにんまり笑う。いつもより元気はないが、それでもついつい釣り込まれてしまう笑顔だ。

「それにしても、センちゃんが女人とか笑っちゃうよねえ。そりゃ細っこいし腕力ないし、顔もよくよく見れば可愛《かわい》いけどさあ」

相変わらず言いたい放題だが、今の百多には怒る気力もない。

「まあ、このビラも宣伝になると思えばいい。〝実の女と疑われし花房千之丞！〟ってね。金もかけずに宣伝してくれたんだ。ビラを撒《ま》いたヤツに感謝したいくらいだよ」

今回のお七比べに関し、互いの贔屓筋に触れ回るだけでなく、『歌舞伎新報』や新聞にも記事を書かせているらしい。だから道を歩くだけで、話題になっていることが察せられるのだ。

朱鷺が肩をすくめた。

「第一、千之丞が本当に女だったら、あの多家良のジジイがどれほど怒り狂うか。想像するだけで、俺なんか震え上がっちまうよ」

胸が痛いほどに脈を打った。後ろめたさと恐れが、四肢の末端から体温を奪う。

もしも、多家良が私の正体を知ったら？

頭の芯までが、ずきずきと脈を打ち始めた。

私の居場所は、どこにもない。

戸口から外を窺《うかが》った。誰もいないことを見計らい、そっと外に出る。そのまま長屋を出て、百多は駆け出した。

向かう先は多家良座だった。朱鷺と三弥には行くなと釘《くぎ》を刺されてはいたが、どうしても気になる。父は多家良になんと言うつもりなのか。千之丞のこと、そして自身の過去のことを。そう考えると、とても寝てなどいられなかった。

夏の陽が暮れかけている町は、昼の活況の名残で賑やかだった。牛鍋屋のこってりと甘そうな脂の匂いが鼻腔《びこう》をくすぐるが、今の百多には気にかける余裕がなかった。

多家良座裏の楽屋口からそっと踏み入る。道具方も下働きの男衆らも全員帰してしまったのか、多家良座は静まり返っていた。百多は足音を忍ばせて階段を上った。いつもきいと軋《きし》む踏み板を飛び越え、音を立てないように二階へと向かう。階段口から目だけを覗かせ、そっと稽古場の様子を窺った。

多家良と茂吉は広い座敷の真ん中に向かい合って座っていた。今までになく不機嫌な多家良は、どこか荒《すさ》んで見えた。豪胆さと横暴さで常から周囲を圧している男だが、どんな時でも揺るがない余裕と自信だけはあった。その余裕を失った多家良の姿に、事態がのっぴきならないところまで来ているのだと、百多は改めて実感した。

「分かるよな三山さん。あんたが火付けをして逃げた武蔵屋の役者だなんて噂は、言わば肥しだ。見物の興味を引いて、ありがたいくらいだぜ。だがよ。そのせいで赤木さんに金主を下りると言われちゃあ、話は変わる」

茂吉はしゃんと背を伸ばし、目を閉じていた。腿の上に置かれた両の拳は、硬く握り締められている。

「赤木さんは、火付けの下手人のために金は出せないと言っている。だから俺は赤木さんを説得しなきゃならねえ。なあ三山さん。教えてくんな。なぜあんたは東京を出た？　何があった？」

息を詰めた。多家良と同じく、百多も茂吉の返事を待つ。

やがて、茂吉がうっすらと目を開けた。

「あたしがやりました」

百多は息を呑んだ。ぎりりと唇を嚙む。錆《さ》びた味が口中に広がった。

「……そりゃあ、あんたが初代武蔵屋の家に火を付けたってことかい」

「はい」

「なぜ」

「嫉妬です。そしてあたしは、武蔵屋に失望したんです」

多家良の眉間に、深々としたしわが刻まれる。

「嫉妬？　お前さんが？　誰に」

「当代殿川五右衛門です。当時はまだ五之助《ごのすけ》を名乗っていましたが」

百多の脳裏に、茶屋で見た三代目殿川五右衛門の姿が浮かぶ。小柄ながら、舞台に立つ姿、赤木や間壁《まかべ》らを圧倒した佇まいは堂々としていた。

「ずっと五之助よりあたしのほうが優れていると思ってました。けど、いいお役に就くのは一門閥の御曹子ばかり。それに初代は、あたしの名題下昇進にもいい顔をしなかった。バカバカしくなっちまって」

「だから、火を付けた？」

「はい。いっそドロンするなら、派手にやってやろうと」

「バカにするな！」

突然轟《とどろ》いた多家良の怒号が、百多の横っ面を激しくはたいた。危うく階段から転げ落ちそうになる。

「三山さんよ。俺をただの山師だと思って舐《な》めてねえか？　俺ぁよ、こう見えても孤《こ》
芝居の楽屋生まれ、小屋育ちなのよ。子守歌がすでに義太夫なんだよ。大芝居も小芝居も、大根から極上の珠《たま》まで、星の数ほど役者を見てきた。その俺が、役者殿川三山の気性を見誤るとでも思ってんのか？　ああ？」

食い殺されそうに詰め寄られても、茂吉は表情を変えない。

「嫉妬？　失望？　笑わせんな。そりゃああんたの芸風は派手じゃなかった。だけど実直で勘が良くて、そして確かに五之助より筋の通ったいい芝居をしていた。初代がどう思おうと、先代の五右衛門はあんたを重々買ってた。クソが付くほど真面目なあんたを、先代が信頼していたこと、俺はちゃーんと覚えてるぜ。芝居をすることが嬉しくて楽しくてたまらねえって顔したあんたを、心底可愛がっていたじゃねえか！」

嬉しくて楽しくて、真面目。百多の目の奥が、じんわりと熱くなる。

「そのあんたが、いいお役に就けないのが悔しくて、初代の家に火を付けました？　はあ？　ここでああなるほどねって納得するくらい、俺はうすのろか？　舐めるのも大概にしやがれ！」

「……ですが」

「ですがもかすがもねえ！　今度この俺に向かってそんな与太飛ばしやがったら、舌ぁ引っこ抜くぜ！　ああでも、台詞が喋れなくなるのはいけねえな！」

一人で憤慨して一人で納得した多家良が、どんと床を殴った。

「三山さん。赤木のお嬢さんがご執心の花房座の座頭《ざがしら》が、あの殿川三山だと知った時。俺がどれだけ嬉しかったか分かるかい？　俺ぁ花房座に賭けようって思ったよ」

じりりと膝を進め、多家良が茂吉のほうへ詰め寄る。

「なんの後ろ盾もねえ、素の人間が喋って、動いて、見物を沸かせる。泣かせる。笑わせる。これが芝居の力だ。家柄だの小屋の格だの、そんなもんをぶら下げるのが芝居じゃねえ。あんたならそれができる。そう思ったから俺は花房座に賭けた！　なあ三山さん。頼む。本当のことを教えてくれ」

　知らず、百多もぐっと手を握り締めた。多家良の言葉が、強く胸に響く。けれど、茂吉は表情を変えない。父ちゃん。思わず叫びそうになった時、茂吉が固く結んでいた口を開いた。

「あたしの返事は変わりません」

　足の下の踏板が、すっと消失したように思えた。なぜ。

なぜ、火を付けたなどと言うのか？　多家良は、役者殿川三山は絶対に火付けなどやらないと言った。百多もそう思う。だけど多家良が、そして自分たちが信じている三山は、本当はまるで違う顔を持つ男だったのか？

　分からない！

　沈黙が内耳に沁《し》みる。そう感じたのも束の間、多家良の硬い声が響いた。

「そこまで言うなら仕方ねえ。そんなら俺も、殿川三山ってぇ役者を見誤ったとは今でも思っちゃいねえと言っておくぜ。……だがよ。千之丞の件は別だ」

百多はぎくりとした。自然と踏板を一段、下りていた。

「千之丞が女ァ？　ハッ。トンチキも極まれりだ。なあ三山さん。そんなわけがねえよな」

わざとらしいほど親しげな口調だ。その粘っこい声音に、百多の背筋が凍る。

「そんなこと、あるはずがねえ。女が男と一緒に舞台に立つなんざ。しかも俺の小屋で？　ハハッ、笑っちまうぜ。なあ三山さん」

今の多家良に、茂吉の噂を聞いた時のような鷹揚《おうよう》さはかけらもない。百多の膝ががたがたと震え出した。

「そんなわけでよ。こっちは近いうち、赤木さんや俺の前で証《あかし》を立ててもらおうか」

「証……と言いますと」

「ああ、方法は何でも構わねえ。とにかく、千之丞は男だと示してくれりゃあいい。最近じゃあ、官許小屋までが女芝居を掛ける時世だがよ。流行《はや》りだか改良だか知らねえが、多家良座《うち》は違う。万が一……いや、そんなことはあり得ねえが、万が一だ。千之丞が女だった場合。花房座は、俺の芝居小屋を穢《けが》したことになる」

多家良の声音から、温もりがすとんと消えた。

「だから壊す。そして新しく建て直す」

これ以上聞きたくない。百多はまた踏板を一段、下がった。

「したがってお前さんたちには、普請代、芝居が休業したことによる弁償金、多家良座に関わる連中の給金……それら一切合切、耳をそろえて払ってもらおうか」

半ば墜落する勢いで駆け下りた。草履を履く間ももどかしく、手に持って多家良座から逃げ出す。

ダメだ。私がここにいたら、ダメだ。

みんなが破滅する！

暗くなった道を裸足《はだし》で走った。あれほど焦がれた大芝居の小屋が、背後に遠く、小さくなった。


『かけがわ』の前に立った。戸は閉まっている。

二階を見ると、暁の部屋にはぼんやりとした明かりが灯《とも》っていた。掛川母娘《おやこ》は長屋へまかないに出ているから、今はいない。暁は一人で家に残り、お七の衣裳の縫取をしているに違いない。

戸に手をかけた。から、と開けるが、そのまま動けなくなる。……言わなくちゃ。

頭の中では精一杯考えているのだが、どうしても身体が動かない。

もう、お七の衣裳は作らなくていい。

私は、消えるから――

けれど踏み込むことはできなかった。そっと戸を閉め、背を向ける。

多家良座を飛び出た後、長屋に戻った百多は、座員らやツタたちが出入りしている隙を窺い荷物をまとめた。そして出てきた。行き先は決めていなかった。とにかく多家良座から、そして花房座から離れないと。その一心だった。

どこへ行こう。ふらりと歩き出した。給金のおかげで懐はそれほど寂しくない。しばらくはやっていける。今日はどこまで歩けるだろうか。それとも、汽車に乗ろうか。

「なんだよ、寄らねえのか」

背後で声が上がった。振り返ると、戸口の外に暁が出てきていた。昨日よりいっそうやつれて見える。が、目だけはらんらんと光っていた。

「戸が開く音がしたからよ。二階から見たら、あんたがいたから。てっきり寄ってくるのかと思ったのに。なんだよ、なんか用事があったんじゃねえのか」

「耳がいいな」

「今、この家に男は俺一人だからな。用心しないとならねえ」

立ち尽くす百多の様子に気付いた暁が、眉をひそめた。

「どうした。また何かあったか」

「……あのさ」

「おう」

「あんたが今作ってる、お七の、衣裳」

お七と聞いた暁がぱっと目を見開いた。

「あれは、もう」

「昨日の人形振り。悪くなかったぜ」

いつになく弾んだ暁の声が百多の心を揺らした。「え？」思わず百多は声を上げた。

「驚いたぜ。あんたが空っぽに見えて」

「空っぽ？」

「今までも、人形振りは何度か見たことがあったけどよ。みんな人形を意識しすぎて澄まし顔なんだよな。だけどあんたは違ってた。空っぽで、顔つきがないんだよ。首をこう、ごろっと傾ける動きがあっただろ。本当に首《かしら》が胴体から取れそうに見えて驚いたぜ。ああ。あんたは役のために、自分をすっかり明け渡す〝器〟になれるんだなって思ったよ。悪くねえ役者なんだなって」

衝撃に倒れそうになった。これまで、そんなことを言ってくれる人は誰一人としていなかった。

必死の思いで暁から離れた。背を向け、一歩踏み出す。「おい？」彼の声が追ってきた。

一歩、また一歩遠ざかるごとに、身体の中の、心の中の熱くて大切なものが、音を立てて剝がれていく。身体の芯がゆるゆると溶け、目から噴き出てくる。ぐいと強く目元を擦った。……ダメだ。もうこれ以上、ここにいてはいけない。夢を見てしまう。

「おい！」

走り寄る足音とともに、背後から腕を取られた。暁の訝《いぶか》しげな顔が眼前に迫る。

「どうした。なんか変だぞ、お前」

そして百多が風呂敷包みを負っていることに気付くと、眉根をきつく寄せた。

「どこに行くつもりだ？」

力強い暁の声が、芯を失った百多の全身をカンと打つ。

柝の音のように。

「もっ、もう、ダメなんだっ、私がいたら、みんなに迷惑がかかる」

「はあ？　ちょっと待て、説明しろ」

「こっ、このまま私がここにいたらっ、花房座がダメになる、父ちゃんや、みんながっ、芝居っ、できなくなるっ」

「だからってどこに行くってんだ。まさか役者を辞めるつもりか？」

ぐっと言葉を吞んだ。暁を睨む。

「辞めるんじゃないよ！　やっちゃいけないんだよ！」

暁が目を瞠った。

「やっちゃいけなかったんだ！　わっ、私はっ、千之丞の代わりなんかっ、やっちゃいけなかった！」

暁の手を振り払った。一気に駆け出す。

「ふざけんなこのバカ！　てめえ……」

暁の声が、あっという間に遠くなる。

「逃げるなんて許さねえぞ！　俺の衣裳を着るのはお前だ！　お前なんだよ！」

全部置いていく。振り返らない。もう夢は見ない。

背後で、暁の声が響いた。

「百多――！」

東京でただ一人、自分の名を呼んでくれた。

その人の前から、百多は逃げた。

五　百多

役者を辞めさせられた時、一度だけ母に訴えたことがある。

「役者がやりたい」

切実な思いだった。ほかには何もいらない。裏方の仕事だってもっともっと頑張る。だから、一場面、一つの台詞《せりふ》でいい。花房《はなふさ》座の一員として舞台に上がりたい。

けれど、母は百多《ももた》の顔を見て、一言こう言った。

「それは女のやることじゃない」

そして続けた。

「男のために生きるのが、女の役目だ」

目を覚ましたとたん、首筋がみしりと悲鳴を上げた。硬い木製の長椅子の上で、変な体勢で寝てしまったせいだ。百多は痛む首や肩を慎重に伸ばしながら、周囲を見回した。

横浜《よこはま》の停車場本屋《ほんおく》の待合所には大勢の乗客が行き交っていた。向かいの椅子に座る中年の女性に時間を訊《たず》ねると、朝の十時になろうとする時刻だった。

とたん、腹の虫がぐううと鳴った。高々と重ねた木箱を負ぶっていた女性が、「お腹空《なかす》いてんのかい」と笑った。そして竹皮に包んだ握り飯を「余ったから」と手渡してくれた。

「ありがとうございます」

百多は頭を下げ、女性の厚意を素直に受け取った。よくよく考えれば、昨日の朝からほとんど何も食べていない。早速一口かじると、塩をまぶしただけの握り飯が、舌の上で甘くとろけた。とたんに空腹を実感し、そのまま一気に貪り食べてしまう。

百多が一晩を過ごしたのは、一番安い下等待合所だった。とはいえ、汽車の運賃は下等でも三十銭である。米一升が五銭なのだから、百多にしては破格の出費だった。

握り飯のおかげで人心地ついた百多は、待合室から本屋の外に出てみた。本屋は洋風の木骨石張の二階建てが二棟並び、その二棟を平屋の建物が繋《つな》いでいた。本屋前は広場として整備されており、目の前には複数の舟が係留されている大岡川《おおおか》、左手には海が望めた。陽光が照り映えた波面に、きらきらと光が散っている。潮の匂い、湿りを含んだ風が頬を撫《な》でた。

　昨夜、新橋《しんばし》まで歩いた百多は、最終の汽車で横浜の地に降り立った。機関車は埋め立てられた夜の海を、煙と蒸気をまき散らしながら進んだ。轟音《ごうおん》を立てて暗い海の只《ただ》中《なか》を突き進む様は、さながら芝居の仕掛けのようだった。天を目がけて駆け上る龍のごときだ。人の造るものの大きさ、力強さに、百多は改めて驚いた。

　横浜に向かうことにしたのは、これという当てがあったわけではなかった。ただ、ここに来れば、ドロンした弟の後ろ姿が見える気がしたのだ。

……姉弟《きょうだい》そろってドロンか。

　自嘲気味に笑った。だが、千之丞《せんのじょう》の正体がばれたら、花房座のみんながどんな目に遭うか。そう思うと、あのまま東京にい続ける気にはとてもなれなかった。

　大岡川に架かる大江《おおえ》橋を渡った。東京より、空が広く感じられるのが不思議だった。足は、自然と横浜の芝居小屋『浜風座《はまかぜ》』に向かっていた。この小屋では、一回だけ芝居を掛けたことがある。駿《しゅん》が花房座に転がり込んできた時だ。

　開港で諸外国との交流、商売の拠点となった横浜は、道が大きく広げられ、あらゆる人や物がながれ込む町となった。沿道には堂々とした看板を掲げる商店が軒を連ね、たくさんの人や俥《くるま》が行き交っている。中でも浜風座が建つ伊勢佐木町《いせざきちょう》の一帯は、芝居小屋も多く並ぶ遊興地として栄えていた。

　その浜風座を目指して歩く百多の目に、赤い鳥居が映った。横浜厳島《いつくしま》神社だ。浜風座で芝居を掛けた時には、九太《きゆうた》や千多《せんた》と毎日のように訪れては、賽銭《さいせん》を投げて手を合わせたものだ。立ち寄ってみようか。そう思った百多の耳に、華やかな声が響いた。

「ダメね！　シャオ！」

続いて少女の笑い声がころころと響く。その楽しそうな声に、百多は興味を引かれた。そっと鳥居に歩み寄り、境内を覗《のぞ》いてみる。

一抱えほどもある大きな鞠《まり》の上、そして鞠の前に少女がそれぞれ立っていた。二人とも襟元を顎下まで縫い詰めた赤い上衣に、ふくらはぎまでの丈の赤い小袴《こばかま》を履いている。長い黒髪は二つに束ねられ、頭の左右に団子状に巻いて結われていた。百多は驚いた。

同じ格好をした少女たちを以前も見た。……まさか。

「見ててよ！」

そう言うと、鞠の上に立つ少女がぽんと跳ねた。そして身体《からだ》を前に丸めてくるりと宙返りし、また鞠の上に立った。一瞬よろけた体勢を、すぐに真《ま》っ直《す》ぐに立て直す。

百多は唖然《あぜん》とした。すごい。なんという身軽さ、そして安定感だろう。

鞠の上の少女が、自分を見上げる少女に向かってにんまりと笑った。眉の上で一直線に切りそろえた前髪が、彼女の切れ長の目をことのほか怜悧《れいり》に見せている。

「鞠だと思うからダメ。鞠を、ワタシだと思って？　シャオ」

「そんなの無理だよ、カンナ」

　下に立つ少女……シャオが口を尖《とが》らせる。鞠の上の少女……カンナが地面に飛び降り、右足を一歩引いて重心を下に下げた。脇を締め、両の掌《てのひら》を肩の高さに上向ける。

「ワタシは、鞠。シャオ、飛んで！」

　シャオがため息をついてうつむいた。が、顔を上げた瞬間、その表情は変わっていた。きりりと力のこもった目でカンナに向かって駆け出すと、ぽんと地面を蹴った。

「あっ……」

　百多が声を上げる暇もない。シャオの両手がカンナの両手に重ねられた。と思ったら、シャオはカンナの両手の上で真っ直ぐ倒立していた。両腕、両足をぴしりと伸ばした姿勢がきれいだ。下で支えるカンナは、シャオの体重などものともせず、またにんまりと笑った。

「シャオは甘えん坊なんだ。鞠にも、ワタシみたいに優しくしてほしいんでしょ？」

「うるさいなあ」

　今度はカンナを上から見下ろす形になったシャオが、また唇を尖らせた。逆さになった脚をすっと下ろし、まったく乱れる様子も見せずに着地する。

　間違いない。この恰好《かっこう》、この体技。こんな少女たちがそうそういるわけがない。百多は境内に走り込んだ。

「あっ、あのっ、もしかしてあなた方、往——」

ポン、という小気味いい音が百多の足を止めた。息を呑《の》む。この音。

小鼓の音だ。

境内の木々の陰から男三人が姿を現した。一人は、百多も見慣れた小鼓を手にしている。

「いいねえシャオちゃん、カンナちゃん！」

「俺たちも負けてないぜ？　なあ六」

「おうよ。コタ、ちょいと鳴らせよ」

呆然《ぼうぜん》とする百多に気付かず、三人が口々に言う。

「俺たちもちょっとしたもんなんだぜ！　まあ見ててくれよ、太鼓に合わせてくるっと」

くるっと、と言いかけた四雲《しうん》と、立ち尽くす百多の目が合った。四雲のにやけたツラが一瞬にして固まる。彼の視線を辿《たど》った鼓太郎《こたろう》と鳶六《とびろく》が「ゲゲゲッ」と飛び上がった。

「モモ！」

「モモ……じゃねえよ！　てめえら、こっ、こんなところで、な、なっ、なあぁっ？」

何をしてる？　とすら言えなかった。あまりのことに舌がもつれ、卒倒しそうになる。そろいもそろってあんぐりと口を開けた四人を見て、カンナがケタケタと笑った。

「千客万来だねえ」

が、一方のシャオはまじまじと百多の顔を見つめると、首を傾《かし》げた。

「……似てる」

「え？　何が」

「あの人、似てる」

シャオの白い指が百多の顔を指す。「えっ？」と百多を見たカンナも目を見開いた。

「セン！」

セン？

その時だ。

「シャオ、カンナ、座長がもうすぐ戻る。小屋に行こう」

耳に馴染《なじ》んだ声が背後で上がった。息が止まる。おそるおそる振り返った百多は、今度こそその場にへたり込んでしまった。

自分に似た面差しには淡い無精ひげが生えていた。眉ももみあげも剃《そ》っておらず、白くきめ細かだった肌は、日に焼けてうっすら銅《あかがね》色に染まっている。ただ、驚きに目を丸くした表情は、見知った弟のそれだった。

「千多」

震える声でその名を呼んだ。

久方ぶりに顔を合わせた姉弟は、それきり黙って見つめ合った。


神社から徒歩で十分ほどの広い空き地に、あの巨大な布でできた『往来座《おうらいざ》』は建っていた。入場口代わりの垂れ幕をはね上げて中に入った百多は立ちすくんだ。

以前見た時と同じ、雛壇《ひなだん》式の客席が真ん中の馬場を囲んでいる。馬場では芸人、もしくは裏方が、各々自由に練習したり雑談したりしていた。席に座って花札をしている者もいる。日本人を含めた東洋人だけでなく、青い目をした女性、浅黒い肌の男性など様々な異国人がおり、百多には聞き取れない言語が飛び交っていた。

「ここだと、ぶつかるし、うるさい。だからあの神社で練習してたの」

そうささやくカンナの手は、シャオとしっかり繋がれていた。二人とも歳《とし》は十四、五といったところか。どんな経緯で往来座にいるのか、百多は興味を覚えた。

千多は往来座までの案内をカンナたちに任せ、どこかに姿を消していた。どうやら、新参者の彼は一座の雑用係のようだ。

「おいモモ。お前、なんでこんなところに」

ずっと黙りこくっていた四雲が口を開いた。百多はその口をつねり上げたくなる。

「なんではこっちの台詞なんだよ。あんたらこそなんで」

　鳶六、鼓太郎と顔を見合わせた四雲が、渋々答えた。

「須藤《すどう》って興行師に声かけられてよ。旅芝居に加わらねえかって」

「旅芝居？」

「おう。多家良《たから》座の芝居を見て、俺のことが気に入ったんだと。入るなら座頭《ざがしら》に据えてやるって言われて。だからこいつらにも声かけて」

　顎で鳶六と鼓太郎を示す。百多と目を合わせないようにしていた二人が飛び上がった。

「それがどうしてこんなところに？　座頭にしてやるって言われたんだろ？」

「それは」四雲の顔がますます苦くなる。もごもごと口ごもるが、百多の睨《にら》みに負けたのか、観念して話し出した。

「……面白くなかったんだよ」

「は？」

「役者がそろいもそろって、大根もいいところ。台詞は言えねえ立ち廻《まわ》りもできねえ、女形《おんながた》にいたってはクネクネしてりゃあいいって、はなからバカにしてやがる。連中に比べりゃあ、ここの馬のほうがよっぽどいい芝居をするぜ。テメエ、芝居の何を見てきたんだって須藤を殴っちまってよ。で、そのままドロンよ」

彼の言葉に、鳶六と鼓太郎が神妙な顔で頷《うなず》いた。

「俺たち、毎日毎日、頭や三弥《さんや》さん、一之《いつの》さんの芝居を見ていただろ。あれが普通だと思ってたけど……そうじゃなかったんだな」

百多の目頭が熱くなる。花房座が好き。三弥の言葉が甦《よみがえ》る。そうだよ。花房座は、そんじょそこらの旅芝居とはわけが違うんだ。日本一なんだ。

「……で、俺たちそろってドロンしたはいいけど、どうしようって」

今さら花房座に戻るのも癪《しやく》だ。そこで三人は横浜に行くことを思い立ったという。百多と同じだ。千多に会えるかもしれないと思ってのことだ。

だから二日前、この布張りの『往来座』を見つけた時は度肝を抜かれたという。もしやと駆け込んでみたら、本当に千多がいたのだからなおさらだ。

しかし、彼らの話を聞いた百多は首を傾げた。

見る限り、往来座は興行を掛けるという雰囲気ではない。あまりに緊迫感がない。それに、半月ほど前にも茂吉《もきち》たちが何度か横浜を訪れていた。興行するなら、停車場付近や町中で大々的に宣伝を打つのではないか。まったく気付かないなんてあるだろうか？

疑問を口にすると、「実は」と鳶六が声をひそめた。

「興行主のメリケンが金を持ってドロンしたらしい。座員や裏方は一週間くらい前に横浜に乗り込んで、小屋まで掛けたってのによ。待てど暮らせどその興行主が現れない」

　そこで役所を訪れたら、なんと興行の許可申請など出ていないという。横浜の興行話自体が虚偽だったのだ。町中でまったく宣伝されていなかったのも当然だ。

「だからあの碇《いかり》って座長が、どうにかしねえとって領事館と交渉しているらしい」

「領事館？」

「座長！」声が上がった。百多ははっと振り返った。

　三人の供を連れた小柄な男が入ってきた。よれた羽織袴に、最近は地方でも見られなくなってきた髷《まげ》姿だ。供が洋装なぶん、よけいに時代錯誤に見えた。やけに幼い面立ちをしており、目尻のしわでようやく壮年と気付くほどである。この男が碇 譲児《じようじ》か。

「話はついたぞ！」

　碇が周囲に集まる芸人、裏方らに向かって声を張る。思いのほか野太い声に、百多の耳がびんと痺《しび》れた。ずっと人から見られてきた華やかさがある。おおっと芸人らが顔を輝かせた。

「諸君、このたびは心配をかけた。まさかあのマイクが……金を持って行方をくらますなど思いも寄らなかった。だが安心したまえ！　英吉利《イギリス》領事館の現大使は、私が欧州を巡業していた時期、それはそれは贔屓《ひいき》にしてくれた心の友である！　興行を許可するよう、役所に掛け合うと約束してくれた！」

身振り手振りがいちいち大きく、派手だ。時代の先を行く天性の芸人でありながら、旧式の姿にこだわる。このちぐはぐさに、人は愛着を覚えるのかもしれない。もしや、髷はわざとか？　百多は感心してしまう。

「ここ吉浜《よしはま》町の空き地は、昨年の夏にイタリアのチャリネサーカス団がやはり大成功を収めた場所でもある！　諸君、我々も続こうではないか！　必ずや興行を成功させよう！　The show must go on!」

呪文か。何がなんだか分からず、ぽかんとする百多に碇が気付いた。

「君は？」

一転、目つきが鋭くなる。快活で年若に見える分、その変貌には虚を衝《つ》かれた。一筋縄ではいかない芸人の本性が、ちらりと見え隠れする。

百多の代わりに、カンナが答えた。

「センのお姉ちゃんだって！」

「セン？」碇が眉をひそめた。

「またセンの客か。一昨日《おととい》も、センの知り合いだというそこの三人が転がり込んだ」

いかにも迷惑そうに言う。百多はかちんときた。千多はまだ新参者であろうから、下っ端扱いなのは当然だ。理屈では分かる。分かるが、この苛立《いらだ》ちは、彼らの千多の扱いにあると百多は気付いた。

あの千多を雑用で使うだと？　花房座の、人気若女形《おやま》を？

「あ」シャオが小さい声を上げた。入り口の垂れ幕を跳ね上げ、当の千多が入ってきた。百多らには目もくれず、真っ先に碇のほうへと駆け寄る。

「座長。宿ですが、話がつきました。分宿することになりますが、山下《やました》の街道沿いの黄金屋《こがねや》と石崎屋《いしざきや》です。ここには俺が泊まって小屋番をします」

当然だ、というふうに頷いた碇が、ちらと百多たちを見た。

「こっちは命懸けで芸を見せている。物見遊山か何か知らないが、キミの連れの分まで部屋はないよ」

なんだと？　ぴりりと眉尻を震わせた百多より先に、「まあまあ」という声が上がった。

四雲だ。碇の前にずいと踏み出す。三弥と張るくらい体格のいい四雲の前では、碇が子供に見えてしまう。千多が顔を曇らせたのが分かった。

「芸はまさに命懸け。おっしゃることは重々分かります。ですが、あたしたちも命を懸けた商売をしているんでね」

ほう？　と碇が目をすがめる。

「キミたち、センと同じ農家出身ではないのか」

「お百姓さんだって命を懸けた立派なお仕事ですよ？　ですが、ちょいと違いまして。まあ見ててくださいよ。こうなったら、命と命のぶつかり合いといきましょうよ」

いつもの四雲であれば、ここで罵詈《ばり》の一つでも散らして喧嘩《けんか》を始めるところである。が、彼は鼓太郎と鳶六をちらと見た。はっと目を見開いた鼓太郎が大鼓を取り出す。

鳶六と四雲が「ちょいとごめんなさいよ」と興味津々で見守る芸人らをかき分け、馬場の真ん中に進み出た。百多は息を詰めた。

鼓太郎がカンと音を鳴らす。とたん、高く舞い上がった四雲と鳶六が宙返りをした。鼓太郎の鳴り物に合わせ、次々とんぼを返す。彼らが今までに編み出してきた立ち廻りである。片足で踏み切り、膝をぴしりと伸ばした姿勢で着地する。空中で上体をひねる。後ろ向きに宙を返る。繰り出される体技の迫力は、連打される鳴り物の音と相まって、見物に息もつかせない。

すっくと立った姿勢の四雲を、鳶六が頭越しに飛んで見せた。返り越しだ。やんやの喝采を得るこの大技を見て、碇が「おっ」と身を乗り出した。

芸人らが手をぱんぱんと激しく叩《たた》いて音を出し、指笛を鳴らした。四雲らの立ち廻りは、異国を巡ってきた彼らをも満足させたらしい。すると、四雲が大声を上げた。

「セン！　今度はてめえの番だぜ！　見せてやれ、お前の女形の所作《しょさ》をよ！」

「オンナガタ？」碇が首をひねった。

「男が女を演じるアレか？　センが？」

しかし、千多は動かない。百多を見て寂しげに笑い、そっと首を振っただけだった。

首に浮いた太い筋が目についた。肩や腕、上半身にずい分と筋肉がついた。

「セン！」

四雲の声が悲しげに響く。

百多は目を閉じた。鼓太郎の鳴り物が鼓動に重なる。自然と、足が一歩前に出た。

四雲が目を見開く。立ち廻りを演じ切った二人に続き、今度は百多が馬場の中心に立った。

──その調子のまま鳴らし続けて。

目で鼓太郎に指示した。彼も目で頷く。四雲と鳶六がさっと左右に退《さが》る。初めから打ち合わせていたかのような動きだった。百多は上体を折り曲げ、最初の人形の型を決める。

花房座の新作、『狂咲恋徒炎』の櫓《やぐら》の段だ。

カン。大鼓が鳴る。

カン。指。カン。首。カン。肘。上体を起こした。わあ、とシャオが声を上げた。

〝人形〟に命が吹き込まれていく。

恋人を想い詰める様子を、右へ、左へ向きを変えて激しい煩悶《はんもん》として表現する。振り乱した袂《たもと》を噛《か》む仕草を見せた。櫓を上る決意は僅かに傾がせた首の角度で表した。櫓の梯子に取り付き、一段、一段上がっていく。何度も滑り落ちては、頭を前後に振り、また必死に上っていく。

手を振りかぶり、半鐘を鳴らす。激しさは大げさな身振り手振りで表すのではない。動きのぎこちなさ、不自然さにこそ現れる。首を手足の動きとバラバラに揺らす。顔で語らない。何も見ない。動いているのは関節だけだ。百多の頭の中で、九太の三味線、長介《ちょうすけ》の義太夫が鳴り響く。

お七は飛んで遠近《おちこち》の　人の噂《うわさ》

櫓から乱れた足取りで降りたお七は激しく息をつき、呆然と彼方《かなた》を見上げる。そして崩れかけた姿勢でぴたと静止する。両手がぱたりと落ちる。呼吸は見せない。胸は絶対に動かさない。首ががくりと右側に傾いた瞬間、鼓太郎の鳴り物がカンと大きく響いた。

おしまい。だからもう、人形は動かない。

馬場が静まり返った。一拍、二拍置いてから、呪文が聞こえた。

「Unbelievable!!」

近くの屋台で買い込んできたいなり寿司《ずし》を広げ、ささやかな宴《うたげ》が始まった。カンテラの頼りない明かりを真ん中に、百多たち元花房座の五人が車座になる。往来座の面々は、千多が交渉した宿へと移動していった。千多だけが小屋番としてこの場に留《とど》まっているのだ。

「〝てんと〟って言うらしいよ。こういう小屋のこと」

千多がつぶやいた。百多は何も答えずに、一口大のいなり寿司を口に放り込んだ。油揚げの甘辛さが舌に広がったと思ったら、酢飯のしゃっきりとした酸っぱさが鼻に抜ける。

「お天道様みたいだな」

沈黙に耐えられなくなったのか、鳶六が声を張り上げた。が、広いてんと内にわずかに響いただけで、馬場はすぐに静かになってしまう。

「あーっ辛気臭え！」

とうとう四雲が立ち上がった。四人の顔を成田《なりた》屋のにらみよろしくねめつける。

「おい、全員言いたいことがあるんだろ？　ぐちぐちいじけてねえで、ドバっと腹割って吐き出そうじゃねえか。切腹だ切腹！」

「今食べたおいなりさんしか出てこないよォ」

茶化した鼓太郎の頭を四雲がはたいた。鳶六が笑う。見慣れた彼らのふざけ合いを眺めていた百多は、「あっ」と飛び上がった。

「そうだ！　なあ四雲。あのビラ、あんたがやったんじゃねえよな？」

「ハア？　ビラぁ？」

四雲が大仰に顔をしかめる。横から鳶六が言葉を挟んだ。

「俺たちも訊《き》いたんだよ。そしたら、なんのことだってどつかれた」

「ああ。妙なビラがまかれたんだって？　ケッくだらねえ。おいモモ。まさかこの俺を疑ってたのか？　冗談じゃねえ、そんなみみっちいことするかよ。なあコタ」

「いやいや、何しろ普段の行いがねえ」

「ああん？」ふざけた答えを返す鼓太郎の首に四雲が腕を回し、締め上げる真似《まね》をする。「イテテテテ！」鼓太郎がわざとらしく叫んだ。

「ごめん」

そんなほどけかけた空気を、低い声が揺らした。

「ごめん。みんな。姉ちゃん」

千多だった。じっと見つめているカンテラの淡い炎が、その黒い瞳を炙《あぶ》っている。

「セン。お前、どうして――」

ドロンした？　けれど、誰も言葉を続けなかった。

そんなの、もうとっくに分かってる。

地面に敷いた筵《むしろ》の上で、千多はあぐらをかいていた。花房座にいた時には、ついぞ見かけたことのない姿だ。

「形式上師匠の養子となって田之倉《たのくら》一之を襲名する。そして花房座を継ぐ。そうなったら、俺はもう一生このままだと思った。このまま、どこにも行けなくなる」

「だからって……だからってお前、自分がいなくなったらどうなるかくらい」

「うん。分かってた」

素っ気ない言葉に、百多はカッと弟の胸倉を摑《つか》み上げた。

「じゃあ何か、お前は花房座が潰れるって分かっててドロンしたってことか。千之丞がいなけりゃ花房座は成り立たない。それを分かってて……分かってて、お前は消えたのか！」

「でも。千之丞はいるじゃないか」

千多が静かに言った。百多の全身が、もどかしさにびりびりと痺れる。弟はこんな声だったか？　自分たちは、台詞を喋《しゃべ》る声すらもよく似ていると言われていなかったか？

「東京の新聞が手に入った時は、漢字が読める芸人に頼んで必ず劇評を読んでもらったんだ。多家良座と花房座の記事が載ってるって言われた時は嬉《うれ》しかった。文面も全部覚えてるよ。何度も読んでもらったから。〝千之丞の八重垣姫《やえがき》硬さあれど上々のいじらしさ〟……ほら。千之丞は、ちゃんといるじゃないか」

目の前が真っ白になった。「ふざけんな！」気付くと、千多の頬をひっぱたいていた。乾いた音がことさら鋭く耳を打つ。手に炸裂《さくれつ》した熱さに息を呑んだ。「モモ！」四雲に背後から押さえられるまでもなく、身体中から力が抜けた。

今まで、弟に手を出したことなどなかった。役者の顔は命だ。千多の、千之丞の顔は花房座の命なのだ。

それなのに。

「……すまない」

千多の前でうなだれた。叱られる。父に。母に。花房座のみんなに。

「絶対にやっちゃならねえことをやっちまった。あんたの顔を殴るなんて……セン。私のことも殴れ」

初めて姉に撲《ぶ》たれた千多が、ゆっくりと百多を見た。

「私は、花房座のことを一番に考えなきゃならないのに……だから罰だ。殴れ。これであいこだ」

「まさか」赤い痕《あと》を帯びた頬のまま、千多が苦笑いした。

「俺が姉ちゃんを操ったりするわけがないだろ。第一、姉ちゃんは役者だ」

「えっ？」

「多家良座の千之丞。姉ちゃんなんだろ？　さっきの人形振りを見て確信したよ」

千多の目が、うっすらとした翳《かげ》を帯びる。

「知ってたよ。姉ちゃんのほうが、俺よりずっと役者に向いてるって。というより、芝居が好きなんだって」

「……セン」

「だけどね、ううん、だからかな。俺も往来座の芸を見た時、頭をガツンと殴られた気がしたんだ」

一転、千多が顔を輝かせた。百多の脳裏にも、かつて見た三頭の馬が力強い蹄《ひづめ》の音を立てて駆け抜けていった。

「女も男もごっちゃになって、飛んで、跳ねて、見物をハラハラさせたり笑わせたりって芸を見て、いても立ってもいられなくなったんだ。俺も馬に乗りたい。ぶら下がったり回ったりしたい。もっと違う場所、遠い場所に行きたいって」

「セン」

「そしたら、もうそのことで頭がいっぱいになった。俺の一生はずっと花房座に縛られる。いやだ。絶対にいやだ。そう思ってしまった。そして一度そう思うと、もうダメだった。逃げることしか考えられなくなって」

興奮気味に話していた言葉尻が、やがてすぼんでいく。千多は目を伏せると、再び頭を下げた。

「本当にごめん。俺がドロンしたらどうなるか、分かっていたのに」

誰も何も言わない。千多は役者をやっていたという前歴を隠し、往来座の下廻りから出直そうとしている。本気だ。それはもう、再会した瞬間から分かっていた。一回り大きくなった身体つき、日焼けした肌。

「やっぱり、戻る気はねえんだな」

四雲が低くつぶやく。千多は大きく頷いた。

「女形をやっていた時の脚の筋肉、全部落ちちまった。女形ってのは、男の体を柔らかい〝女〟に見せる分、本当に酷だ。いかに体を無理な形にしていたのか身をもって思い知った」

芝居の神様に嫌われる。朱鷺《とき》の言葉を思い出した。

「役者はすげえとつくづく思うよ。けど……俺はもう戻らない」

迷いのない声音だった。清々と聳《そび》える山脈を見上げるようで、百多は笑ってしまう。こりゃダメだ。もう、絶対にこいつは動かせない。

四雲らも同じ気持ちなのか、説得するでも悲観するでもなく、「そうか」と頷いた。

「まあ、俺らも偉そうに説教できるご身分じゃあねえしな」

「そりゃそうだ。同じドロン組……あれ？　そういや、モモはなんでここにいるんだよ」

「ホントだ。あっ？　まさかお前もドロン？」

鳶六が目を剝《む》く。うっと百多は声を詰まらせた。とたんに「なんで！」「どうして！」とドロンした当の四人から、ドロンのことで詰め寄られた。百多は渋々、新たなビラのせいで、千之丞が男である証《あかし》を見せなければならなくなったことを話した。万が一にも正体がバレたら、花房座は莫大《ばくだい》な借金を負わされかねないことも。

「だからドロンしたってか」

「確かに、本人がいねえんじゃ証の立てようがねえが……」

「だけど、どっちにしろ花房座は、二度と東京で芝居を掛けられなくなるかもな」

「えっ？」四雲の言葉に、百多は息を吞んだ。

「どうして。そりゃあ千之丞はいなくなったけど……だけど花房座なら、また」

「いやいや。花房座の信用は確実に落ちた。そこで千之丞までが消えたらなおさらだろうよ。下手したら東京だけじゃねえ。噂が回り回って地方でも」

「そんな」

愕然《がくぜん》とした。父と母、三弥、一之、みんなで守ってきた花房座が、芝居ができなくなる？

私さえ消えればいいと思ったのに！

頭を抱えた。己の浅はかさにのたうち回りたくなる。みんなの言う通りだ。今の状況では、どう転んでも花房座は信用を失う。千之丞がいても。いなくても。

全部私のせいだ！

「姉ちゃんは、芝居を続けたいんだろ？」

静かな声が、カンカンに熱くなった百多の頭に響いた。百多は顔を上げた。千多だ。真っ直ぐなまなざしでこちらを見つめている。

「役者を続けたいんだろ？」

「……私が役者なんて、できるわけがない」

「そんなことあるもんか。実際、俺がいなくなった後、千之丞を勤めたじゃないか。それに、さっきの人形振り」

熱のこもった顔つきで、千多がずいと身を乗り出す。

「あれはお七《しち》だろ。驚いた。目がまったく動かないんだ。首の動きなんて、本当にブラブラしていて気持ち悪いくらいだった。姉ちゃんは芯からの役者なんだよ」

「そうだな」

四雲がぽそりと言葉をこぼした。鼻梁《びりょう》のあたりをガシガシと掻《か》く。

「たまげたぜ。いつの間に、あんな所作を身につけていたのかって」

うん、と鳶六と鼓太郎も頷く。

「見入っちまった。舞台でやったら、きっと見物も驚くぜ」

「おうよ。武蔵屋も目じゃねえな」

目の奥がじわりと温かくなる。が、百多はすぐに「だけど」と息を詰めた。そして
ゆっくりと、吐き出した。

「私は女だ」

四人の目が、自分に注がれる。

「母ちゃんみたいに、一座を支える。それが女の私が本当にやるべきことだったんだ。

もっと心を砕いて、みんなの面倒を見て……そうしていればセンのことも、四雲たち
のこともっと分かってやれただろうよ。ドロンなんて、なかったかもしれない」

人でなし。修羅。芝居の神様に嫌われる。散々言われた言葉が脳裏をよぎる。

「私は間違えたんだ。もう、役者はやらない」

沈黙が渡った。風が吹いたのか、とんがった形の布の天井がぱたぱたと音を立てた。

見上げても、泥《なず》んだ闇が夜空のように頭上に広がっているだけだ。それでも、揺れて、
震えて、ふっと静止する気配が感じられた。

「どうだろうな」

すると、風の気配が消えると同時に、千多がつぶやいた。

「俺、母ちゃんに役者を辞めたいだなんて、口が裂けても言えなかったと思う」

「えっ？」

「あの人の心の中には、俺なんかにはとても分かり得ない何かが燃えていた気がする。確かに母ちゃんは花房座に尽くしたよ。でもそれって、女だからなのかな」

「そりゃ、そうだろ。だって、いつも母ちゃん」

男のために生きる、それが女だ――

千多が首を傾げる。

「そうかな。もしかしたら母ちゃん自身も、そう考えるしかなかったのかもしれないよ。自分の中に宿る熱さ、激しさの正体が分からなくて。それに〝女〟って名前を付けた……そう考えると、もしかしたら母ちゃんの人生も女形みたいなものだったのかもね」

「母ちゃんの、人生……」

「母ちゃんは、生涯をかけて〝女〟を演じていた気がするよ」

弟の思いがけない言葉に、百多は声を失った。

入り口のほうがばたばたと慌ただしくなった。五人が振り返ると同時に、はね上げられた垂れ幕の向こうから、カンナとシャオが飛び込んできた。

「コンバンハー！　遊びに来たヨ！」

二人の後ろから、数人の芸人がどっとなだれ込んできた。各々手にカンテラを持っている。驚くことに碇までが姿を現した。百多たちに歩み寄り、供の男衆に宿のものと思《おぼ》しい茶碗《ちゃわん》を並べさせると、持参した細長い瓶から赤黒い液体をどぼどぼと注《つ》いだ。

「我々の発展を願い、大いに酌み交わそうではないか！」

甘酸っぱい匂いが鼻腔《びこう》を満たす。飲み物かこれは？　おそるおそる口にしてみると、鼻に抜ける香りの濃厚さにまず驚いた。続いて舌の上にねっとりと広がるのは、苦いような甘酸っぱいような味わいだ。百多のこめかみのあたりがたちまち火照る。が、四雲らは「酒か？」「いけるな」と平気な顔でひょいひょいお代わりしていた。

「キミらは役者だな？　どこの一座だ？」

四雲らの飲みっぷりが気に入ったのか、碇が上機嫌に訊いてくる。初対面の時とはずい分態度が違う。口ごもる百多らの返事を待たず、一人でべらべらと喋り出した。

「もしやセンが農家出身というのは嘘《うそ》だったのかな？　だとしたら、彼はキミたちの一座で役者を？　オンナガタ？　うん？　言えない？　まあいい！　彼は非常に真面目で仕事ぶりもいい。訓練にも熱心に取り組んでいる。教えたことはすぐに覚えるし、将来は往来座のstarになるのは間違いない！」

調子がいいな。しかし、そこかしこで酒盛りを始める芸人らは楽しそうだ。四雲たちも「おうよ、センはやる時はやる男よ！」と赤ら顔で笑う。千多は謎の赤黒い液体に一口口をつけただけで、にこにこ笑っている。

逆立ちをしたり、跳ね回ったり、大きな丸い輪っかを胴にぐらせて勢いよく回したり。芸人らは各々好きに身体を動かし、笑っていた。彼らの笑いが闇を吹き飛ばす。どうやら往来座は、居心地が悪い場所ではないらしい。ほっとしている自分に百多は気付いた。

碇が百多のほうへ身を乗り出す。

「キミの踊りは大変興味深かった。カンナとシャオにも教えてやってくれないか？」

自分たちの名が呼ばれたと気付いた二人が駆け寄ってきた。その手はやはりがっちりと繋がれている。カクカク、と肘や脚を動かし、人形振りの真似をして見せる。身体能力が頭抜けているためか、その動きは鋭く、適当な振りでありながら人目を惹《ひ》いた。

しかし一之が考えた人形振りの所作を、勝手に教えていいものか。どう断ろうと百多が思案していると、ボンッという破裂音が背後で鳴った。「うおっ？」鳶六が尻で後じさる。振り返った百多もぎょっと息を呑んだ。

彫りの深い顔立ち、浅黒い肌をした男の芸人が、口から火を噴いたのだ。「えええっ！」鼓太郎が仰天して叫ぶ。

「火！　口から火噴いた！」

「はっ、腹の中に火種があるのか？」

が、よくよく見ると、口から何かを噴き、それに点火しているのだと分かる。天井が高いてんとだからできる芸当だ。ぼおお、と音を立て、火柱が夜の闇を吹き払う。

「あれ、火傷《やけど》しないのか？」

「訓練してるからね。でも、コツさえ摑めば誰でもできるようになるよ」

呆気に取られる百多の言葉に、カンナが答えた。隣に立つシャオも言う。

「噴くだけじゃないよ、あ、ほら見て。あのサイの芸」

彼女が指したほうを見て、百多はさらに目を剝いた。

サイと呼ばれた別の芸人の男が天井を仰ぎ、手に灯した火を口の中に落としたのだ。

「うおっ」四雲がのけぞって叫ぶ。しかし、口に火を入れたサイは平然としている。

百多は信じられない思いで彼を見た。

「Fire Eating、火を食べる芸だよ」

火を食べる。

とたん、百多の頭が目まぐるしく動いた。火。お七。「あれだ！」がばと立ち上がる。

「あれ！　あれ、教えてください！」

サイのほうを指し、叫んだ。千多たち、碇やカンナらも目を丸くする。

「姉ちゃん？　あの火の芸を？」

「そう！　お七は激しい恋ゆえに火付けをする。そんな彼女は、心の中にも燃え盛る炎を持っていたんだ」

衣裳《いしょう》と道具で火付けを見せる。そこへさらに、お七自身が火を食べたら？　腹の底から、ぐらぐらと滾《たぎ》る何かが突き上げてきた。両手両足を振り回し、わくわくと踊り出しそうだ。

見物はひっくり返って驚くに違いない！

「最高のケレンじゃないか！」

仁王立ちして叫んだ百多を、全員があっけに取られて見上げた。やがて、口をぽかんと開けていた碇が、うん、と頷いた。

「よかろう！　ではこうしようではないか。往来座は火の芸を、キミたちは踊りを、互いに教え合うというのはどうだ？　Give and take!」

「ちょ、ちょっと待て」

四雲が両手を振り回した。

「モモ！　おめえさっきなんて言ったよ。役者はやらねえ、花房座には戻らねえって決意したんじゃねえのか」

「あ」そうだ。

私はもう、役者はやらないと決めたのだ。

「辞める？　そんなことできるの？」

すると、立ち上がった千多がずいと顔を近付けてきた。その迫力に圧《お》され、百多は後じさった。

「姉ちゃん。姉ちゃんにとっての火はなんだ？　お七の火は〝恋〟、母ちゃんの火は〝女〟……姉ちゃんにとっての火は、すべて芝居に向かっているんじゃないのか？」

「セン」

「芝居のために火を食らうことも厭《いと》わない。それが姉ちゃんだ。姉ちゃんは根っからの役者なんだよ」

そして千多は四雲たちを振り返った。

「つまり、千之丞が男だという証さえ立てられれば、花房座に戻れるということだよね？」

「おっ？　お、おお、そうなる、のか？」

唖然としていた四雲らが、あわてて顔を見合わせる。

同じく立ちすくむ百多を、千多が見た。

「千之丞を花房座に戻そう。そのために、一世一代の芝居を打つんだ」

＊

白地の布に針を刺す。ぷつりとしたその手応えに呼吸を合わせる。白い地の色が、うっすらとした赤みを帯び始める。糸を潜《くぐ》らせ、裏からまた針先を返す。目指すところに的確に、刺す。ほんのわずかなズレも許されない。かすかなゆるみは、必ず絵を狂わせていく。

一刺し、一刺しが真剣勝負だ。所作事みたいだ。そう言ったあいつの言葉を思い出す。

異形の女形。花房千之丞。

暁《あかつき》は千之丞が着るお七の衣裳のために、炎の姿を縫取《ぬいとり》していた。裾から身ごろの中ほどにかけ、燃え上がり、舐《な》め尽くす炎だ。赤や橙《だいだい》、黄色に白でうねりを出し、黒や濃紺で影をまつわらせる。金糸、銀糸で激しい炎を熾《おこ》す。

もうどれくらいの時間、針を動かしているのか。暁には日々の感覚も分からなくなりつつあった。目の前の炎にだけ向かっていた。丸めた背はその形のまま強張《こわば》り、目は針の動きと糸の織りなす模様だけを見つめている。指先が火脹《ひぶく》れ、喉の奥が煤《すす》けてくる気がする。

「ごめんください」

　階下の戸を叩く音とともに、男の声が聞こえた。はっと暁は顔を上げた。ツタらは花房座の長屋でまかないをしているために不在だ。立ち上がろうとして、その場にひっくり返った。全身がガチガチに強張っている。部屋を出ると、廊下には盆に載せた朝食が置かれたままだった。布巾がかぶせてある。

　がくがくと膝が笑う脚で階下に下り、戸を開けて驚いた。茂吉が立っている。その背にはぐったりと目を閉じたハナが負ぶわれていた。

「長屋で倒れっちまったんですよ」

「倒れた？」

「ああ、熱はないようなのでご心配なく。俺の見立てじゃあ、寝不足なんじゃねえかな」

　ツタとカヨは手が空かないので、茂吉が送り届けるのを買って出たという。

「三弥が行くと言ったんですけどね……ちょいと、暁さんと話がしてみたくて」

　あわてて二階の部屋に行き、床を延べた。ハナを負ぶった茂吉が彼女を布団に横たえる。その寝顔を見て、「こんな子供なのに」とつぶやいた。寝ている少女の眉間には、深いしわが寄っていた。

続いて、縫取の作業が見たいという茂吉を自分の部屋に通した。が、室内は数日風呂に入っていない体臭がこもり、暗く淀《よど》んでいた。急いで障子窓を開け、換気をする。

「すみません」と振り返ると、茂吉はまったく気にしていないのか、膝をついて張り台の上に屈み込み、炎の縫取をしげしげと見下ろしていた。

「八重垣姫や海賊娘の時も面白えと思いましたが。暁さんはつくづく才のある方だ」

何と答えればいいのか、暁が戸惑っていると、「ですが」と茂吉は続けた。

「こんなすげえ縫取を作っていただいても……お七は掛けられねえかもしれません」

百多が姿を消してから五日が経《た》っていた。

千之丞の〝男の証〟を見せるよう、茂吉は多家良に詰められた。そのことを、暁は百多が姿を消した翌日に三弥から聞かされた。彼女が突然出奔した理由が腑《ふ》に落ちた。百多は、自分がいると花房座に累が及ぶと危惧したのだ。

どうやら、千之丞は病気で臥《ふ》せっていると多家良には伝えているらしい。しかし、その嘘も長くは持つまい。

「潮時です」

茂吉がつぶやいた。はっと暁は息を呑む。

「肝心の千之丞が不在だったにも拘《かかわ》らず、悪あがきした結果がこれです。人様を騙《だま》すような真似をした。その報いですよ」

そうだろうか？　暁の胸中に、熱いものがこみ上げてくる。

多家良座の千之丞はまがい物か？　あんなにも見物を酔わせ、楽しませた千之丞が？

俺に衣裳を作りたいと思わせた千之丞が？

「どうあっても、やぶっちゃならねえ律ってのはあるんですよ」

「それは……千之丞のことですか」

「俺はね、新奇なもの、型破りなものも嫌いじゃない。ただ、それをやるのは、定石の型をてめえにきっちりと落とし込んでからですよ。そしてそれを支えるのが培われてきた伝統ってやつだ。だが人間には限界がある。一定の作法がないと、伝統は繋げられない。多家良座の千之丞は……その作法を破った」

それは理解できる。できるけれど。しかし、湧き上がるこの思いを、暁は言葉にできない。

茂吉が苦い笑いを頬に浮かばせた。「まったくねえ」と力の抜けた声で言う。

「何度思ったか分かりませんよ。モモのヤツが、男だったらって」

その声音には聞いたことのない柔らかさがあった。ここにいるのは、花房三山《さざん》ではない。花房茂吉という一人の父親だ。

「モモとセンが子供の頃は、『先代萩《せんだいはぎ》』の御殿の段なんかをよく掛けたもんです。モモのヤロウ、こっちがたまげるような解釈で芝居を始めるんですよ。俺はそのたびに、芝居の型を壊すなって怒ったんですが」

「ああ。もしかして、なぶり殺しにされる千松《せんまつ》が笑ったっていう」

「そうです。だが、ちょいと面白いと思ったことも事実で。モモは、役を型より先に心で見る。そうするとね、確かに芝居に柔らかみが出るんですよ。本当に生きるんです」

そんなふうに茂吉が思っていたとは。驚く暁の前で、「だから」と彼が首を振る。

「だから、役者を辞めさせました」

「えっ？」

「あいつは女だ。あのまま役者を続けさせれば、結局はあいつ自身が苦しむことになる」

またも言葉が出ない。暁は黙って茂吉を見た。

「モモは芝居が好きだ。弟のセンよりはるかに。だけど花房座にいる限り、いつかは辞めざるを得なくなる。それで女房と話し合って、早めに辞めさせたんです。女のあいつには、それが一番幸せに違えねえって」

そして弟の千多には役者を。姉の百多には裏方を。

男だから。女だから。

言葉が口をついて出る。

「千之丞は」

自分で自分に驚いた。だが、これが偽りなき本心だ。

「千之丞はいい役者だ」

言い切った。しかし、茂吉はそっと首を振った。

「あいつは、戻ってくる」

「戻ってきても、もう花房座は――」

障子の外で小さい悲鳴が上がった。はっと二人は顔を見合わせた。急いで障子を開けると、廊下にハナが立っていた。黒目がちな瞳を震わせ、暁を凝視する。

「し、知ってたの？」

「え？」

「暁兄ちゃんも、千之丞さんが女だって、知ってたの？」

目を剝いた暁の前で、ぺたんと座り込む。ぼろぼろと涙をこぼし始めた。

「も、もういやだ」

「ハナ？」

「私、私なの、喋っちゃったのは、私なの」

「喋った……？　誰に。何を」

「数斉《かずなり》おじさんのこと、喋っちゃったのは、私なの」

息を呑んだ。「なんだって？」彼女の華奢《きゃしゃ》な両肩を手で掴む。

「どういうことだ？　いつ、誰に？　どうして！」

「暁さん」茂吉がやんわりと暁を制した。泣きじゃくるハナの背をぽんぽんと叩く。

「おハナちゃん。そのこと、ずっと一人で胸ン中にしまっていたんじゃないのかい？」

ハナがしゃくり上げながら頷いた。大小の涙の粒がぽたぽたと床に降り注いだ。

「そりゃつらかったねえ。どうだい。お前さんさえよかったら、おじさんに話してみないかい。大丈夫。誰にも言ったりしないよ。約束する」

茂吉の優しい声が、ハナだけでなく、暁の身にも沁《し》みる。この人は身一つで一座を率い、世間を渡ってきた大人の男だ。暁は改めて感じた。

泣き続けるハナの背を、茂吉は黙って叩いていた。やがて、ぐずぐずと鼻を鳴らしつつも、ハナは口を開いた。

「私、千束《ちづか》座の衣裳を扱えるのが嬉《うれ》しかった……母ちゃんに頼んで、仕立てた衣裳を持って行くのは、いつも私だった。五郎丸《ごろうまる》さんに会えるかもって思ったから」

ハナが五郎丸を贔屓にしていたことは知っていた。暁からすれば小さい衣裳屋を見下した鼻持ちならないヤロウだが、若い女の子からは絶大な人気を誇っているのだ。

「そ、そしたら、ある時、本当に五郎丸さんに声をかけられて」

稲荷町《いなりまち》の役者のための衣裳をそろえ、届けた時に声をかけられたという。ハナが天にも昇る気持ちになったことは、暁にも想像できた。

「……まさか。お前が喋った相手ってのは」

「暁兄ちゃんのことを聞かれて……私、五郎丸さんに数斉おじさんのことを、京都の有名な縫取師だったって、私」

そうだったのか。暁は呆然とした。まさか、数斉のことを話したのがハナだったとは。

五郎丸は、この話にさほど意味があるとは思わなかったに違いない。京都の縫取師ということから、武富《たけとみ》に話をしてみただけと思われる。だが、その結果はあまりに悲惨だった。

武富から千束座の座元に圧力がかかり、『かけがわ』は追い出された。職人を引き抜かれ、徹底的に細らされた。その心労から与一《よいち》は急死した。

「私、知らなかった、数斉おじさんのこと、でも、でも私が言わなければ、あんなこと言わなければ、お父ちゃんは、お父ちゃんは」

ハナが声を上げて泣き出した。発端が自分のせいだと知った時、この子はどれほど自分を責めただろうか。「くそっ」暁はうめき、泣きじゃくるハナを抱き寄せた。

「お前が悪いんじゃねえ！　俺の親父《おやじ》のせいだ。そして、俺のせいだ」

千束座では、納期や採算のことでしょっちゅう衣裳部屋ともめていた。人の良い与一に任せていては、『かけがわ』の技術が安く買いたたかれてしまうからだ。そこで暁がいちいち口を出すようになり、結果武蔵《むさし》屋からも煙たがられるようになったのだ。残っていられたのは、千束座の座元である兵頭から堅実な仕事ぶりを買われていたためである。

しかしその兵頭も、武富から圧力をかけられるや、あっさり『かけがわ』を切り捨てた。

五郎丸がハナに近付いたのも、きっとわざとだ。自分の贔屓であることを知っていて、何かしらの情報を引き出そうとしたのだ。生意気で目障りな衣裳屋を追い出そうと。

泣き続けるハナに、茂吉が優しく問いかけた。

「ねえおハナちゃん。おハナちゃんは千之丞のことを知っていたんだね。じゃあ……そのことを話しちまったのも？」

「ううん！」ハナは激しく首を振った。

「それは私じゃない！　本当だよ！　でも、五郎丸さんの弟子の五辰《ごたつ》さんに、その」

ハナが口ごもる。幼い容貌に似つかわしくないその姿に、暁の胸がきりきりと痛む。

「前から、花房座のみんなのこと教えろってしつこく言われてて……なんでもいいから、花房座の弱みになることを、も、もしも見つけてこなければ」

そして再びわっと泣き出した。

「私が、数斉おじさんのことを喋ったってみんなにバラすって」

「……なんだと」

「ごめんね、暁兄ちゃん、私、ずっと暁兄ちゃんのせいにして、こんなことになったのは、暁兄ちゃんのせいだって、私が悪いんじゃないって」

ハナの肩を強く抱き寄せた。その通りだ。お前は何一つ悪くない。父の数斉とともに『かけがわ』に転がり込んだ時、ハナはまだ生まれたばかりだった。それから十二年、カヨとハナとは兄妹《きょうだい》も同然に暮らしてきた。

暁は立ち上がった。許せねえ。その激情が腹の底から噴き上がり、憤死しそうだった。かっかと心身を炙る激情を、握り締めた拳の中にようやく閉じ込める。

「三山の旦那。申し訳ありませんが、止めないでください」

五郎丸のヤロウに、いや、武蔵屋に一言言ってやらないと気が済まない。

よくも俺の妹を泣かせやがったな。

無言で暁を見上げていた茂吉が、やがて苦笑いして答えた。

「そろそろ話をつけなきゃならねえのは、俺も同じのようです」

そう言うと彼も立ち上がった。驚く暁の顔を見て、「行きましょうか」ゆっくり微笑《ほほえ》んで頷いた。

妹を心配して戻ってきたカヨにハナを任せ、二人が向かった先は千束座だった。ここでは五日後に初日を控えた武蔵屋が総ざらいをしているはずだ。裏の新道《しんみち》を行き、楽屋口に立つ。二人を見た楽屋番の男衆が目を剝き、すぐに番頭へと取り次いだ。程なく立入りを許された暁と茂吉は、そろって二階の稽古場へと上がった。

広々とした板の間には、花房座とは比べ物にならない数の役者が居並んでいた。名題から稲荷町、複数の囃子方《はやしかた》に太夫、衣裳や道具を持った裏方も出入りしている。その只中《ただなか》、上座に武蔵屋の長、三代目殿川五右衛門《とのかわごえもん》が座していた。彼の前が空き地のごとくぽっかりと空いている。「あちらへ」と男衆に促された暁と茂吉は、刺さりそうな敵意と好奇の視線の中、五右衛門の前に座った。お白州に引き出された罪人さながらだった。

「チンチンに熱くなってる中、あいすみません」

茂吉が頭を下げる。五右衛門がふっと笑った。

「懐かしいなその言い方。初日が近くなってくると、親父はいっつもそう言ってたな。

チンチンに熱を上げろ、てめえの中の火を熾せってな……で？　何の用だ。お前さんのところも、もうすぐ初日だろうよ。こんなところに油を売りにきていいのかい」

「はい。ちょいと昔話がしたくなりまして。その〝火〟の始末について」

茂吉と五右衛門の視線がぶつかり合う。見えない火花が散った気がして、暁は声を呑んだ。五右衛門がそばに控えている弟子に鋭い声で言った。

「全員下がらせろ。俺が言うまで、誰も近付けるな」

周囲にさっと緊張が走る。豪放磊落《らいらく》な芸風を売りにしていた茂吉の師匠・二代目殿川五右衛門と違い、息子である三代目五右衛門の芸風は神経質で硬い。役の性根をとことん研究して考える性質で、ほどほどというところがまるでない。それは張り台にぎりぎりまで広げて張った布地を連想させた。針先でほんの小さな穴を開けるだけで、すぐに裂けてしまいそうな。

不穏になった空気が、暁と茂吉への反感をいや増した。殿川一門の役者たちが二人をじろじろと睨み、露骨に舌打ちしながら階下へと去っていく。最後に残った五郎丸と、いつも付き従っている弟子の五辰も腰を上げかけた。

「若太夫にもいていただきたい。そちらのお弟子さんも」

茂吉の言葉に、五郎丸がちらと父を見た。五右衛門が頷くと、二人は渋々座り直した。

広い板間に静寂が満ちた。先ほどまで台詞や糸の音、太夫の声が飛び交っていた分、静けさがよけいに沁みる。じりじりと濃くなる緊迫に、暁は硬く握っていた拳をそっと解いた。

「そういや、この前の『海賊娘』。面白かったぜ。散切《ざんぎ》りは散切りだが、色気があらあな。多家良座の座付き作者はなかなか面白えな」

五右衛門の威厳のある声が響いた。「恐れ入ります」茂吉が頭を下げる。

「千之丞も悪くねえ。ちょいと荒っぽいが、妙に目を惹く華がある。筋もいい。ありゃあ、仕込んだのは田之倉一之だろう？」

「ご明察です」

「一之もな。あんなことがなけりゃあ、東京を出ることもなかったんだろうが」

どういうことだ？　暁が内心首を傾げると同時に、茂吉がぽつりとつぶやいた。

「時間がかかりました」

五右衛門も小さく頷く。

「そうだな」

「すべてを呑み込み、理解するには……このくらいの年月が必要でした」

二人の声には、誹《そし》りや憎悪のような強い感情はなかった。ただ、互いに遠くを見遣《みや》って懐かしむ、同志めいた趣さえあった。

「火を付けたのは、女でした」

火。暁が息を呑む暇もなく、茂吉は続けた。

「大師匠の家に火を付けたのは、俺の女房、鶴《つる》だ」


思いがけない言葉に、暁、そして五郎丸も呆気に取られた。

「火付けをしたのが三山の女房だった……？　どういうことだ」

五郎丸が色を失った顔で父と茂吉を交互に見る。

「どういうことも何も、それが真相なんですよ。若太夫」

「なぜ、そんな」

「それをあたしも伺いたいんで。……若」

茂吉が、かつてそう呼んでいたであろう五右衛門の敬称を口にした。五右衛門は眉をひくりと動かしただけで、色の薄い唇を引き結んでいる。先代の大作りな風貌とは対照的ながら、その分、また違う強《こわ》い芯が感じられる。

「火事があった日の明け方、あたしは師匠に呼び出されました。そして聞かされたんです。……鶴が火を付けたところを見た者がいると」

ぞくりと暁の肌が総毛だった。聞いたところによれば、茂吉の妻の鶴は穏やかで、座員らから慕われていたという。その姿と、深夜に夫の大師匠の家に火を付ける妻という姿がどうしても重ならない。芝居ではないが、狐《きつね》に憑《つ》かれたのではないかと思ってしまう。

「今も昔も火付けは大罪だ。だから師匠は俺に言った。『姿を隠せ』と。捕まってお上に突き出されたら、それこそ死罪だ。当時は御一新後で、世情も不安定だったからなおさらです。とはいえ、突然のことにあたしは頭が混乱してしまって。なぜ、鶴はそんなことを。そう思っていたあたしに、師匠が手をついて頭を下げたんです」

訥々《とつとつ》とした語り口だというのに、当時の茂吉の驚愕《きょうがく》、困惑が手に取るように感じ取れた。誰もが黙って彼の言葉に耳を傾ける。

「そして一言、『許せ』と。あたしは師匠が何を謝っているのか、まるで分からなかった。師匠はほとぼりが冷めたら、必ず江戸に……東京に呼び戻す。だから今は、こらえて東京から離れて、人々がこの火事のことなどすっかり忘れるまで待っていてくれないかと」

静かな水面《みなも》を思わせる茂吉の表情に、かすかな揺らぎが生じた。

「ですが、そんなわけにはいかない。理由はともかく、大師匠の家に火を付ける。あたしの女房が、とんでもない不始末をしでかした。それを師匠は見逃し、とにかく逃げろとまで言っている。とても顔向けできない。何年か後、呼び戻してもらうなんてもっとできない。だからあたしは言ったんです。破門してくれと。そうして、東京を出たんです」

広い稽古場がしんと静まり返った。芝居なら、ここで糸が鳴り、太夫が渋い声色で苦悶《くもん》の心情を切々と語るところだ。

「最初はひでえもんだった。どこに落ち着いても鶴は泣きどおし。死のうとしたことも何度かあります。あたしを慕ってついて来てくれた三弥がいなけりゃ、モモもセンもどうなっていたことか。だけど妙なんですよ。鶴はどうあっても火付けの原因を言おうとしなかった」

暁にも解せなかった。茂吉は、役者としては順風満帆だったはず。なぜ鶴はそれを壊すような真似をしたのか。ちらと五右衛門を見ると、彼は固く唇をひき結んで座したままだった。

「ほかの旅芝居の一座に加わるようになり、全国を回る間に鶴もずい分と落ち着いてきました。あたしは師匠からいただいた三山の名をどうしても捨てられず、花房三山と名乗って旅回りを続けました。そこにやはり東京を出奔した一之さんが加わり、改めて花房座を旗揚げしたんです」

茂吉が五右衛門を真っ直ぐ見つめた。五右衛門もその視線を真正面から受け止める。

「大師匠が亡くなった後、師匠からは東京へ戻ってこいというありがたい言葉を何度かいただいておりました。が、一度は破門された身。女房の不始末もあります。東京には二度と足を踏み入れないという覚悟のもと、やってまいりました。師匠の訃報を耳にした時は、あれだけ世話になったのに、挨拶の一つもできなかったと一人で泣いたものです」

そして床に両手を付いた。

「多家良座さんからお話をいただいた時は迷いました。ですが……鶴も師匠も泉下の人となった今、どうしても知りたいことがあった。この十数年、ずっと考え続けていたことです。なぜ鶴は火を付け、師匠は逃げろと言ったのか。……若」

緊張がぴんと張り詰める。

「鶴の火付けには、若が絡んでいるんじゃないですか」

「貴様！」とたん、五郎丸が立ち上がった。

「貴様、言うに事欠いて親父が……三代目殿川五右衛門がてめえの女房を唆《そそのか》したとでも言い出すつもりか？　ハッ、どこまで性根が腐ってやがる！」

「とっとと出て行け！」五辰も茂吉に食ってかかろうとした。

「やめねえか！」

そんな二人を五右衛門の一喝が制した。彼と茂吉の視線が、再び熱を持ってぶつかり合う。暁も息を詰め、事態の推移を見守った。

すると、五右衛門が唇の両端をくっと吊《つ》り上げた。顔から全身、心にまでひびが入りそうな、痛々しい笑みを浮かべた。

「ああ怖え怖え。女ってのは、本当におっかねえよ。おい五郎丸。てめえも武蔵屋の若女形の看板ぶら下げているんなら、そこんところよく覚えておけ」

　神経質な印象が嘘のように、頭をガシガシとひっかく。

「言い訳になるがな。お鶴さんが、まさか火付けなんぞをするとは思わなかったのよ」

「……若は、鶴になんと言ったんで？」

　五右衛門の面《おもて》に、複雑な色合いが浮かんだ。微妙に異なる何色もの糸を、隙間なく刺し込んだかのようだ。

「親父はよ、いや、親父だけじゃねえ。大師匠も、いずれはてめえを名題に昇進させるつもりだったんだよ」

　暁のみならず、五郎丸も五辰も目を瞠《みは》った。ただ一人、茂吉だけが表情を変えず、じっと五右衛門を見つめている。

「武蔵屋の門弟は役者の子弟ばかりだ。あの家柄に厳しい大師匠までが、まるで門外のてめえの名題昇進を呑んだってのが俺には信じられなかった。それくらい、てめえの芸を皆が買っている。そう思うとよ、悔しくて、悔しくて、夜も眠れねえくらいだった。だからあの日、道でばったりお鶴さんと顔を合わせた時、俺はこう言っちまったのよ。〝お鶴さん。三山の出世はもう打ち止めだぜ。何しろ、大師匠がこれ以上は絶対に許さねえと言っている〟」

ここまで冷静だった茂吉の顔に変化が生じた。唇がかすかに震える。

「ハッ。笑えよ。口から出まかせ、とんだ負け惜しみだ。だがよ、俺はとにかく何かの権威にすがりたかったんだろうな。一度嘘を言ったら止まらなくなって、〝大工の息子なんぞを、名題下に昇進させただけでも武蔵屋の看板に傷がつくってお冠だ〟って、自分の願望を、あたかも大師匠が言っていたかのようにベラベラベラベラ話しちまった。鶴さんは俺の与太を黙って聞いていたよ。聞いているのかいないのか、分からないくらい静かな顔で。あんまり動じないもんだから、ああ、嘘だって見抜かれた。俺はそう思ったくらいだった。そしたら、あの夜」

鶴は大師匠・初代五右衛門の家に火を付けた。

ぶるっと暁は身を震わせた。女の一心が付けた遠い火に、自分の背中が炙られたような気がした。

「大師匠さえいなくなれば、三山が名題に昇進できる。お鶴さんはそう思い詰めたんだろうな。いや。それだけじゃねえ。芝居町の不条理を、やはり芝居町育ちのお鶴さんは身に沁みて知っていた。あの人が付けた火は……怒りだったのかもしれねえな」

ははは、と五右衛門が弱く笑った。ため息によく似た笑い声だった。

「可愛がってる弟子の女房が火付けをした。そう聞いた親父は、すぐに俺のせいだと勘付いたよ。親父は俺がどれだけてめえを憎んでいたか知っていたからな。『お鶴さんにてめえが何か吹き込んだのか』って真っ先に訊かれたよ。もちろん俺は黙っていたがな」

惨《むご》い。暁は横目で茂吉の顔を窺《うかが》った。

茂吉は五右衛門、そして妻のせいで、役者としての人生を十何年も棒に振ったのだ。彼があのまま東京に、先代のそばにずっといたら、どれほど立派な役者になったであろうか。

「親父」五郎丸が顔をしかめた。今や役者としての挙措《きょそ》も投げ出し、あぐらをかいて仏頂面をさらしている。

沈黙が稽古場を満たした。奪った者と、奪われた者の対峙《たいじ》は、すべての言葉を無意味にする。暁は今にも茂吉が飛び出し、五右衛門を殴るのではないかと思った。同じことを思うのか、五辰が中腰になっている。しかし、五右衛門は逃げるでもなく、静かに茂吉の前に座していた。

茂吉が動いた。はっと暁らは身を強張らせた。が、彼は再び床に手を付くと、深々と頭を下げた。

「若。折り入ってお願いがございます」

「願い……？」

「あたしが花房座を廃座した際には、座員らを引き取っていただけませんか」

暁は息を呑んだ。五右衛門も眉をひそめる。

「廃座？」

「はい。ここらが潮時かと思いまして。苦労をかけた女房を亡くし、娘と息子に去られ……これは全部、俺が役者だったせいなのかと。俺の芝居をやりたいという気持ちが、あいつらを巻き込んだのかと」

娘と息子。暁は内心ひやりとした。

「ただ、気がかりなのは座員らの身の振り方です。武蔵屋さんにお引き受けいただければ、あたしも安心です」

「本気か？　今度のお七の演目比べはどうする」

茂吉が弱く首を振る。もう、花房座には芝居を掛ける力が残っていない。そのことをひしひしと感じさせる姿だった。百多。暁の脳裏に、消えた若女形の姿がよぎる。

本当にお前は戻ってこないのか？

「それと」茂吉が啞然と話を聞いている五郎丸と五辰のほうへ視線を投げた。

「これは若のほうからぜひお伝えしていただきたいのですが。今後は無関係な女の子をいじめるような真似はしないでくださいと」

「ああ？　どういうこったそれは」

「若から若太夫にそう言っていただければ結構です。あたしもこの先、よけいなことを口にするつもりは一切ありません」

五右衛門が渋面を息子に向けた。うなるような低い声音で訊く。

「てめえ、何かやったのか？」

五郎丸の代わりに、五辰が身を乗り出した。

「師匠、あたしです。全部あたしの一存でやったことです」

「だから何を、って訊いてんだ！」

「てめえんとこの千之丞。本当は女なんだろ」

しかし、自分を庇《かば》う五辰を一顧だにせず、五郎丸は憎々しげに茂吉に向かって吐き捨てた。この男が舞台の上では美しい女に変化《へんげ》するのだから、役者とはつくづく化け物じみていると暁は思う。

「てめえ百多って娘がいたよな。死んだってのは嘘だろう。あの千之丞、モモって呼ばれてるらしいじゃねえか。どんな理由か知らねえが、てめえは女を千之丞だと偽って舞台に上げてる」

そして暁を見た。ふんと鼻で嗤《わら》う。

「『かけがわ』に、よく喋る娘がいるだろう。五辰が通りでちょいと声をかけたら、自分からベラベラ喋ったんだとよ。千之丞《か》がモモって呼ばれてるってな」

「……そういうことか」暁は唇を強く噛んだ。

五辰に言葉巧みに扇動され、花房座の内情を喋ってしまったのはカヨだったのだ。

しかし、ハナとは違い、自分が何を言ってしまったのかはおそらく分かっていない。

暁を睨む目をギラギラと光らせ、五郎丸が続けた。

「辛気臭え妹とは違ってよ、ずい分と簡単だったみてえだぜ」

頭の中が白くなる。気付くと、暁は目を剝いた五郎丸の襟元を摑み上げ、床にねじ伏せていた。五郎丸の背中が床に激しく打ち付けられる音と、五辰の叫び声が混じった。

「てめえが……てめえが俺の親父のことを、武富に」

そのせいで『かけがわ』は追い込まれた。与一は死んだ。ツタ、カヨとハナが泣いた。

「てめえのせいで、てめえのせいで掛川《かけがわ》の人たちは」

違う！　暁は心の内で叫んだ。こいつのせいだけじゃない。俺と親父のせいだ！

「！」

突っ込んできた五辰に脇から組み付かれた。背は低いが、がっちりと厚い身体つきの五辰に勢いよく押し倒される。

「三山よ、てめえは東京の芝居を穢《けが》したんだよ！」

喉を締め上げられた五郎丸が身を起こし、しわがれた声で怒鳴った。

「男と女を一緒の舞台に上げた。こんな大それたこと、ドサ回りじゃどうだか知らねえが、ここじゃあ許されねえんだよ！」

何を？　五辰の太い腕にぐいぐいと首を押さえ付けられながら、暁は歯ぎしりした。

千之丞が、何を穢したというのか？

「女だとしたら、どうなんでしょう」

すると、茂吉が静かに口を開いた。「ああ？」五郎丸が目をすがめる。

「もしもあれが女だったら、役者としての評価も変わりますか。女役者の芝居は、存外評判がいいと聞きますが」

「けっ。女役者に評判もへったくれもあるかよ。あんなもん、いいと言ってる連中なんざ女子供ばかり、男はせいぜい女どもの媚《こ》びに迷った間抜けだろうよ」

「そうですか。では、もしも千之丞が女なら、武蔵屋の座頭、殿川五右衛門も女の媚びに迷ったということでよろしいでしょうか。先ほど、千之丞は筋がいい、華があるというお褒めの言葉をちょうだいしたばかりですが」

うっと五郎丸が息を呑んだ。うろたえた顔で茂吉と父親の顔を交互に見る。

「てめえ。そんな屁理屈でごまかそうと」

「ああそうか、それで若太夫は千之丞が女だってビラを投げたんですね？　千之丞の芝居は評判が良うございました。けれど先見の識がおありの聡明なる若太夫は、騙《ま》されるな、女ごときの色香に迷うなという義憤に駆られたのですね？　だからビラを撒くなどという卑怯《ひきよう》な真似をしてまで、目の前の役者が男か女かも判断できない、無知蒙昧《もうまい》な多家良座の座元を教え導かんとした？　挙句は金主《きんしゆ》の赤木《あかぎ》さんのもとにまでビラを投げた？」

まさに立て板に水だ。茂吉の胡散臭《うさんくさ》いほどの弁の立ち具合に、暁も暁を押さえ込んでいる五辰もぽかんとする。

「ビラ？」五右衛門が顔をしかめた。青ざめた息子を睨みつける。

「おい。聞いてねえぞ。なんだそれは」

「あっ、あたしです！　あたしが勝手に撒きました！　申し訳ありません！」

ろくに言葉も出ない五郎丸に代わり、暁を放り出した五辰が五右衛門の前で土下座をした。五右衛門の眉間のしわがみるみる盛り上がる。

「どういうこった。てめえ、そのビラに何を書いたんだ」

「さ、最初は殿川三山のことを……ですが、それほど反応がなくて、そしたらあの『かけがわ』の娘っ子から千之丞がモモって呼ばれてるって聞いて」

「千之丞が女なんじゃねえかと疑ったと？　それでさらにビラを投げた？」

「女を出すなんざ許せねえと思ったんです！　だからあたしは」

「バカ野郎が！」突如立ち上がった五右衛門が、五辰に蹴りを食らわせた。彼の肩、背中、頭を散々に蹴る。平素は静かに見える分、突然の暴挙は恐ろしいほどの迫力があった。五辰は五右衛門に蹴られるたび、「すみません、すみません」と叫んだ。「まあまあまあ」と茂吉が組み付いて止めなければ、階段の上から蹴り落とされたかもしれない。

「将来有望な若者ですぜ。怪我《けが》でもされちゃあ、こっちも寝覚めが悪い。これでとんとん、すべて水に流しましょうよ」

「こいつら、陰でこんなくだらねえ小細工を──」

しかし、そう言いかけた五右衛門が、はは、と乾いた笑い声を上げた。

「俺も同じか」

そして天井を振り仰いだ。浮き上がった目尻のしわが、近寄りがたいこの役者の風貌をかすかに和らげた。

「なあ三山。笑っちまうじゃねえか。ああしてお鶴さんを追い詰めて、てめえを武蔵屋から追ん出してもよ。俺の口跡が滑らかになったわけでも、踊りにキレが出たわけでもねえんだぜ。残ったのは、卑怯な真似をしたっていう澱《おり》だけだ。その澱だけがずっと、腹の底にある」

「若」

「だがよ。この澱が、俺という役者の陰影になったのは確かだ。おかしなもんだな」

「それはあたしも同じです。べらぼうな量の屈託を呑み込んで、あたしは、あたしという役者になりました」

そう訥々と語る茂吉を、五右衛門がじっと見つめた。

「恨んでいるだろうな。俺を。てめえの女房を」

「いいえ」しかし茂吉は静かに首を振った。

「そりゃあ最初は悲観しました。理由を言わない鶴に焦《じ》れて、撲《ぶ》っちまったこともある。だけど、絶対に口を割らない鶴を見て、こりゃあ原因は俺にあるんじゃねえかと思うようになりました。あいつのことだ。きっと、俺のためのやむにやまれぬ事情があったのだろうと。そう思ったら、憑きものが落ちたみたいに肩の力が抜けまして」

「ほう?」

「それからは旅役者の一座に加わり、自分の一座を旗揚げし……苦労のし通しでした。いつも金勘定のことが頭から離れない。てめえの世間知らずにも驚いた。十になるかならぬかの歳《とし》に弟子入りして、ずっと芝居町の中で生きてきましたから。でも」

その顔に淡い笑みが浮かぶ。

「面白かったですよ」

その言葉に負け惜しみ、自嘲、虚勢……そんなすれた心根は一切感じられなかった。これは、茂吉の心《しん》からあふれる気持ちなのだと暁は感じた。

「女が、俺の人生をガラリと変えたんです。見るもの、触れるもの、何もかも。こんな奇妙で面白いことはない。この面白が、俺の役者人生にどれほどの彩を付けてくれたか」

清々《すがすが》しいほどの声音で言い切る。かすかに目を細めた五右衛門が、ふっと息をついた。

「お鶴さんが火付けをしたと聞いた時は驚いた。そして恐ろしくもなったし、妬ましくもなった。てめえへの想《おも》いはそんなに深いのかと……ハッ。くだらねえな。俺なんぞ、お鶴さんの眼中になかったことはガキの頃から分かってたってぇのによ」

五右衛門と鶴は幼馴染《おさななじ》みだったのか？　すると、五右衛門の視線が驚く暁に移った。

「悶着《もんちゃく》を起こした衣裳屋ってのはお前さんかい。なんなら千束座に戻れるよう、俺が口添えするぜ」

なぜか暁は返事をためらった。しかし五右衛門は暁の返答を待たず、すぐに茂吉を振り返った。

「廃座するってのは本気かよ」

「はい。明日、多家良さんと金主の赤木さんに会う予定です。その際に、はっきり言うつもりです。ですから若。どうか花房座の連中のことをお願いいたします」

茂吉が深々と頭を下げる。その姿を見ていた五右衛門も、やがて深く頷いた。

「分かった。引き受ける。安心しな」

明日。暁は息を詰めた。

明日、花房座は消えてしまう。


夕刻の陽《ひ》が部屋の畳を斜めに舐め、退《さが》っていく。油障子を照らしていた明るみが闇色に染まり切る頃、暁の手元もすっかり暗くなっていた。糸の一本一本が見えづらくなる。が、明かりに火を入れる気になれぬまま、暁は自分の手元をじっと見つめていた。縫い取った炎の赤色が、目の中でみるみる暗がりに沈んでいく。

今頃、茂吉は茶屋『鶯屋《うぐいす》』で多家良、赤木と会っているはずだ。

彼の廃業するという決意は固かった。そして残った花房座の座員らのためにも、千之丞の正体はなんとしても明かさないつもりである。昨日は勢いで言いくるめることができたが、今日はそういうわけにはいかないだろう。頑として千之丞は男だと言い張るはずだ。

だが、千之丞本人がいない状況でそれが通じるか。茂吉は、降りかかる厄介を全部一人で引き受けるつもりなのだ。そのために、ほかの座員の身を武蔵屋に預けた——

「いって！」

指先に鋭い痛みが走った。生地の下から出した針先で指を刺してしまったのだ。見ると、左の人差し指の腹にぷつりとした赤い球が浮かんでいる。布地と縫取を汚さぬよう、あわてて張り台から離れた。嘘だろ。指を刺すなんて、ガキの時以来だ。

「ちっ」「今日はもう終《しま》いだ。道具を片付け始める。今や、この炎の縫取は誰に求められているわけでもない。みんながみんな、口をそろえてこう言っている。

花房座は終わりだ。

お七はやれない。

掛川の家は静まり返っていた。母娘は長屋に行っている。もちろんハナも一緒だ。暁はハナに、自分が何をしたかツタとカヨには黙っているよう言い含めた。こんな事実を知っても全員が苦しむだけだ。そしてこうも言い聞かせた。

「お前はまた自分のせいだって苦しむことがあるかもしれない。その時は必ず俺に吐き出せ。そしたら、俺は何度でも言う。お前は絶対に悪くないと。いいな？」

突然、店の戸が乱暴に開かれた。暁はぎょっと立ち上がった。ハナたちに何か？

しかし階下の戸口に立っていたのは朱鷺だった。顔を見るなり「行くぞ」と顎をしゃくる。

「行く？　どこに」

「鷺屋に決まってんだろ。みんな集まってる」

「みんな？」目を白黒させる暁の手首を取り、朱鷺が強引に連れ出す。そのまま多家良座のほうへ向けすたすたと歩き出した。

「鷺屋って、みんなってなんだ？　おい」

朱鷺は答えない。鷺屋に着くと、玄関先に出てきた女中に目配せした。女中も「ちょうどお着きですよ」と知った顔で頷く。朱鷺とともに鷺屋の二階へと上がり、廊下の奥の座敷に入って目を瞠《みは》った。

一間に花房座の面々が集っている。一之までがいた。暁と朱鷺に気付き、目礼してくる。「何を」と言いかけた暁の口を、朱鷺の手がふさいだ。

「静かに。今、役者がそろったところだぜ」

「そろった……？　まさか」

「おうよ。三山の旦那と座元、そして金主の赤木さん」

朱鷺がささやくと同時に、茶を運んでいた女中らが部屋を出た気配がした。程なく、多家良の低い声が襖《ふすま》越しに聞こえてきた。

「赤木さん、本日はご足労いただき、ありがとうございました」

赤木は無言だ。

「本日は三山本人から申し開きをさせるべく、このような席を設けました。さあ、三山」

栗助《くりすけ》や九太が襖にぴったり耳を張り付かせる。知らず、暁も襖へと近付いた。一方、三弥は一同と離れて窓際に立っていた。階下の往来をじっと睨んでいる。

茂吉の声が漏れ聞こえてきた。

「赤木さん。座元。このたびはとんだご迷惑をかけてしまい、申し訳ございません」

「三山。ちゃんと赤木さんに説明して差し上げろ。てめえが東京を出た時に起きた武蔵屋の火事。あれはてめえとは無関係だな？　千之丞の妙な噂も」

「その前に、お伝えしなきゃならねえことがあります」

暁は息を詰めた。襖越しに座頭の声を聞く座員らも、いっせいに身を乗り出す。

「あたし、花房三山は本日をもって——」

その時だ。

甲高い音色が下の往来から湧き上がった。わっと人々が声を上げる。暁は驚いて窓を振り返った。窓から身を乗り出した駿が目を輝かせた。その口から甲高い声が迸《ほとばし》る。

「オーライ！」

初めて聞くその声に、九太が驚いた顔をした。朱鷺が窓に駆け寄り、「往来座だ！」

と叫んだ。

往来座？　暁もあわてて窓から見下ろした。

行き交う人ごみをかき分け、奇妙な一団が進んでくる。性別、年齢、国籍も衣裳も雑多な一団は総勢三十人をくだらない。その集団を、羽織袴にちょん髷姿という時代錯誤な男が率いていた。きらきら光るラッパを吹き鳴らす金色の髪の男、腹の前に抱えた太鼓を先の丸いバチで叩く浅黒い肌の男、彼らの演奏に合わせ、ちょん髷の男が朗々とした声を張り上げる。

「世界の国をまたにかけ、七つの海を渡りきり、戻ってまいりました碇譲児率いる往来座！　往来座が横浜で曲馬の芸をご披露いたします！　そのため口上左様！」

少女が二人、前に躍り出た。一人が大きな鞠を転がし、一人がその上で宙返りを見せる。わっと見物が沸くと同時に下に飛び降りると、二人は並んだ姿勢でぴたりと止まった。ほんのひと呼吸置いてから、まったく同じ動作で首、手首、肘をかくかくと動かし始める。気味が悪いほどそろったその動きは、彼女たちを生きた人間ではなく、別の物に見せた。

「……人形？」

続いて長い槍《やり》をぶんぶん回す男、ぴょんぴょん跳ねながら大きい輪っかを潜る女が次から次へと現れ、とにかく目まぐるしい。隣室の茂吉らも、窓辺からこの光景を唖然と見下ろしていた。

と、一団の中に町駕籠《まちかご》が紛れていることに暁は気付いた。俥や鉄道の発達に圧され、今はほとんど見られなくなった乗り物である。珍しい。担ぎ棒の前後には筋骨逞《たくま》しい男の芸人がいた。簾《すだれ》がかぶせてあるため、中の様子は窺えない。

その駕籠が往来の隅に下ろされた。人々は次々繰り出される芸に夢中で気付かない。簾がそっと持ち上げられ、下から足袋《たび》と草履を履いた足先が覗いた。身をよじるようにして出てきた人物を見て、暁は仰天した。

「千之丞！」

「えっ？」朱鷺が身を乗り出した。

駕籠から現れた人物は、高島田の鬘《かつら》、籠目《かごめ》と菊文様の黒縮緬《くろちりめん》の振袖といういでたちだった。襟元には目立つ緋鹿子《ひがのこ》の布《きれ》が差してある。白塗りに美しい化粧を施したその面立ちを、手にした懐紙ですぐに隠す。百多？　暁の全身から体温が飛ぶ。

「弁天小僧《べんてんこぞう》か」三弥がうめいた。現れた千之丞を見た長介が「ホントだ」と言う。

「もしやあの恰好《かっこう》……浜松《はままつ》屋の段？」

『青砥稿《あおとぞうし》花紅彩画《はなのにしきえ》』、通称『白浪五人男《しらなみごにんおとこ》』の浜松屋の段だ。五人の盗賊の活躍を描くこの狂言の中で、弁天小僧は女装の盗賊である。商家の浜松屋で武家の娘から盗賊の男という正体を現し、啖呵《たんか》を切る場面はことに有名だ。

面を伏せた弁天小僧が、芸人らの真ん中にしずしずと進み出て、彼らに囲まれるような形で道に座り込む。額には懐紙を押し当てたままだ。すると、芸人の中から侍姿の男が現れた。弁天小僧の背後に立ち、声を上げる。

「さて最前よりの一部始終、一間《ひとま》で残らず承ったが、よくぞご了簡《りようけん》いたされた。人は勘弁が第一でござる」

登場人物の一人、駄右衛門《だえもん》の台詞だ。花房座の面々が息を呑む。四雲だ。すると、今度は一団の左手から別の侍が現れた。

「了簡しがたきところなれど、何を申すも女儀《によぎ》の同伴《つれ》ゆえ」

続く南郷力丸《なんごうりきまる》の台詞を言ったのは鳶六だ。「六さん」と栗助が呆然とつぶやく。

駄右衛門は弁天小僧と南郷が盗賊であると見破り、正体を現せと迫る。

「女と言うても憎からぬ姿なれども、某《それがし》が、男と知ったは二の腕にちらりと見たる桜の彫物、なんと男であろうがな。

ただし女と言い張れば、この場で乳房を改めようか」

「さあ」「さあ」「さあ」「さあ」「さあ」

四雲が威厳ある声を張る。

「騙《かた》りめ、返事はなな何と」

暁も朱鷺も、花房座の面々も、聴衆も息を詰める。追い詰められた弁天小僧が、男の正体を現すところだ。

うつむき、震えていた弁天小僧が上体を起こした。一瞬にして力を帯びた表情が、強く図太い男のそれになる。

「兄貴。もう化けちゃいられねえ。俺《おら》ぁ尻尾《しっぽ》を出しちまうよ」

ふてぶてしい声音に、暁のうなじがさあっと逆立った。弁天小僧は帯留め、帯を外しながら喋り続ける。

「べらぼうめ、男と見られた上からァ、窮屈な目をするだけ無駄だ。もしお侍さん、ご推量の通り、私《わっち》ぁ男さ。どなたもまっぴらごめんなすって」

ざっと立ち上がり、身を戒めていた着物をするすると剝がしていく。胸元を大きく開き、赤い襦袢《じゅばん》から脚をさらけ出してどかりと胡坐《あぐら》をかく。団員の一人が差し出した煙管《きせる》を受け取った。暁はひやりとした。大丈夫なのか？　どういうつもりなのか。

が、白粉を塗り込めた脚を見た暁は眉をひそめた。あの筋肉。いくら百多が女らしさからほど遠いとはいえ、逞しすぎないか。

「ドウ見テモ」「オ嬢サント」「思《おぼ》イノホカノ大騙リ」「サテサテ太イ」「奴ダナア」周囲の芸人らが、即席で覚えたと思しい浜松屋の店の者の台詞を言う。

「それじゃあ、まだ私等《わっちら》をお前《めえ》方は知らねえのかえ」

「オオ」「ドコノ馬ノ骨カ」「知ルモノカ」

いよいよ有名な啖呵を切る場面だ。「千之丞！」集まる人々が口々に声を掛けた。すべての視線が千之丞に集まる。着物の裾をはだけて胡坐をかく弁天小僧が、煙管を構えてぐっと聴衆を睨む。

「知らざあ言って聞かせやしょう。浜の真砂と五右衛門が歌に残せし盗人《ぬすっと》の種は尽きねえ七里《しちり》ヶ浜《はま》、その白浪の夜働き、以前を言やあ江《え》ノ島《しま》で年季勤めの稚児《ちご》ヶ淵《ふち》――」

有名な啖呵を朗々とうたい上げる。誰もがその滑らかな口跡にうっとりと聞き入っていた。しかし、暁はそれどころではない。……まさか。

まさか、あの千之丞は。

「ここやかしこの寺島《てらじま》で小耳に聞いた祖父《じい》さんの似ぬ声色で小ゆすり騙り、名さえ由縁《ゆかり》の弁天小僧菊之助《きくのすけ》たあ、俺のことだ」

千之丞が片肌を脱いだ。左の腕に入れた桜の彫物を見せる。聴衆がどよめいた。通常は桜の刺青《いれずみ》が描かれた肉襦袢を着付けの下に着る。が、千之丞は素肌に桜の絵を描いていた。女たちの嬌声《きょうせい》が上がる。暁だけでなく、花房座の面々も目を丸くした。桜のもんもんが入ったそれは、男の身体だった。あの千之丞は――

花房千多！

とたん、ラッパの派手な音が聴衆の後方で鳴った。人々が振り返ると同時に、ぼぉっという音が上がる。悲鳴が交錯した。身を乗り出し、音のほうを見た暁は目を剝いた。

　道の真ん中で火柱が上がっている。しかも、それは男が口から噴いた炎だったのだ。いったんは逃げ出した人々が、すぐに興味津々に男を遠巻きにする。男は何かを口に含むと、また大きい火柱を噴き出した。

「さあさあ往来座、往来座は横浜で曲馬をご披露いたします！　どなた様も、どなた様も、そろって、そろってお越しくださいませぇ」

　碇の口上と同時に、芸人の集団が来た道をぞろぞろと戻っていく。その真ん中には、やはり埋もれるようにしてあの駕籠があった。逞しい芸人に担がれ、駕籠が静かに去っていく。子供たちは歓声を上げて往来座の後を追い、大人たちは呆気に取られて彼らの姿を見送った。暁ははっと階下の往来を見た。そして目を瞠る。

　鶯屋の前に四雲と鳶六がいる。傍らに立つ鼓太郎が、遠ざかるラッパや太鼓の音に合わせて大鼓を打っている。その音は、嵐のごとく現れた往来座の面々に別れを告げるように、カン、カンと小気味よく鳴り続けていた。

　その三人の中に、高島田、ほどけかけた黒縮緬の振り袖、赤い襦袢を引きずった弁天小僧が立っていた。

　とっさに暁は座敷を飛び出た。背後を複数の足音が追ってくる。階段を転げ落ちる勢いで駆け下り、鶯屋の前に出た。茂吉、三弥、朱鷺、花房座の面々も走り出てくる。

誰も、何も言わなかった。白粉を厚く塗った千之丞の顔をつくづくと見る。暁の中に、安堵《あんど》と、歓喜がこみ上げる。

百多。

駕籠の中には、同じ格好をした姉弟が乗っていたのだ。まずは千多が外に出て男の身体をさらけ出し、芸人らが聴衆の目を引いている間に、脱いだばかりというふうに最初から着付けを崩しておいた姉と入れ替わった。

三弥が遠くなった往来座の一団を見遣る。

「今度こそ、行っちまったんですね」

弟と同じ化粧を施した百多が、父の茂吉をじっと見つめた。その目はかすかに潤んでいた。

「ご推量の通り、私ぁ男さ。どなたもまっぴらごめんなすって」

再び弁天小僧の台詞を言う。戻ってきた娘をじっと見た茂吉が、くしゃりと顔を歪《ゆが》ませた。今にも泣きそうに口をもごもごと動かしてから、言った。

「巧みし騙りが現れても、びくともいたさぬ大丈夫、ゆすり騙りのその中でも、定めて名のある者であろうな」

「知らざあ言って聞かせやしょう……花房座若女形、花房千之丞たあ……俺のことだ」

人でなしだよ。そうつぶやいた朱鷺の言葉を思い出した。そうか。暁は百多を見た。今度こそ、覚悟を決めたんだな。

鼓太郎の大鼓の音が、カンと響いた。

白い雲が流れていった。

＊

千束座の『松竹梅雪曙《しょうちくばいゆきのあけぼの》』より三日遅れで、多家良座の『狂咲恋徒炎《くるいざくこいのあだもえ》』は初日を迎えた。千之丞に対する疑惑が解けた上、娘の馨子に強く乞われた赤木が金主を続けることを了承したためだ。

定番の真紅と浅葱の段染め、麻の葉鹿子絞りの振袖姿で登場した千之丞演じるお七が、避難先の吉祥寺《きちじょうじ》で三弥演じる寺小姓の吉三郎《きちさぶろう》と出会う。二人は互いを一目見て、たちまち運命の恋に落ちる。

想いが募ったお七は、激しい雷鳴がとどろく夜、雷など怖くないと周囲を欺いて大胆にも吉三郎の寝所へ忍び込む。吉三郎は夜着の中でお七の肌を強く抱き寄せる。

「やや、これは冷たき手足じゃのう」

「誰のせいじゃと言うならば、吉三さんがせいじゃわいなあ。憎からず思えばこそ、文《ふみ》をくれたのではござりませぬか」

恋に突き進む二人は関係を結ぶ。が、家の普請が終わって寺から出ると、お七の両親は二人の恋路を裂く。会えぬ恋人への想いに悶《もだ》えるうち、お七の頭に一つの考えがひらめく。

もう一度火事になれば。そうすれば、吉三郎さんに会える――

九太の三味線に合わせ、長介が義太夫を語る。

またさもあらば　恋しき人に　あい見ることの種ともなり

なんとよしなき出来心　悪事を思い立つこそ因果なれ

舞台中央で火を付ける所作を舞った瞬間、後見の栗助が衣裳の玉糸を引き抜いた。段染めの振袖が、白地に炎の刺繍が縫い取られた振袖に瞬時に替わる。おおっと見物が息を呑む。暁が約ひと月の間、寝る間も惜しんで完成させた縫取だ。

裾から身ごろの中央にかけ、激しい炎の揺らぎが白い振袖を舐めている。赤、黄、金の糸がもつれ合い重なり合い、踊っているような揺らぎと、ところどころで爆《は》ぜる熱の塊の迫力を表している。娘らしい麻の葉鹿子の模様が、一転して恋に狂う女の炎に替わった。

お七を遠巻きに囲んでいた十人の捕り方が、大きく円を描いて回り始める。と、端から次々袖に引っ込んだ。そして間髪容《い》れずに、炎の模様が全面に描かれた衣裳の役者が次々現れた。着付けは帯を締めずに裾をなびかせているため、舞台全体が動く炎に埋め尽くされていくように見える。炎の十人が袖で待機しており、捕り方の十人と入れ替わったに過ぎないのだが、一瞬で大勢が早替わりしたように見え、見物は驚きの声を上げげた。

捕り方も袖で炎の衣裳に早替えし、再び舞台に出た。倍の数になった炎の役者が、ツケに合わせていっせいにとんぼを返す。火の勢いと速さを、激しいツケの音と役者集団のとんぼの乱舞で見せる。その中には鳶六、四雲もいた。

しかし見せ場はこれだけで終わらない。炎の役者が舞台周辺で次々とんぼを返る中、舞台中央に立つお七が後見の栗助から何かを受け取った。それを見た見物は一様に目を瞠る。

燃えた紙片だ。そしてお七が叫ぶ。

「吉三さん、会いたい、会いたいわいなあ」

次の瞬間、千之丞は顔を仰向《あおむ》かせ、口の中に炎を投げ入れた。見物の女たちが悲鳴を上げる。

と同時に、再びとんぼ返りの乱舞が始まり、千之丞の姿を隠した。舞台が回って町中の路地が消えると、裏から櫓が現れる。炎の役者がはけてしまうと、後には上体を折った千之丞、太夫役の三山が残った。朱鷺の口上の後、鼓太郎の鼓の音が鳴り響く。

カン――

指。

カン――

首。

カン――

肘。

千之丞の人形が動き出す。見物が息を詰めて見入る空気が小屋の中に満ちた。九太の三味線、長介の義太夫がお七の心情を切々と語る。

右、左、全身を大きく左右に振る千之丞の目に、下手の袖に正座する一之の姿が映った。

背後にがっしりと控える三山が、千之丞を支えた。

糸が鳴り、義太夫が語るほどに、身体がどこかへ飛んでいく。

自分の手足が、遠くで動く。

お七は飛んで遠近《おちこち》の　人の噂《うわさ》

人形の動きを止めたお七を、再び捕り方の恰好となった役者たちが取り囲む。人に戻ったお七は捕り方らに押さえられ、捕縛される。ひしめく捕り方らの頭の間から手を伸ばし、身体の表情で恋人を一途《いちず》に想う様を表す。見物はこれからお七の身に起こる悲劇を想像し、涙した。

捕縛する大勢の捕り方、捕縛されたお七が、激しく打ち鳴らされるツケの音に乗り、錦絵のごとく型を決める。

柝《き》の音がなる。

幕。

お七の演目比べは動員数こそ多家良座が勝ったものの、評判の上では千束座に軍配が上がった。新聞の批評は上々、五郎丸のお七も前評判にたがわぬ美しさと絶賛された。

一方、多家良座のお七は古参の見物に不評だった。新奇な演出が過ぎたのだ。特に火を食べる演出は、激しい賛否両論を巻き起こした。

火を食べるコツは、とにかくためらわないことだ。素早く口を閉じて空気を遮断すれば、火はたちまち消える。唇の周囲に水を吹きかけておくことで、火傷も予防できる。碇からもらった燐寸《マッチ》を使い、後見の栗助が紙片に点火して百多に渡すという段取りだった。

とはいえ、往来座で芸人のサイから最初に教えてもらった時は、なかなか口に入れられずに難儀した。素早く口に入れられるようになるまでは数日かかり、上あごや頬の内側には、まだ慣れない時に作った火傷がしばし痛みを残した。こんなに苦労したにも拘らず、この演出は悪質なケレンと評されてしまった。

しかし、若い見物には好評で、炎の衣裳の早替えや千之丞の人形振りも大評判を取った。

「千之丞が女だって与太をばら撒いた連中には、足を向けて寝られねえや!」

大入りを果たした多家良は終始ご満悦だった。千之丞に対する疑惑が見物の興味を引き、さらには往来座を巻き込んだ一幕も噂が噂を呼び、動員に加勢してくれたためだ。

実は往来座がやって来たあの日の数日前から、鼓太郎がひそかに長屋と横浜を往復し、三弥から鶯屋の会合の件を聞いていたのだ。そして当日、鶯屋に茂吉らがそろったら三弥に合図するよう、手はずを整えておいた。三弥は千多の画策を自分の胸一つに収め、誰にも話さなかった。自分一人で責を負うつもりの茂吉が聞いたら、画策そのものを潰すかもしれないと案じたのだ。

百多と千多の衣裳は、横浜周辺の芝居小屋や古着屋、損料屋を駆けずり回ってかき集めた。鬘は一つしかなかったため、駕籠の中で素早く交換した。

まさに一世一代の博打芝居だったわけだが、千多のおかげで、千之丞が女だという噂は消えた。三山にまつわる過去も、いつしか人々の口の端にものぼらなくなった。

だが、花房座の座員らは浮かれてばかりもいられなかった。今回は芝居を掛けることを優先させたが、茂吉が今後どうするつもりなのか分からなかったからだ。

さらには百多自身の中にも、千多を行かせてしまったという後ろめたさとともに、ある決意が固まりつつあった。

そしてとうとう明日は千穐楽《せんしゅうらく》を迎えるという日のことだった。芝居がはね、化粧を落とした百多の楽屋にハナがやって来た。

「千之丞さん。頭が呼んでいます。みんなに集まってくれって」

それだけ言うと、手入れが必要な衣裳を手に立ち去った。ここ最近、ハナはよく笑顔を見せるようになった。母と姉とともに、花房座や多家良座の面々に混じり、毎日忙しそうに飛び回っている。

茂吉の楽屋に行くと、座員以外は人払いされていた。休演中ながら、毎日楽屋入りしている一之が茂吉の傍らにいる。

「今のうちに話しておく」

集まった面々を見回した茂吉が、厳粛な声音で切り出した。

「俺は、この芝居が終わったらまた東京を離れようと思う」

座員らがいっせいに顔色を変えた。百多も息を呑む。

「実は武蔵屋の頭がてめえらを引き取ると言ってくださっている。だから移りたいやつは移ってもらって構わねえ」

「それは……花房座を解散するってことですか」

四雲がうめいた。解散？　百多は思わず身を乗り出した。

「頭。それは私がいるからですか。いつか、また私のことが露見したら、今度こそ花房座がどうなるか分からないから」

ぐっと言葉を呑む。花房座に戻ってからこの方、日に日に膨れ上がる決意が喉元まで込み上がる。「それなら」百多は畳に手をつき、深々と頭を下げた。

「私が抜けます。だからどうか、花房座を解散するなんて言わないでください」

「お嬢！」三弥が声を上げた。百多は彼の声を無視して続けた。

「私は千多を、多家良座の目と鼻の先まで連れ戻しておきながら、結局行かせてしまった。本当にあれでよかったのか、考えない日はありませんでした」

往来座も横浜で興行を掛けているはずである。その後は、今度こそ外国に行く予定だと言っていた。弟は、本当に海の向こうへ行ってしまう。

……いや。百多は首を振った。

「いえ。本音を言えば、私自身が花房座に戻りたかったのです。芝居がやりたかった。だから私は、千多を強く説得することができなかった。……私は、花房座より自分を優先させたんです。だけど」

きっと顔を上げた。父を真正面から見る。

「花房座は消えちゃならない。こんな面白い一座はほかにない！　だからどうか、頭は、みんなは芝居を続けてください。お願いします！」

「モモ」誰かがうめいた。楽屋がしんと静まり返る。

その時、表の往来を、若い娘と思しい一団が通り過ぎた。いくつも重なり合う華やかな笑い声に紛れ、娘の一人が楽しげに叫んだ。

「千之丞、日本一！」

その声に胸が衝かれた。瞳の奥から、じんわりと熱いものがこみ上げてくる。

「……それで？」

遠ざかる娘たちのさざめきに、茂吉の静かな声が混じった。

「それで、お前はどうするつもりだ。モモ。また花房座の裏方に戻るか」

百多はぐっと拳を握った。

どんなに評判を取ろうとも、私は千之丞の偽物だ。

「……いえ。抜けます」

「抜けてどうする？」

「女役者の一座に入ります」

茂吉の目元がかすかに震えた。四雲らが身を乗り出す。

「モモ！　てめえ、何を」

「すみません！　でも、私……役者をやりたいんだ！　だけど役者をやりたいとなったら、花房座にはいられない！　だから、だから……花房座を抜けます」

母の姿が眼裏に浮かんだ。ごめんよ、母ちゃん。

役者は修羅だ。人でなしだ。

それでもかまわない。

本物になりたい！

すると、茂吉がふっと笑った。首を振り振り、苦笑をにじませた顔で言う。

「勘違いすんな。モモ」

「え？」

「俺が東京を離れるのは、お前と芝居がしたいからだ」

目を見開いた。

「女芝居に関しちゃあ、東京は遅れてるのよ。以前は東京だけが、女芝居を掛けることすら認めていなかった」

「……父ちゃん」

「もちろん男女が一緒の芝居は、まだどこでも許されちゃいねえ。だが、おそらくそれも時間の問題だ。いつかはきっと、一緒に芝居ができるようになる。だがよ、東京は最後だろうな。何しろ伝統だかしきたりだか、頭が固え」

　そして、ぱんと膝を打つ。

「待っていられるか？　東京なんぞにいたら、面白い役者が目の前にいるってのにいつまでも一緒に芝居ができねえんだぜ。そんなの、生きてる甲斐がないじゃあねえか」

　父の顔をじっと見つめた。面白い役者。激しい震えが百多の全身を貫く。

　横から三弥が膝を進めてきた。

「頭。俺も一緒に行きます」

　茂吉が目をすがめる。

「何言ってんだ三弥。今のお前なら、武蔵屋でまた十分やっていける」

「いいえ！　俺は武蔵屋にいた時から、頭の芸に惚《ほ》れていた。大芝居だの小芝居だの、そんなのは関係ねえ。俺は頭と芝居がやりたいんです」

「俺も」声が上がった。鳶六だ。

「花房座から一度離れて、思い知ったんですよ。花房座《ここ》ほど面白くて、芸達者ばかりが集まる一座はそうそうねえなって、だから俺も頭と、イテッ！」

言葉尻がはねる。「いいカッコしてんじゃねえ」と四雲に頭をどつかれたせいだ。

「頭。今さら俺たちが武蔵屋なんて行けると思いますか。大芝居を鼻にかけてふんぞり返ってる連中ばかりですよ。そんなの、俺はごめんですね」

頷いた全員の目が茂吉に向けられた。唖然としていた茂吉が、「おいおい」と頭をかく。

「お前ら、せっかく東京の大芝居の役者になれるってのによ……」

「それなら一つ、あたしにも考えがあるんですけどねえ」

飄々《ひょうひょう》とした声が上がった。全員がぎょっと楽屋口のほうを振り返る。

「なるほどねえ、いやあ、もしかしたらそうじゃないかなって思ってたんですよぉ」

楽屋暖簾の間から、朱鷺が顔を覗かせていた。

朱鷺は青くなる面々にとんと構わず、楽屋にずかずかと乗り込んできた。ちょこんと茂吉の前に正座する。

「これは面白い！　センちゃんの役者人生そのものが芝居のようですねえ」

殺気立った顔つきの四雲らを見て、「ダメですよぉ、楽屋の外に一人くらい立たせておかなきゃあ」とへらりと笑う。が、自分を取り囲む座員の顔が怖いせいか、こほんと一つ咳払いをした。

「ここで一つ、誤解を解いておきましょうか。男女が舞台に上がっちゃならねえってのは、別に法令で決まってるわけじゃあねえんですよ」

「えっ？」意外な言葉に、百多は目を丸くした。

「男女混合芝居の禁止を明文化した法令は存在しないんです。なので、男女が一緒の舞台に立っちゃならねえっていうのは、単なる慣習なわけです。言わば思い込み」

「思い込み……」

柿男《かきお》がおずおずと言葉を挟んだ。

「じゃあ、混合芝居をやっても警察には捕まらない……？」

「それが厄介なところですねえ。たとえば今回、もしも千之丞が女だと分かっても、お縄にはならなかったでしょう。ですが、きっと世間はそっぽを向いたでしょうね。何しろ、ほとんどの人が男女は一緒に舞台に上がれないと思い込んでいる」

その通りだ。いくら法に触れていないと言ったところで、人々の慣習、思い込みに反していれば、結局それは許されない。

「人は思い込むことで、その対象を神にも穢《けが》れにもする。今までの世の中は、女を〝穢れ〟にしておいたほうが、何かと都合が良かったんでしょうねえ」

何やら一人で納得していた朱鷺が、「ですが」と茂吉のほうへにじり寄った。

「今回はまだ時期尚早だったたってだけです。何しろ、今は文明開化の世の中だ。演劇改良会なるものも発足し、にわかに男女混合芝居の解禁も叫ばれている。旦那は東京が最後だって言いましたけどね、そんなことはない。おそらく、あと数年で東京でも男女混合芝居が始まると思いますね」

茂吉が眉をひそめる。

「つまり、先生はこのまま東京にいろとおっしゃる?」

「その通り! で、男女混合がバーンと解禁された時、今度こそドーンと千之丞の正体を明かすんです! どうですか、この考え! 大入り間違いなし!」

ドーンだのバーンだの言葉は軽いが、とんでもなく危険なことを言っている。案の定「何を言ってんだ」と座員らから詰め寄られた。

「てめえ適当なこと言い腐って、それで花房座がカスを食らったらどうすんだ? あぁ?」

「作家先生だと思って黙って聞いてりゃいい加減なことばかり、頭剃るぞ?」

「もう剃るものないです! 痛い痛い! 頭を叩かないで!」

口八丁手八丁の朱鷺も、ドサ回りで鍛えられた男たちには敵《かな》わない。

珍しく厳しい顔つきで、三弥も朱鷺を見た。

「先生。そんなことをして、世間からもっともカスを食らうのは千之丞です。そりゃあ一時は話題になるでしょう。ですが、おそらく騙しただのなんだのと世間は責め立ててくる。そんなことになったら、千之丞は」

「だから、それまでに千之丞が日本一の立女形になってりゃあいいんですよ」

日本一。全員が目を瞠る。

「そもそも女形は生身の女とはまるで違う。空想の産物だ。千之丞が人気も実力も日本一、最高の役者になってりゃ、演じているのが女だろうが男だろうが文句はねえ。いや、文句が出ても大衆が支持すれば十分生き残れる」

そう言うと、朱鷺は百多を見た。普段の軽さを消し、真剣な声音で続ける。

「それにな、お前さんが世間から認められれば、女役者の、いや、女の行く末が変わる。そうは思わねえか？　女だからとか女のくせにとか、そんなの吹き飛んじまうよ。センちゃん。お前さんの芝居には、ド根性には、女の将来がかかってんだよ」

「そうだよ」

すると、ずっと黙っていた一之が口を開いた。

「その時こそ、田之倉一之を襲名すればいい」

百多は目を剝いた。一之がじろりと百多を見る。

「もちろん、今はまだまだ。だからあたしの目が黒いうちに、日本一を目指しな」

「師匠」

「役者は、人でなしじゃなけりゃ勤まらない。特に女形は。モモ。覚悟はあるのかい？」

長い年月、女形を勤めてきた役者を見つめ返した。白粉焼けして、顔が薄黒い。彼がまとってきた〝女〟が、一人の人間を得体の知れない、近寄りがたいものにしている。

だけど。

「はい」大きく頷いた。

「私、役者をやります。だって」

だって、面白いじゃないか。

ほうっと空気がほどけた。茂吉がしきりにうなじのあたりを擦《さす》っている。「それでは！」と朱鷺が素っ頓狂な声を上げた。

「早速ですが次の芝居なんですけどね、多家良さんが往来座と組んだらどうかって」

往来座？　ぎょっと百多はのけ反る。

「座元、この前の弁天小僧がいたく気に入ったみたいでねえ。往来座の面々も芝居に組み入れたら、そりゃあまた大入りを取るだろうと」

それはさすがに無理だろう。目を白黒させていると、楽屋暖簾の外で男衆の「三弥さん」という声が上がった。

「三弥さん、三枡味噌《みますみそ》のお内儀さんが鶯屋でお待ちしていると」

三弥贔屓の味噌屋の内儀だ。これを潮に、全員が立ち上がった。帰り支度を整えて一階に下りた百多は、ふと上階へと続く階段を振り返った。

〝血抜き毒抜き石を食う〟——いつの間にか、あの女除《よ》けのまじないは頭にも浮かばなくなっていた。そして楽屋口から路地を抜けて往来へと出て、改めて多家良座の威容を見上げた。千之丞の名前と絵姿が描かれた看板が屋根に掲げられている。

いつか、多家良も千之丞が女だったと知る時が来るかもしれない。その時、彼はどうするだろうか。そして私は？

ぐっと握った手を胸に押し当てた。込み上がる様々な想いをなだめる。怖い？　あ あ、怖いよ。だけど。

芝居の神様を、必ず贔屓にさせてやるさ。

「よう」

声を掛けられた。振り返ると暁が立っていた。

「三弥さんはいるか？」

「三兄ちゃん？　どうかしたのか？」

「三弥さんの贔屓の客が、衣裳を誂《あつら》えるって言い出したらしいんだけどな。三弥さん、それならぜひ『かけがわ』で作ってくれって言ってくれたんだ。その礼に」

「ああ、味噌屋の！　三兄ちゃんなら、もうすぐ出てくると」

言いかけた百多は、暁の顔を見返した。

「そういや、千束座の仕事をまた始めるって聞いたけど」

「おう。まあな」

「……いいのか？」

暁はひょいと肩をすくめた。

「稼がなきゃならねえ。だから俺は、どんな仕事でも受けるぜ。それより」

そして百多を見た。

「あんたこそ、続けるんだな？」

百多も彼の顔を見つめ返した。「うん」大きく頷く。

「日本一の女形になる」

「ははっ！」暁が喉をのけ反らせて笑った。

「悪くねえ！　あんたならできるかもな。何しろ、本当に火を食いやがった。あれには度肝を抜かれたぜ」

「私もだ。私が多家良座から、花房座から逃げた時……あんたが炎の縫取をやめなかったって知って驚いた。そうか。あんたの中にも、私と同じ火が付いているんだなって思ったよ」

見つめ合った。どこかで鳴る三味線の音が、風に乗って二人の間を抜けていく。

暁がニッと笑った。

「で？　今度はどんな役をやるんだ？」

「おう、暁！」朱鷺の声が上がった。後から花房座の面々もぞろぞろとやってくる。

「聞いてくれよ暁〜、次の芝居も大入りになるぜ？」

そう叫んだ朱鷺が暁の首に腕を回した。暁が口を尖らせる。

「だから、次はどんな芝居だよ」

朱鷺が百多を振り向いた。

「そりゃあ喜んで怒って哀《かな》しんで楽しい、最高に面白い芝居だよ。ねえ千之丞！」

花房座の若女形の名が、芝居小屋の前で響き渡った。

チョン。百多の耳に、柝の音が聞こえた。

東西、まアづ、今日《こんにち》はこれぎり。

参考文献

『衣裳による歌舞伎の研究』森タミエ（源流社）
『岩波講座歌舞伎・文楽第4巻　歌舞伎文化の諸相』鳥越文蔵・内山美樹子・渡辺保／編（岩波書店）
『歌舞伎　型の魅力』渡辺保（角川ソフィア文庫）
『歌舞伎キャラクター事典』荒俣宏（ＰＨＰ文庫）
『歌舞伎に女優がいた時代』小谷野敦（中公新書ラクレ）
『歌舞伎の幕末・明治　小芝居の時代』佐藤かつら（ぺりかん社）
『歌舞伎を支える技術者名鑑』金森和子／編（社団法人日本俳優協会）
『興行とパトロン』神山彰／編（森話社）
『旅芝居の生活』村松駿吉（雄山閣）
『丸本歌舞伎』戸板康二（講談社文芸文庫）
『明治キワモノ歌舞伎　空飛ぶ五代目菊五郎』矢内賢二（白水社）

『清水三年坂美術館コレクション　明治の刺繍絵画名品集』村田理如／著　松原史／解説（淡交社）
『明治百話　上・下』篠田鉱造（岩波文庫）

※本作品はフィクションであり、
登場する人物・団体・事件等はすべて架空のものです。

監修協力・児玉竜一

小学館文庫
好評既刊

八丁堀強妻物語

岡本さとる

ISBN978-4-09-407119-1

日本橋にある将軍家御用達の扇店〝善喜堂《ぜんきどう》〟の娘である千秋は、方々の大店から「是非うちの嫁に……」と声がかかるほどの人気者。ただ、どんな良縁が持ち込まれても、どこか物足りなさを感じ首を縦には振らなかった。そんなある日、千秋は常磐津の師匠の家に向かう道中で、八丁堀同心である芦川柳之助と出会い、その凛々しさに一目惚れをしてしまう。こうして心の底から恋うる相手にようやく出会えたのだったが、千秋には柳之助に絶対に言えない、ある秘密があり――。「取次屋栄三」「居酒屋お夏」の大人気作家が描く、涙あり笑いありの新たな夫婦捕物帳、開幕！

本書のプロフィール

本書は、小学館文庫のために書き下ろされた作品です。

小学館文庫

女形《おんながた》と針子《はりこ》

著者　金子《かねこ》ユミ

二〇二三年十一月十二日　初版第一刷発行

発行人　石川和男
発行所　株式会社　小学館
〒一〇一-八〇〇一
東京都千代田区一ツ橋二-三-一
電話　編集〇三-三二三〇-五二三七
販売〇三-五二八一-三五五五
印刷所 ——— 中央精版印刷株式会社

ISBN978-4-09-407308-9